Vor der Baumschattenwand nachts

Umschlaggestaltung unter Verwendung einer Fotografie
von Sophie Semin

Druck: Theiss GmbH, St. Stefan im Lavanttal
ISBN 978-3-99027-083-7

PETER HANDKE

Vor der Baumschattenwand nachts

Zeichen und Anflüge von der Peripherie
2007–2015

JUNG
UND
JUNG

dem Koppenfelsischen Scheunengiebel

(7. Februar 2016)

„Andere werden von wichtigen Dingen
Nachricht gegeben haben; indessen ich
in meinem beschränkten Kreise das
Herkömmliche lebendig zu erhalten
bemüht bin“
(*Johann Wolfgang v. Goethe
an den Herzog Carl August, 19. Februar 1814*)

7|8|10|11|12|13|20|21|25|26|

2007

Der Vaterlose fühlt sich immer im Blickpunkt, im Guten wie im Bösen

X

Was hast du bei den Verlorenen zu suchen? Was für eine Hoffart! Warum sie nicht ihrem Schicksal überlassen?

Es ist nicht leicht, zu reisen. Als Niemand anfangen und enden. Ja, es ist nicht leicht, zu reisen – aber man hat Zeit

„Der eigne Wille machet eine Form nach seiner instehenden Natur/Aber im gelassenen Willen wird eine Form nach dem Modell der Ewigkeit gemacht" (Jakob Böhme)

Das Grünen mit ins Grab nehmen/ins Schauen kommen, zum Schauen gehen

Ideal: Komm, Kind! Ich habe dir etwas zu zeigen

Mein innerer Globus: der Körper als ein Globus leuchtend wie kein nachgemachter, elektrifizierter

„Und": Eine Straße gesäumt von Flieder, und darüber ein Fliederhimmel. „Lauf bis zum letzten Fliederbusch!"

Schreiber, bleib unauffällig, verschwinde im Löwenzahngelb am Bordstein. Geh in eine Seitenstraße, und in noch eine, und in eine weitere: „Da ist es!“ Laß deine Lieben ihr Leben leben, und verschwinde!

Lang ist’s her, daß ich den Sonntagsmann im schwarzen Anzug und weißen Hemd mit flatternden Hosenbeinen habe gehen sehen am Rand der Landstraße in Oberösterreich. Lang ist’s her, daß ich an der Hand des Großvaters gegangen bin, im Vormorgenlicht angesichts der münzgroßen Regentropfen im Staub des Feldwegs bei Stara Vas

Gehen, querfeldein: Die Weltgeräusche – ein jedes so verschieden, jetzt das Fasanenschreien, jetzt das Truthähnekollern – werden zu einem (1) Weltgeräusch

In einem Dorf ist viel zu sehen. (Siehe Stara Vas)

Eine neue Selbstmordart: sich selber lebendig begraben

Verb zur Zeitnot: „frißt“ (an mir)

Am großen Busbahnhof in einem fort die ankommenden Busse, ein jeder aus einem anderen Land, der jetzt aus einem TAULAND (einer betauten Gegend); der jetzt aus einem Trockenland; der aus einem Regenland; der nächste aus einem Hagelland, einem Eisblumenland, einem Kriegsland, einem Nachtland (nach einer nachtlangen Reise). – Studier alle die verschieden gezeichneten, gemusterten Fensterscheiben der daherkreisenden Busse: an jedem eine jede Schei-

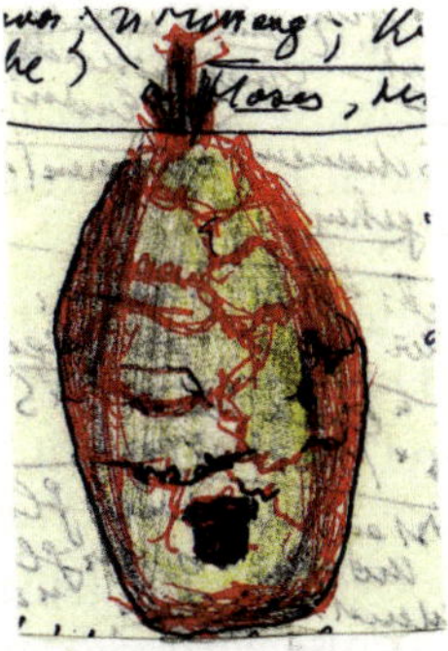

Lehmbienenstock,
Inneres Serbien

be anders beatmet von den Passagieren: Panikatem; Schau-Atem; Kinderatem; Altenatem; Wach-Atem; Müdigkeitsatem; Schlafatem; Spielatem. Und die Abdrücke der Nasen, Hände, Stirnen, Wangen auf den Busfenstern als die Landkarten (Belgrad, April 2007)

Nur die kindlichen Menschen verkörpern Gerechtigkeit?

Schönes Haus!? Ja. Aber es fehlt das in ihm geschriebene Buch

Ich habe keine Bedingungen. Aber ich habe meine Bedingtheit. Und aus ihr heraus stelle ich meine Bedingungen. Ich bin so frei

Weitersehen. Weiter sehen! Das Gleißen der gezackten Lindenblätter vor der Morgensonne, gläsern – *durchleuchtet* – leuchtend auch die Stengel: Kein Licht kommt auf gegen dieses da, kein Glanz – außer dein Antwortglanz, Freund!

Die Seele ist ein seltsamer Ritter

Über Bücher ist zu reden – ins Gespräch zu kommen. Und über Filme?

„Und“: Erschrecken und Scharfblick. Beides episch werden lassen

„Leises Grün“: Kann man so sagen? Ja

Was hieß Lesen? Zum Beispiel: „Sonnengeruch stieg aus dem Buch“

Ein Einsamer beim Kniebeugen. Vor einem Wegkreuz? Nein, es ist ein Trimmpfad

Bleib bei der Wahrheit? Ja – und suche sie: Schreiben: zwei Bewegungen in einem

Rechtes Schauen, was war es, was tat es? Bewahren

Mancher Aberglaube ist keiner – erzähl!

Alles ist doch gesagt? Nichts ist gesagt. Nichts ist zu sagen. Und wenn auch alles gesagt wäre – umso besser: Sag’s auf deine Weise. Deine Weise – so du eine hast – wird gebraucht

Zeitgenössische Nachbarn, die Maschinisten des Nichts (Zeitgenossen?)

Das Grün durchwirkt, das Blau lüftet. Und die weißen Kastanienblüten als Pyramiden des Sonnengottes

„Komm, Fahrzeug der Fahrzeuge, Erzählung, und nimm mich mit dir.“ – „Steig ein, steig ein!“

Ein Nachbildmaler

Buchhändlerschüler? Aber du weißt ja nicht einmal, wie man ein Buch hält. Schau, wie du es hältst!

Es gibt auch episch fruchtbare Vorurteile? Ja, wenn sie sich auflösen

Je mehr Kommunikation, desto herzloser; ein wenig mehr Namenlosigkeit würde der Welt gut tun

Hummelpanik: Panik einer gefangenen Hummel

Letzten Endes tun mir alle Menschen leid – außer ich mir selber

„*Hier* ist das Holz!", sagte ich gerade zur Hornisse, die für ihren Nestbau oder was an der blechernen Dachrinne „schnüffelte", statt hier bei mir am alten Schreibtisch. Und weiter zu ihr: „Du seltsamer Indianer!", ihr zuschauend bei ihrem schwarzgelben Schaben am Gartenstuhl, schabend und grabend, frenetisch

Adjektiv für die Schwünge der Amseln über die Büsche: „delphinesk"

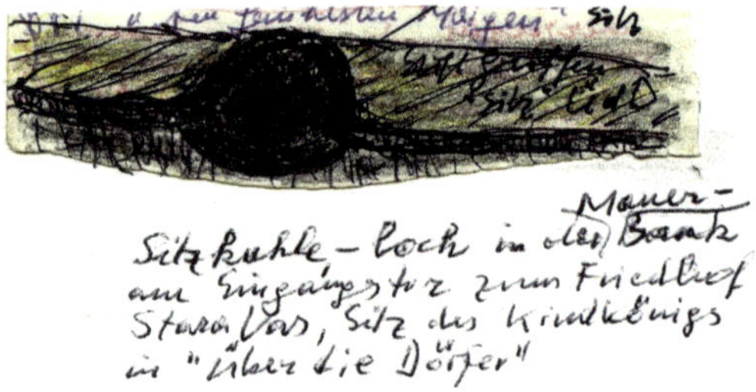

Die Geheimnisse der Nah-Bereiche. Die Nähe durchforsten

Es gibt die Unschuld. Sie wird die Welt retten. Träume mich, Epos! Heute muß ich weit gehen: Fühle ich mich nicht im Aufbruch, im Aufbruchstraum von einer möglichen Menschheit, so hat das poetische, das entwerfende Schreiben keinen Sinn

Elstern, die Baumwipfelturner

Man hält viel mehr aus, als man denkt, und viel weniger?

„Das erste, was man an euch sieht, ist der Knopf im Ohr“

Was ist meine Art Freude? Die Freude auf die Fortsetzung (Goethes „Folge“)

Schreiben heißt auch: den Traum, den Großen, *zügeln*

Verb zum Lärm: „de-ästhetisiert“

Ah, das Rauschen! – Aber wo führt es hin? – An Ort und Stelle

„Und“: die Zeit und die sich entrollenden Farne

Teilnehmen ist eine Kunst

Er hat Talent, weil nichts ihn erschüttert

Es ist alles Frevel, Künstler. Bilderfrevel, Wörterfrevel. Frevle zu!

Die an der Landstraße: Ein jeder entpuppt sich als jemand anderer. Alles zerfranst, und das ist das Leben. Nur auf die Unbekannten ist Verlaß. Nicht Ekstase – Entrückung. Entrückung? Zurechtrückung

„Hat jemand nach mir gefragt?“ – „Niemand.“ – „Wunderbar!“

Holunderblüten in einer Schüssel: „So etwas Zartes!“

Ein Mensch wird erschossen. Darauf die Täter: „Jetzt heißt er anders. Jetzt hat er einen neuen Namen“

Dein ist gar nichts, dein sind nicht die Sterne, selbst wenn du Glanz hast für den Glanz der Ferne (für Jakob Böhme und Christian Wagner)

Ein „unerhörter“ Klang: Löwenzahnstengel prallend gegen eine Fensterscheibe

Die verschiedenen Geher: der in seiner Art zu gehen bedrohliche, gewalttätige – dagegen der friedliche, der durch seine Art Gehen Friedenstiftende

Kafka ist nicht gestorben

All die Seufzenden und Ächzenden, sie wollen gefragt und überliefert werden, aufgezeichnet werden, aber nicht in Bildern, und schon gar nicht vom Fernsehen

Lindenblüte in der
Kaffeetasse, "Niemandsbucht"

Es tut gut, unter Seinesgleichen zu sein. Aber nicht zu lange

Die Lust, am Böse-, gar Schlechtsein: wie das Bedürfnis, aus Leibeskräften falsch zu singen (Bedürfnis? Lust?)

Es geht nichts über ein Menschengesicht, im ersten Morgenlicht

Verb für (manchen) Farbenaugenblick: Er „spricht“

So schöne Gärten, und so böse Menschen

Die Momente, da die Welt einstürzt, und die Augenblicke, da Atlantis wieder auftaucht

Was ist schön? Zum Beispiel der Schatten eines Blatts auf einem Klumpen Lehm – „beispielschön“

„Sie lieben ein Phantom.“ – „Wir lieben alle ein Phantom – auf das Phantom kommt es an“

Von früher her weiß ich: Die poetische Sprache ist die natürliche, die einzig wahrhaftige – aber nur, wenn in einem ein wahres Gefühl ist – wirkt. Aber wer hat noch solch ein Gefühl? Schon einer deiner Ahnherren sagte ja, ein ganzes Jahr müßte er in sich suchen nach einem wahren Gefühl. Wir Nachkommen aber: Gefühlsverwalter, Verwalter des Gefühls-Vokabulars? Nur noch dieses zählt, und zahlt sich aus? – Poetisch denken, sehen, hören, fühlen ist natürlich. Aber der Übergang oder Übertrag ins Schreiben …

Bin ich denn der Diener meiner Kinder? Ja

Am Abend: „Gehen bis zum ersten Stern“. Am Morgen: Sitzenbleiben bis zum Durchleuchtetwerden der Salbeiblüten von der Morgensonne

Die Behutsamkeit der Verrichtungen rund um einen Kranken, endlich wie friedlich Schlafenden: Gehen auf Zehenspitzen, Finger an den Lippen … Übe diese Behutsamkeit auch ohne Kranken, überhaupt ohne anwesenden andern – Behutsamkeit in Gedanken an den, die geliebten Toten. Die Behutsamkeit, sie erhält am Leben, den Lebenden und den, die Toten. Behutsamkeit als eine Art der „Körperertüchtigung“ – Verkörperung des andern wie meiner selbst, Beatmung, Streckung, Dehnung von „uns zweien“

Lindenrauschen – was brauche ich das Meer?

Ein Reiz ist kein Reiz

Schreiben: *Um*träumen

Eine Stelle in einem Buch, die man gerade noch gelesen hat, wird beim Zurückblättern nicht mehr gefunden, so lange man auch blättert

Die drei Könige aus dem Morgenland, sie waren nach der Rückkehr in ihre Länder, wo er nichts zu sagen hatte, allesamt zu Reportern geworden und warfen ihre Gaben von Gold, Weihrauch und Myrrhe als faule Äpfel nach ihm

Was heißt „Entrückung"? – Ich lebe/du lebst/er, sie, es lebt/wir leben … Und das Verb zur Entrückung: sie „glückt". (Sie läßt erscheinen die monumentale Welt im Kleinen, im Stillen)

Die Klage der Vogeleltern nach dem Gewittersturm

Liebe: Man kann nur verlieren. Also liebte er

„Die Form der Zeit" (Jakob Böhme): „… daran seynd alle ding erschienen/auff daß die Ewigkeit in einer Zeit offenbar werde …"

Die Schildbürger sind im Recht

2008

Der Nachbildmaler: ein Nachbild des Schnees; das Nachbild des Schneiens

Beschreibe, überliefere das Geräusch beim Formen eines Schneeballs (Helsinki, März 2008)

Am Fenster sitzen im Schneeschwadenmorgen: Ideal

Immer wieder das „Jetzt! Und ...“: Jetzt! Und ... die Schneewächten auf dem Glasdach des Bahnhofs

„Das kann man nicht sagen – das kann man nur erzählen“

Jetzt! Und ... der Abendstern

Die Zwischenraumschlingen, -spiralen und -mäander in den Vorfrühlingsbäumen haben die Form von Waldrebenblütensiedlungen, sich hinaufwindend in die Bäume, und die tatsächlichen Waldrebensiedlungen in den Bäumen haben die Form arabischen Schriftzeichen, und die arabischen Schriftzeichen ...

„Noch nie hat man [in einem Film] einen Schwarzen von einem Berg herabsteigen sehen wie John Wayne. Aber ich habe [im ‚Sergeant Rutledge‘ von John Ford] den Río Pecos durchquert so triumphal wie noch kein Schwarzer zuvor. Und ich hab’s von mir aus getan. Mit mir hat die ganze schwarze Rasse den Fluß durchquert“

Die Existenz vermehren

Was heißt „sich etwas verbieten“? Aufschauen, wegschauen

„John Ford, bevor er bösartig wurde, kündigte das an mit dem Körper“ (Harry Carey jr. nach dem Dreh von „Two Rode Together“)

Viel häufiger werfen, und sanft!

Der Rhythmus siegt

Haß: Ich denke nicht nur an den Falschen – ich denke falsch

Es gibt keine Lösung außer die der Geduld. Es gibt keine Lösung außerhalb der Geduld

„Dieser große und gelehrte Mann hat die Natur durch das Stundenglas der Zeit erblickt“ (William Hazlitt 1846 zu Nicolas Poussin)

Im Flugzeug über Europa: haben denn die Flüsse nichts anderes zu tun als zu mäandern? – Nein, sie haben nichts anderes zu tun

Wieder einsetzendes Schneien: Gute Neuigkeit! Good news! Bonne nouvelle!

Verb für den Schnee im Zugfenster: „entgrenzt“

„Im Nebel das Vieh zu suchen, ist eine schwierige Sache“ (alte Sennerin im Radio)

„Hast du eine Ahnung, wie ich nervenstark bin, seit ich immer daheim bin“ (mein Bruder, Stara Vas)

Verb für Mann und Frau: Sie „wecken einander“

Die „unheimliche“ Freude? Die Freude als etwas, das mir zunehmend unheimlich wird?

„… damit deine Gemeinde ein Herz und eine Seele wird“ (Ostermesse). Und das Verb für die Messe: „unterscheidet“, „macht unterscheiden“, „läßt unterscheiden“. Und ein anderes Verb für die Messe: Sie „zieht einen Meridian in mich“, in die Länge und in die Breite (Paulanerkirche, Wien 4)

Flughäfen, Gefühlsräuber. (Sprich nicht von „Gefühl“, wenn es nicht einem anderen gilt!)

Strenge? Nein, Entschiedenheit

Es stimmt: Gegen die Dummheit ist kein Kraut gewachsen, nicht ein einziges (die Filmchen „Versteckte Kamera“ im Flugzeug), und es gibt vor ihr kein Entrinnen

Alles geht vorbei, und heute ist Ostersonntag

Einmal der Kurve eines Vogelpaars nicht gefolgt, und nie mehr heimgefunden (für Franz K.)

Trauerheimat; sich heimtrauern; kein Tag ohne Gedenken

Magnolienblüten im Wind: weltbewegend, ichbewegend

Kommentar zu Ibn ʿArabī: „Die illusorische Form, gemacht mit den Edelsteinen des Volks“: nicht unähnlich Hollywood, oder überhaupt Film?

„Und“: Ich habe Zeit, und es wird Tag

Begegnung: Jedesmal sehe ich „besser aus als beim letzten Mal“ – wie werde ich erst ... aussehen?

Bouvard und Pécuchet haben sich vermehrt, und vermehren sich täglich. Sie sind heute überall, schau doch, da, dort

Gehen, Gesicht holen

Bin ich Handwerker? – Ja, aber nur instinktiv. – Nur?

Das Netz des Poeten: Ideal. Das zarte Universalnetz des Poeten gegen das Höllennetz von Al-Qā'ida, CIA etc.

„We Shall Gather At The River“: anderer Titel für „Immer noch Sturm“?

Der tagtägliche Lucifer rising in mir, und sein täglicher kleiner Höllensturz. Aber ohne angemaßten Lichtträger kein Tag?

Je freudiger, desto gläubiger (religiöser): Ideal

Was ich gesagt, ausgesprochen, ausgeplappert habe von meinem Innersten: Es ist nichts mehr zum Aufschreiben, ich kann es nicht mehr niederschreiben

„Jetzt! Und…“: Jetzt! Und…der gelbe Helm des Baumschneiders hoch in der Pappel

„Und“: Die Anschauung und „der Atem des Barmherzigen vom Jemen her“

Verb für den Schöpfer (Schöpferischen): „gibt ein Beispiel“

Verb zu den Bösen: „lassen nicht(s) sein“

Es hat alles sein Gutes – außer man tut es

Junges Paar mit Kind: die Notenschrift des zarten Umgangs

Ich muß so weit kommen, daß ich noch weiter komme

Stufen: Bewußtlos essen/bewußt essen/sich bewußtessen

„Seine letzten Jahre verbrachte John Ford hauptsächlich im Liegen“ (Biograph Joseph McBride)

Gestern bin ich an den Säumen gegangen – was will ich mehr? (Kleiner Ostersonntag)

„Die Begeisterung ist Grund der Begeisterung … Wäre sie nicht im Herzen, wäre die Begeisterung, *hûwa*, nicht anzubeten“ (Ibn ʿArabī)

Immer noch ist für mich „alles Frage“. Also bleibe ich verkappter Philosoph?

Die Koloraturen des so herzhaften Lachens manch kleiner Mädchen (nur Mädchen? ja): die Koloraturen der Königin(nen) des Tages

„Sitzt du an einem Buch?“ – „Nein, ich gehe“

Er ging in den Garten, sich verjüngen. Er ging in die Wälder …

Verb für die Abwesenheit: Sie „läßt grünen“

Verb für die Sonne, wenn sie nach langem neu durch die Wolken kommt: Sie „gibt uns die Ehre“ (und da ist das „Wir“ einmal am Platz)

„… wer seine Begeisterung verehrt und sie als die Gottheit ansieht“ (Ibn ʿArabī); s. o.; und was ist nach Ibn ʿArabī die Begeisterung? „Ein Wille, begleitet von Liebe“ (hier ist er mit Jakob Böhme und Spinoza eins)

Die *allgemeine* Überraschung: Ideal

Alleinsein ist nicht gut – für den ersten Anschein

Einsamkeit? „Unumgebenheit“ (Wort aus dem Traum)

Eine andere Zeit ist gekommen, aber nicht die, welche ich erahnt habe. Aber wenigstens habe ich heute noch keine Musik gehört

„Ich habe heute viel gelitten. – Habe ich wirklich viel gelitten?“

Er hat nichts zu verbergen, er ist kein Künstler

In den Vororten fangen die Rechtschreibfehler an

Verb für das Wirkliche, das Reale: Es „wuchtet“ (auch bloß in Form eines Tagpfauenauges)

Frühlingsbild: Die Vögel spielen „fallen“ hoch oben in den Pappeln

Er ist ein Dichter und liebt (auch) das Ungefähre

Ein Zitronenfaltertag ohne leibhaften Zitronenfalter. Aber Zitronenfalterluft, Zitronenfaltersonne, Zitronenfalterwind. Freilich: die Temperatur gegen Mittag: „Noch ein (1) Grad unter der Zitronenfalterskala“

Fortschritt im Altern: Ich weiß, wie dumm ich bin

„Bouvard und Pécuchet“, das wißbegierige vereinsamte ältliche Laien-Männer-Paar: was für ein langweiliger Mythos, aber immerhin ein Mythos – der letzte bisher? (und der „vorletzte“ der der „Wahlverwandtschaften“?)

Verb für das Grünen: Es „zählt“

„Was ist deine Lust?“ – „Die Lust, fern zu sein“

Nicht jede Einfalt ist edel

„Erfüllt von Alleinsein“, gibt es das? Oder ist es wieder nur, frei nach Nietzsche, eins der „leichtfertigen Paradoxe“?

„Der Geschmack ist eine Theophanie, und die Theophanien ereignen sich in den Formen“ (Ibn ʿArabī; immer wieder Ibn ʿA. und Jakob Böhme)

Die zweite Bedeutung von „sich sträuben“: „aufblühen“

Wer ist ein „Kalif“, nach Ibn ʿA.? – Einer, der von sich sagen kann: „O mein Volk …“

Segeltuchhemd: Ideal – ein Hemd, das im Gehen flattert und knattert wie ein Segel, als Segel

Variante zu G.’s „den edlen Seelen vorzufühlen …“: „Der edlen Seelen würdig sich erweisen, ist wünschenswertester Beruf“

Alles verstehen, heißt *nichts* verzeihen

Eine Elster im Lorbeerbusch/Seltsamer Widerspruch (oder: Elster aus dem Lorbeer flatternd, seltsamer Widerspruch)

Meine Schubert-Stunde: zum Beispiel die Messe des Ostersonntags in der Paulanerkirche, Wien 4, vor Wochen, und danach: Stunde der beschwingten, zu den Augenpaaren der anderen, Unbekannten hin schwingenden Gereinigtheit – füge solche Stunden aneinander. Schubert-Stunde als Reinheit, wie? Durch Ent-Wütigung *und* Anschauung, zum Bespiel der einander kreuzenden und sich bekreuzigenden, eher alten Meßbesucher auf dem Weg von und zur Kommunion/Eucharistie

Ich habe alle erlebten, ergangenen Erdgegenden in mir. Ich muß sie nur wecken, durch Innehalten. Vorsätzlichkeit gilt nicht

Schreiber, sei rückhaltlos. Keine Technik, es sei denn, die des (Ver)meidens

Selbst das Stürmische bei Schubert bleibt zart, verhalten. Das „Stürmische"? Das „Drängende"? – „Mein Kopf dagegen wütet – ich bin nicht Schubert"

Nichts Schöneres als das gleichmäßige Bergauf in der Sonne; das Piano Schuberts und das Flappen des jungen Laubs über den Waldboden

Im Zwist mit dem Kleinbürgertum ist man ewig in der schlechten Rolle (oder der „Rolle des Bösen“)

Schreiber: der universelle Stümper. Stümper, aber universell

„Gehen bis zum ersten Stern“. Und Gehen bis zum Sich-im-Kreise-Drehen. Gehen bis zum ersten Hahnenschrei. Gehen bis zum „Ich bin da!“

Steigerungsform zu „Schweig!“: „Schweig still!“

Verb zum Ekel: Er „geht vorbei“ (bis jetzt jedenfalls)

Eine weltumspannende Sprache: die der Kinderhüpfschritte (China – Alaska – Feuerland)

Appetitanregendes Nichtstun

Elegante Fürsorglichkeit: Ideal

Zeithaben ist auch, Zeit zu haben für die Einsicht in und die Betrachtung deiner Irrtümer

Andacht! Mehr Andacht, Eingedenksein in deinen Alltäglichkeiten!

Hoffnung? Ja, wenn sie leise bleibt

Beispiel der Anderen Zeit: das Ticken der Tautropfenuhr, da, dort, an den Grasspitzen

"Bild der Absurdität:
Zeichnung eines Ameisenhaufens"
(Saualpe)

Zeitschwelle im Jahr: der Tag, an dem unversehens aus den allerwärts knospenden Blättern ein Laubkleid geworden ist – das jetzt und jetzt vom Wind aufgewühlt wird, wie gerade das eintägige Laub der Kastanie; und eine andere Zeitschwelle im Jahr: die ersten Gänseblümchen zwischen den Zehen beim Barfußlaufen im Garten. „Laß blühen!“

Vorwurf der Vorwürfe: „In dir ist kein Mitdenken!“

Im Wehen der Gräser unter der Sonne haben wir die Nachwelt

Liebeserklärung: „Für dich bin ich zu jedweder Geduldsprobe bereit“

Der Böse in mir? Der Gleichgültige

Wie zur Ruhe finden? Durch Irrtum *und* Irrtumsbetrachtung

Schwermut: Ach, diese so frische Blüte da, sie wird verblühen. Ach, dieser so klare Bergkristall, er wird erblinden. „Jetzt helfen nur noch die Worte Gottes“. Schwermut: Gegenwartsverlust, Gegenüberverlust, „ohn’ Gegenüber ist mein Name“

Verb zur Genüge: Sie „durchzieht“ (die Brust)

„Verachten ist eine Art von Verenden“, dachte er, und fuhr fort im Verachten und Verenden

Wie standhaft – nicht wegzublasen – so viele kleine Tiere sind, und vor allem die allerkleinsten – nichts, kein Orkan, kein Tornado, bläst sie vom Platz (gilt vor allem für die kleinen Spinnen)

Verb für die Liebe: Sie „schießt ein“ (still, stiller, stillest, stillend); und das Beiwort zu ihr: „hilflos“

So lange schlafend, bis die Frau „Frau“ erscheint: Ideal

„Fast ein Gedicht“: Was hast du heute vor? / Der Sonne entgegengehen, / Am Morgen ostwärts, / Gen Abend westwärts

Grundgütig (christlich); allbarmherzig (islamisch); gerecht (all-eins)

Mein Musikhören, zum Beispiel: Musik des Schwirrens und Sirrens der Spatzenflügel, Musik des Gestöbers der Meisen im Laub, Musik … (to be continued)

„Mein eigentliches Werk besteht … nicht aus Vers oder Prosa, sondern in der Überwindung meiner Dummheit“ (Doderer, spät, et ego?)

Ich, das Ich, „mein“ Ich, ist nichtswürdig, wenn ich, es nicht Durchlaß werde (wird)

Ein Schmetterling im Sturzflug: Gibt es das? Ja

„Willow, weep for me…“; und: „Rabe, flieg und schweig für mich!“

Verb zu den Schwalben oben: Sie „erhöhen“ (mir den Himmel)

Nachbild: Im Nachbild der weißen Jet-Spur im Himmel / zog ein Vogel / eine Schwarz-Spur / hinter sich her („Fast ein Gedicht“)

Ein erfrischendes Vergnügen: die Dinge an ihren Platz zu stellen, setzen, legen

Winkel-Seher, -Schauer, -Erblicker, -Schaffer, -Überlieferer: ein Beruf. Halt dich daran. „Schauen kann nicht schaden“

Beiwort zur Sorge: „unwürdig“

Aus dem Haus gehen mit dem Bedürfnis, zu grüßen; gleichwen

Schwalben-Sommer-Slalom: Ideal (oder Leitbild)

Wahrhafte, -haftige, -haftende Sprache ist herzzerstärkend, im Wortsinn (ich lese gerade François Mauriac)

Morgengebet in einem (1) Wort: „Laß!“

„ER hat ihn [Moses / Mussa] auf die Probe gestellt bei vielen Gelegenheiten, damit in ihm Geduld sich verwirkliche“ (Ibn ʿArabī)

Der Wind geht durch das Gras, / Und ich bin da. / Ich bin da, / Und wieder weht der Wind durchs Gras („Fast ein Gedicht“)

„Er fürchtete nichts mehr als den Sieg, nichts mehr als die Frucht des Sieges“ (Jean Azévédo in „Thérèse Desqueyroux“, Mauriac); und: „Den der Liebe unfähigen Wesen ist nichts wirklich eingraviert“ (Bernard in „Th. D.“)

Das Theater hat keinen Sinn mehr. – Aber es *muß* einen haben

„Hör auf, dir einzubilden, jung zu sein.“ – „Warum?“

Verb für die Anmut: Sie „existiert“ (und „läßt existieren“)

Verb zum Umkreis des Irrtums: Er „leuchtet“

Zur toten Biene am Morgen: „Ach, dich habe ich nicht gerettet“

Nach der Pflichterfüllung („der schweren Dienste tägliche Bewahrung“, G.): die Woge Zeit, die Masse Zeit, die massige Zeit („sonst bedarf es keiner Offenbarung“)

Die Empfindlichkeit für den andern, die Rücksicht auf das Gegenüber, die Aufmerksamkeit für deinen Nächsten, sie dürfen nicht dein Herz ersetzen

Ein ganzer Satz, und ihm nachfolgend noch einer, und noch einer, und so weiter, und dazwischen vielleicht „mangari“, 1, 2 unvollendete, halbe: Das ist meine Heimat (nie könnte ich so schreiben „wie“ Céline, J. Joyce, geschweige denn Arno Schmidt…)

„Was ist denn daran so demütigend, ein Monster zur Gattin zu haben, solange man das letzte Wort hat?“ (Bernard in „Th. D.“); und: „Das Schweigen des Angelus gibt es nicht“; und (Thérèse D. in Person, am Ende:) „Aber die Wesen, deren Annäherung sie wünschte, sie hatte kein Bild von ihnen“ (wie G. Keuschnig in der „Stunde der wahren Empfindung“)

Heckenrosenblüte am frühen Morgen als das Malteserkreuz für den Anruck des Films des Tages (wie einst das Nachbild der Kastanienblätter) (Velika Hoča, Kosovo)

Niemand hat ein Recht, mit sich selbst zufrieden zu sein

Mein Lebensgefühl setzt ein, sowie es um nichts (und wieder nichts) geht (V. Hoča)

„Inschrift“ auf geschenktem Kugelschreiber: „International Commission on Missing Persons“

Dorfhaus aus der Türkenzeit: Neben dem Haupteingang, hoch, der gar niedrige Nebeneingang für die Knechte, Diener, Lieferanten: der „Bücklingseingang“ („kapdžije“)

„Und“: der frühe Morgen und der dreibeinige Hund (V. Hoča)

„Wenn der Hase seine Behausung verläßt, kommt er nie mehr zurück. Deswegen sind wir nicht ausgewandert“, sagte der Pope von Velika Hoča

„Fang das Glück!“ (Trinkspruch des „Zigeuners“)

„Jeder, der stirbt, erleichtert sich selber, und macht den anderen keine Probleme mehr“ (Spruch im Versammlungskabuff namens „Rambouillet“ der Dorfalten von V. Hoča)

Ich will nicht ganz geheilt werden – nicht *aus*geheilt (fern von Velika Hoča, wo ich warte auf die Kuckucksrufe von dort), am Morgen an der Morawa; und jetzt auch hier der erste Kuckucksruf, im Nachtwerden

Immer wieder: „In den Staub des Feldwegs, da gehörst du hin – da gehört dein Blick hin“ (Porodin, Landstraße)

Hüte dich vor den geschulten Stimmen

Die Umkehrfarben (die Farben im Augenblick des Umkehrens)? Ja, und der Umkehrraum

„Das ist eine gute Frage!“ – „Warum?“ – „Weil sie nicht zu beantworten ist“

„So wollen das doch die Paare: sich vermählen“ (Spruch im Aufwachen)

„Ich male nicht den Menschen (*l'estre*), je peints le passage“ (Montaigne); und: „l'estre véritable est le commencement d'une grande vertu“ (der wahrhafte Mensch [das wahrhaftige Wesen] ist der Beginn einer großen Tugend)

„Anderer Haiku“: Altwerden/Das Schlurfen beginnt/Gib acht! (So wie einst dem Grafen Johannes Moy in seinem Schloß am meisten zusetzte jede noch so niedrige Schwelle von einem Schloßsaal zum anderen)

Zum Weberknecht, der sich nicht „retten“ läßt aus der Wanne: „Wieviele Beine willst du denn noch verlieren?“

Ich kann und darf und will nicht spähen, beobachten etc. Aber ich habe Augen für das, was anders ist – für das eine Andere im Gleichförmigen und Gleichfarbigen. „Es ist nicht leicht, zu sehen. Aber wenn man sieht, dann sieht man“. Und: „Nicht ich sehe – es gibt sich zu sehen“

„Herr, gib jedem sein eigenes Alter!“ (trifft eher zu als „…seinen eigenen Tod“?)

„Heute winkt mir ein Alleintag“ (ich dachte wortwörtlich „winkt“)

Wahllos lebt am längsten

Literatur – Poesie – Kunst (trotz allem *unabdingbare*

Wörter): Befreiung zur Liebe aus der Gefangenschaft der ewigen Haßliebe

Franz Baermann Steiner (nachzulesen bei H. G. Adler) hat sich während des Zweiten Weltkrieges das Photographieren „versagt“ – „diese Verzichte während des Krieges hatten Bußefunktion“

Elstern, noch und noch (oder zwei als „viele“) in der großen Zeder von Ast zu Ast übereinander hüpfend als Räuberleiter

Geheimnis des Unglaubens

Glückende Vereinigung, glückliches Nichtmehrweiterwissen

Ein Schwalbengeschwader schießt vorbei. So ein Geschwader und so ein Schießen lasse ich mir gefallen

Die glücklichen und die unglücklichen Besitzer: Letzteres trifft, zeitweise, auf mich zu

Kunst, Poesie (s. o.): Formen parallel zur Religion; „religiöse Kunst“ dagegen: Tautologie – Zusammenfallen (im Wortsinn), s. Schubert: Seine Messe ist ein „Zusammenfallen“, eine Tautologie – keine Verstärkung in Form einer Parallele, wie es sonst seine, seine „ureigene“ Musik ist, eine Musik „naturaliter christiana“, seine Seele als die Kirche der Kirchen

Verb für die Fremde: „hilft auf“ (wenn es der Fall ist)

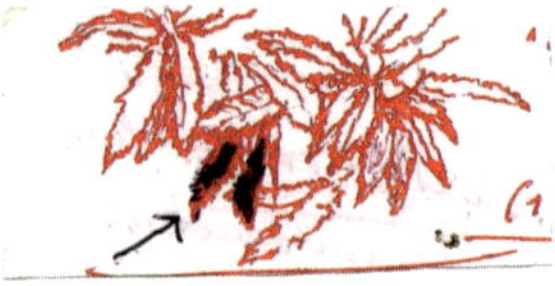

Zwischen den frischen
neuen Blättern im
Edelkastanienbaum
zwei verwelkte
Vorjahrsblätter
"Niemandsbucht"

Drei Monate später

1 Monat später

(Hör-)Schwelle im Jahr: Spechtklopftage, -woche

Wenn du dich schon bückst, bücke dich richtig („Bücklingseingang“). Wenn du schon wirfst, wirf richtig (hole aus, ziele)

„Und“: Sicherheit und Seltenheit (nur als Seltenheit die Sicherheit auch als ein Gefühl? Eine Gefühls-*Tatsache*?)

„Lesen“ nenne allein jenes, welches dich das Rauschen hören läßt, auch wenn kein Rauschen hörbar ist – und auch wenn du gar nicht tatsächlich liest

„Warum bist du so gebräunt?“ – „Um zu verstecken, wie blaß ich bin“

Ein *denk*barer „Sieg“: „Die Noblesse wird siegen“

„Maßregle mich“ (Morgengebet)

„Tujega nočemo, svojega ne damo“ („das Fremde wollen wir nicht, das Eigene geben wir nicht her“ – Parole der Kärntner Partisanen)

Ein einmal (fast) wahres Oxymoron: ein „brüderlicher Menschenfeind“

„Und“: Zwischenraum und Geheimnis; Zwischenbereich und Stofflichkeit. „Ihr verdammt Geheimnislosen!“

Meine Musik (s. o.): Der Regen in den Spätherbstblättern, den welken, auf der Kuhweide, „Kuhweidenregenmusik“

„Tatsächlich waren wir alle schon derart ermüdet, daß uns nur noch das Lachen aufrecht hielt“ (die Partisanen 1944 in den Wäldern)

Schöne Lügen sind keine Lügen

Alle Völker, sowie sie ihre Grenzen überschreiten, sind so laut geworden, alle, „grenzenlos laut“, „laut ohne Grenzen“

„Nicht jeder Ausgesandte, ist ein Kalif. Der Kalif besitzt das Schwert, die Macht, einzusetzen und abzusetzen … Der Ausgesandte aber hat zur einzigen Aufgabe, zu überliefern, was ihm anvertraut wurde“ (Ibn ʿArabī)

Wehe dir ab dem Moment, da du eine schlechte Meinung bekommst von deinem Kind!

„Ah, niemand! Immerhin etwas …“

Das „Laß!“, das Lassen, als eine Art des Ordnens, Ordnungschaffens; der Lasser als Schöpfer

Schwalben, schwoft für mich

Die Quitten, die *dunje*: Beispiele für das Wachsen und Fruchtwerden im Verborgenen, versteckt unter dem dicht-dichten Blattwerk. Und unversehens –

Das Geschrei der Kinder: Es gibt schönere Musik. Aber es ist Musik

„Übergroße Liebe“: Gibt’s nicht

Verb zum Blau(en) der Salbeiblüten im Gras: Es „durchwirkt“ (das Gras, den ganzen Garten)

Ein vornehmer Nachbar: Ideal

Er hat sich die Augen verdorben vom Nicht-Lesen

Einer der Gründe für’s Verreisen: Das Eigentum vergessen – sich als Eigentümer hinter sich lassen

„Wer ist der Herr der Welten?“, fragte der Pharao den Moses (nach Ibn ʿA.) – „Der, dem erschienen sind die Formen der Welt.“ – „Und was ist die Welt“? – „Die Himmel der Erde“

Erfreulichen (freudigen) Hunger, gibt es den? Ja

Das Elend mit den (heutigen?) Nachbarn: Ich finde mit ihnen nichts, aber auch gar nichts zu teilen. Und liegt das an mir?

„Gerade als wir uns weiße Leintücher umhängten, um auf dem Nachtmarsch im Schnee nicht gesehen zu werden…“ (Beginn einer Kärntner Partisanenerzählung, Kleindörfl ob Stara Vas, Winter 1944); und später auf dem Marsch: „Nur das Geräusch des gefrorenen Leinens war zu hören“

Eine feige Frau: unvorstellbar. Es gibt kein Bild von ihr (von einem feigen Mann, ja)

Eine schöne Plötzlichkeit: „Plötzlich hatte er Zeit“

So viele Geräusche, ob von nah oder fern, kamen bei mir seit jeher als Weinen an, als Schluchzen

„Der Schnee lag hoch, und es war schwer, die Waffen schußbereit zu halten“ (s. o.; und was meint dazu Clausewitz’ „Vom Kriege“?)

Lassen und Werden … Und solang du es nicht hast, dieses „Laß!“ und „Werde!“, bleibst du nur der trübe Gast auf der dunklen Erde

„A und B sitzen im Klee“, und A und C laichen im See

Farbenlehre: Eine junge Frau im roten Pullover geht linkerhand vorbei. / Ein Radfahrer mit gelbem Helm zieht rechterhand vorbei, / Ein Spatz fliegt grau in grau den grauen Zedernast entlang („Fast ein Gedicht“)

Gehen, meine Friedenspatrouille (samt gelegentlichem Mich-im-Kreis-Drehen). „The Lost Patrol“? Und Walker Percy ist auch nicht gestorben

Willow, weep for me! – Und Schwalben, sichelt mir

Für „Freude“ sag zuzeiten auch „Aufschwung“

„Hitlerdeutschland schmolz in der Frühlingssonne zusammen wie Eisschollen auf einem Fluß“ (der Kärntner Partisan Karel Prušnik-Gašper, 1945)

Ist er gierig oder bloß ungeschickt? Oder ist es die Gier, die ihn ungeschickt macht?

Immer wieder: Ferne, klare Stimmen spielender Kinder, und ich: „Mozart!“

So, wie ich mich kenne, kenne ich mich nicht

Fortschritt im Leben: Ich freue mich auf mein Verirren (Sierra Nevada)

Nach dem Schwimmen im Eiswasser des Río Bermejo: der Allfarbenblick; die tiefgelben Ginsterblüten im tiefroten Wegschlamm, darüber die weiß-weißen Falter und der sonntagsblaue Himmel, darunter die vanillefarbenen Kaktusblüten, daneben die Wildkirschen so schwarz, daß einem schwarz vor den Augen wird, herrlich schwarz

„Gehen bis zum ersten Stern“; und in der Steppe: Gehen bis zum ersten Tierknochen

„Dieser Ort ist häßlich.“ – „Nein, häßlich bist du“

Schauen bis zum ersten Spatzen

In den (Un-)Momenten des Meinens und Urteilens bin ich ein lebender Toter

Vor den „Urgencías“ von Granada: ein Verkäufer von Totenhemden

Wenn ich es nicht eilig habe, geht alles viel schneller

Die Kunst *umspielt* das Geheimnis (:Religion)

Eine meiner Bedingtheiten (s. o.): „Ich bin nicht am Platz, ich bin nicht erlaubt“ (Linares, Andaluçía – Aranjuez)

8. Mai 1945, Draubrücke Ferlach / Kärnten: „[Wir Partisanen-]Burschen waren vom ständigen Rufen nach Übergabe [Kapitulation] heiser“ (K. Prušnik)

Das kleine Kind, gerade von der „werktätigen“ Mutter übergeben der sogenannten „Tagesmutter“: in deren Armen jetzt am offenen Fenster, noch früh am Morgen, der „richtigen“ Mutter zuwinkend hinab auf die Straße, dabei mit der anderen Hand deutend in verschiedene Richtungen, dazu den Kopf, einen runden, blonden, wiegend und wendend in einem fort und immerzu, und ich, der Zuschauer, im Stillen: „Habemus principem: Ecce infans!“ (Niemandsbucht)

„Und“: Verlangsamung und (Ein-)Gedenken

„Der Allerbarmer überträgt (übermittelt?) nichts außer durch Erbarmen, und der, welcher dem Erbarmen ausweicht, zieht die Strafe auf sich, welche Abwesenheit des Erbarmens ist“ (Ibn ʿArabī)

Spielfreudig suchen! Und andächtig suchen! Und energisch suchen (mit Finde-Energie): Ideal („Der Gentlemansucher“)

Deine Wut hat keine Form. Also hat sie keinen Sinn. Also hör auf, zu wüten

Ein besonderes „Und“: Das Punktieren der arabischen Schrift, und das Aufrauschen der Sommerbäume am Sonntag (auch ohne Sonntag und Sommer): tüpfeln, tropfen

Entschlossen für Rußland sein – Tolstoi neu lesen!

Hör auf, in Gewichten und Zahlen zu denken

Obstdieb mit Weitblick, oben in den Baumkronen: Ideal

Lindenblüte im Schuh: Es ist Abend

Beim Hören von „Owner Of A Lonely Heart“: Was täten wir ohne Lieder? (Auch da ist einmal ein „wir“ am Platz)

Mehr an Gebet ist nicht in mir als ein zeitweiliges „Gott, wie schön!“?

Du willst deine Trauer fühlen? Beweg dich! (Gerhard Meier ist gestern gestorben)

Entrückung (s. o.): Das Ganze im Auge

„Olenin war müde, hungrig und voller Kraft“ (Tolstoi, „Die Kosaken“)

Ein neuer Morgen: das Hofhalten der Ringeltauben im System der Zedernäste, von unten nach oben, von breit bis schmal, von viel bis vereinzelt und zuletzt einzeln

„Neugier“? nein; „Wißbegier“? ja. (Die Sprache weiß alles)

„Plötzlich und unerwartet verstarb …“ (Todesanzeige)

„Denk, bevor du redest!“? – „Fühl, bevor du redest!“ („Spür, bevor …; schau, bevor …; hör, bevor …“)

Timeo mulieres et dona ferentes, oder so: „Ich fürchte die Frauen, *vor allem*, wenn sie Gaben bringen“

Erotisches Erzählen, so: „Er fuhr fort, sie zu küssen. Sie hörte auf, ihn auszufragen“ („Die Kosaken“)

„Fang ruhig *an*, fang *ruhig* an!“: So begann mein reales Schreiben; so fühlte ich mich auf der Schwelle zum Schreiber-als-Beruf (Sommer 1963, „Über den Tod eines Fremden“)

Noch einmal „Entrückung“: Entrückt, / Blickte er klar um sich: / Die Formen, / Die Formen, / Ah, die Formen, / O die Formen!

Schönes Begehren, verschönerndes (mich, die andere, die Dritten, das Dritte) Begehren: Ideal

„Mein größter Fehler ist die Undankbarkeit", dachte der Dankbare

Gewöhn dir dein Kopfschütteln ab (außer wenn du staunst)

Zeitschwelle im Jahr: „Bienen-im-Klee-Zeit"

Wie lange täglich brauche ich zum Gesichtersehen, -wahrnehmen, -aufnehmen, -würdigen

Im Nußbäumchen der Anblick von sechs Nüssen: „Alle sechse!"

Beiwort zum Rauschen der Bäume: „unübertrefflich"

Beruf? Zwischenraumpflücker

Statt „Ich habe keine Lust" sag: „Es ist nicht der Fall", und umgekehrt, statt „Ich habe Lust" sag: „Es ist der Fall"

Eine Weise der Ewigkeit: das Rennen der Bleßhühner auf den Seerosenblättern

Statt „Erinnerung" sag, unter Umständen: „Rückbesinnung"; statt „Bereit sein" sag „Gewärtigsein"

Verb für die Mauersegler-Flüge: Sie „demonstrieren"

„Die Bewegung ist ein Attribut der [göttlichen] Liebe“ (Ibn ʿArabī)

Alle Fülle ist nichts, wenn sie nicht für etwas oder für jemand ist

Der arglose Blick: Ideal

Ein Gesetzmäßiges, das du schon im voraus weißt, braucht nicht mehr den Weg des Schreibens

Jesus Christus, der unbeschränkte Mensch („Menschensohn“); und davor und danach alle die, all wir Beschränkten – bis auf manche Kinder und Sterbende

Man kann von jedem lernen. Also lern! (Die Ehrfurcht steht noch bevor)

Zu einem innigen Fest beitragen: Ideal

Der göttliche Blick (s. o.) sieht, „daß es gut war“? Nein, daß es gut sein könnte

Das Gedächtnis, das Gedenken, das Eingedenk-Sein liegt bewahrt (konzentriert) im Körper in Zwischenräumen aller Art, in Knochen, Sehnen, Adern, Hautzellen, überhaupt Zellen, Gelenken vor allem, Knie, Arme: diese dehnen! – und eine Gedächtniszelle nach der andern kehrt zurück und macht sich „ganzkörperweise“ bemerkbar

Ich freue mich: auf den Tau von Alaska

Noch einmal „Schwermut“: Wo eine Form ist, sehe ich eine Störung

2009

Verb für die Seele: „formt", oder „verformt" (je nachdem)

Verb für einen der neun Laute des Eichelhähers: Er „knarzt"

Schon draußen auf den Straßen kenne ich alle die Leute nicht – was soll ich dann erst in einem Haus, wo ich niemanden kenne? (für Antonio Porchía)

Auch Georges Bernanos, wie die Schwester meiner Mutter (aufwachend momentlang aus der Agonie in Stara Vas), hat vor seinem Tod gesagt: „Je vous aime tous", so wie die alte Frau sagte: „Ich liebe euch alle"

Des einen Freud' ist des anderen Freud'

„Im Blick auf einen Unbekannten, der vorbeigeht, das rechte Maß finden für die Freude und den Schmerz" (Georges Bernanos)

Der Glücks*jäger* – der Freuden*gärtner*

„P., der Fels", ich? Aber nur in der Brandung

Was heißt „Maß"? Jetzt ist es recht – und ein Moment Übermut dazu, in Maßen

Verb zur Hysterie: „umzingelt“ (*1* Person als Umzingler)

Den „fruchtbaren“ Ärger gibt es nicht. Nichts Unfruchtbareres als Ärger

„Schau, schau!“, sagte er zu sich, als er aufhorchte

Statt Schauer und (in G.’s „Folge“) (Be)denker: die Schaudenker

Epik kann selten entschieden auftreten. Darum braucht sie meist lange Sätze (wenn nicht gar Hexameter)

„Zu Sätzen aufgetürmte Sinnlosigkeiten?“ – „*Nur* Sätze? Überraschend gesprenkelt mit Sinn“ (zum Tod von Gert Jonke)

Statt „Hoffnung“ sag „Hoffnungsschub“

Im Wirbelwind dahinwirbelndes Laub: das Rad der Anderen Zeit

„Ihr sollt nicht Gold, noch Silber, noch Erz in euren Gürteln haben, auch keine Tasche zum Wegfahren, auch nicht zwei Röcke, keine Schuhe und keinen Stecken. Denn ein Arbeiter ist seiner Speise wert“ (Franz von Assisi): Und ich sah in mir die Knechte und Mägde des Kärntner Jaunfelds dahinziehen

Aufwachen mit der Idee eines Geschenks

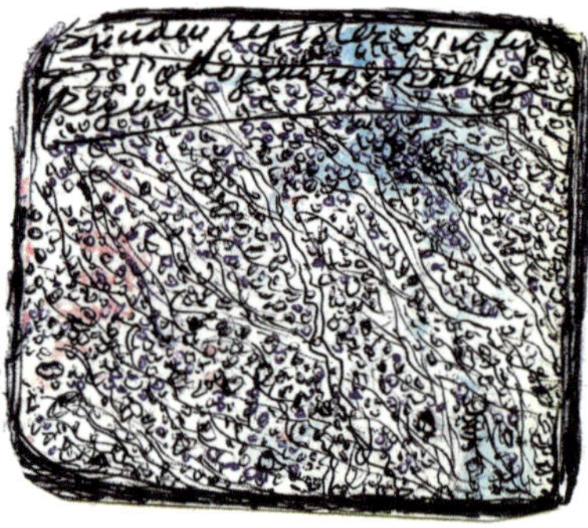

Regen am Zugfenster
Friaul

Schneeflocken vor dem Fenster, Hotel, Südtirol

Wo sind wir *gehen*geblieben? (Die Gehenden, die Entscheidenden)

„Du wirkst so freudig – ich möchte dir was schenken!"

Das Aneinanderreiben zweier Äste im sanften Wind: ein „Mäh! – Mäh! – Mäh!" wie von einem (1) Schaf, leise, wie von fern (und wieder ist Gründonnerstag). Sonne, wie wirst du heute würfeln?

„Die Frauen sind euer Gewand, und ihr seid das ihre" (Koran, II, 183)

Horoskop: „Sie sind dabei, alle zu verjagen, die Ihnen aufs System fallen. Und das sind nicht wenige"

Denaturalisierte Natur? Vergärtnerte

Am Meer: Manche Wellen halten nicht, was sie versprechen. Andere dagegen …

Im Augenblick der Form-Wahrnehmung, -aufnehmung, -auffassung, -erfassung, auch „nur" einer rostenden Türschnalle samt Schatten in der Sonne bin ich nah am Geheimnis

Gelobt seien die brüchigen Stimmen der alten Sitzer am Rand der Landstraßendörfer

Manchmal klingt sogar aus einem fernen Hahnenschrei das „Sursum corda", „Empor die Herzen!"

Schau, bevor du greifst! Denk, bevor du greifst!

„Und“: Eine wilde blaue Lilie im hohen Steppengras, und: „Hallo, Mutter!“

Ideal der Ideale: Empfänglichkeit

Man soll ja wissen – aber man kann nicht wissen

Nägel, lang, im Kreis aus einer Holztür ragend: Andere Sonnenuhr

Achte auf die grammatikalische Form des Wahren. Verfehlst du sie, so verfehlst du die Wahrheit, trotz des wahren Impulses

„Friedlicher Streit“: kein Oxymoron

„Die Stille zur Angst mißbrauchen“ (Ilse Aichinger). – Und die Natur zum Sport mißbrauchen

Besonders eingeprägt bleiben die Orte, wo man einer Schlange begegnet ist

„Wenn man imstande ist, aus Genauigkeit der Wehmut zu entkommen, wird der Klang ein vollkommener sein!“ (Doderer)

Freude: Form; Glück: Unform?

X Mein Schutzpatron: der Heilige der Entschlossenen Vergeblichkeit

Daß du deinen Rhythmus gefunden hast, heißt noch nicht, daß du deine Freude gefunden hast

Sind Gedankenlosigkeit – oder Mangel an Mitdenken – und Kleinlichkeit nicht ein und dasselbe?

Im Beisein sanfter stetiger Kochgeräusche: Ideal

„Die Hölle", nach Berdjajew „eine Dogmatisierung uralter sadistischer Instinkte der Menschheit"

Zu so vielen Büchern heutzutage: „So genau möchte ich es nicht wissen" („... es ist gut, emphatisch zu sein von Zeit zu Zeit, um die Sorge, um die Übergenauigkeit aufzuwiegen" (Machado de Assis)

„Man fragt sich, ob die Lüge nicht oft genau so unbeabsichtigt ist wie das Schweißausscheiden" (Machado de Assis)

„Sie ist so unfreundlich." – „Ja. Aber warum sollte sie freundlich sein?"

Nur noch die Wildgänse verbinden die Erdteile?

„Denken und Erkenntnis sind immer emotional, und das Gefühlsmoment gibt den Ausschlag ... der schöpferische (der umgestaltende) Erkenntnisakt ist immer ein Akt wählender Liebe" (Berdjajew)

Ich bin manchmal erbarmungslos gegen mich selber – deswegen komme ich nicht weiter

„Folgerichtig“ ist nicht „wahr“

„Die Feen, verjagt aus den Märchen und der Poesie, haben sich geflüchtet in die Herzen der Menschen und sprechen von innen heraus“ (Machado de Assis)

Ich lese, was *mich* liest

Was hat es für einen Sinn, in einer Ballonkanzel zu sitzen?

„Festina lente“ übersetz mit: „Eile sanft!“

Ich glaube so vielem Wissen nicht mehr – als sei's ein bloß abberufenes

Corpus sanum circa mentem sanam; corpus sanum si mens sana

Was sagen (bedeuten) mir die Vorfahren? „Mensch, sorge dich nicht“

Was ist die Liturgie für den Tag? Und für den kommenden? Ich brauche so eine Liturgie, zur Sammlung, zum Mitdenken, zur Zusammenschau, und gegen den Menschenekel. „Fehlgeburt Mensch!“ – „Wehe dir!“

„Man wird uns nie hinwegtrösten über den Krieg ... Und deswegen habe ich mich wie ein Wilder auf die Seite des Baums, des Tiers und des Schnees geworfen“ (Jean Giono, 1934)

„… sind Kinder dem Menschen doch die Seele“ (Euripides) – und das erfahre ich immer wieder an meinem Kind, 2500 Jahre danach

Schmetterlingspaar, Schaufelrad durch die Luft. „Luft“? Durch die Lüfte. – Und ich schaufle mit, und werde mitgeschaufelt

Wie sich auf die Luftlosigkeit, zum Beispiel in den Flughäfen, vorbereiten? Unmöglich

Reinheit muß handeln? Sie handelt schon; schöner Schmerz der Reinheit

Meine Monumente: die Wirbel der Kastanienblüten im Rinnstein; die Sandwirbel in den Straßenbahnschienen

Was hieße, „zärtlich“ Abschiednehmen von der Welt? Erst einmal Abschiednehmen von der Gier, Hab-Gier, Besitzgier, Findegier, Übertreffensgier, Über*trumpfens*gier („zärtlich will geschieden sein“)

Für deinen Zorn eine dünne Stimme, für die Liebe eine tiefe

Die Wut über den verlorenen Groschen / die Freude am bronzenen Tautropfen („die Isolierung der Spektralfarben von Tropfen zu Tropfen“)

„Es gibt also wieder ein Hinterland“, schrieb Doderer als episodischer Nationalsozialist im Jahre 1933

„Lesen verbindet!“? Ja, aber nicht mit den Zeitgenossen?

„Ich bewahre die Ruhe“. Ja, aber nicht meine eigene

Der Schwafler vom „absoluten Bösen“ („Kant hat recht gegen Goethe“) merkt nicht, daß – wenn – er selber der absolute Böse ist

Leibliche Liebe: sich einfädeln ins Geschehen

Immer wieder: Zeichne das nicht zu Zeichnende

„Zum Alleinsein begnadigt“: so sah ich gerade das unversehens sanfte Gesicht einer, die gerade noch im Rudel böse mitgetan hatte

Ich kann anschauen – ich kann der, das Andere werden

Aus dem Hauptwort „Umweg“ ein Zeitwort schaffen: „umwegen“; „umwegen bringt Segen“

Verb zum Rauschen: Es „nimmt überhand“ (und „löst mich ab“)

Zur Stubenfliege, sirrend zwischen meinen Fingern: „Keine Angst, jetzt kommst du hinaus ins Freie, zur Mutter Natur!“

Nein, das Leben ist kein Traum. Aber vielleicht ist das Sterben ein Traum?

Und wieder zur Stubenfliege, einer anderen, der von heute: „Ich tue dir nichts. Ich setz dich nur ins Freie in den Regen, da kannst du ein bißchen pantschen!“ (Und sie hörte auf zu sirren und surren zwischen meinen Fingern, wurde still)

Jetzt ist jetzt – wenn es jetzt ist

θυμόν πετάσει, das Herz (der Sinn, das Gemüt) entfalten, so heißt es in der „Odyssee“; und entsprechend λῖτα, die Tücher, εἵματα, die Gewänder, ἱστία, die Segel

Nichts hat Wert ohne Betrachtung

Wie doch für uns alle Platz da ist, und für alle unsere Sprachen, und dazu Griechisch und Lateinisch und Althochdeutsch und Altslawisch, und für alle unsere Feste, durcheinander, miteinander („Immer noch Sturm“)

Früher oder später wird jeder von den Freunden ein Gespenst (ich dachte ans Altwerden)

„Herrlich recht haben“ – gibt’s denn so etwas? Ja

Das Kino (inzwischen) als Ganzes: Falsche Bewegung?; oder ich im Film: falsche Bewegtheit

„῎Εργον ἔργου ἐξημείβετο“ („Helena“ des Euripides): Das Werk folgt(e) aus dem Werk; die Tat tauscht(e) Platz mit der Tat; das Tun verwandelt(e) sich ins Tun

„Schauen kostet nichts“ – im Gegenteil

Im Dialog mit dem Werken, dem Tun, den Werken ist man nie allein? Oder dann erst recht?

Eines meiner Diktatoriatsgesetze wäre: „Am Sonntag nur die Vogelstimmen!“

In Gedanken an eine Frau: „Du Thörichte! – mit ‚th‘!“

„Er wunderte sich nicht schlecht!“ Kann man sich „schlecht“ wundern?

Von all den Landstreichern der Gegend und Wälder – vor anderthalb Jahrzehnten noch Legionen – bin ich der einzig Übrige?

„Gehen bis zum ersten Stern“. Und Gehen bis zur Melancholie

Freude am Nichts-Finden – gibt es das? Ja: Freude, die aus dem Nichtfinden kommt, und das Verb für solche Freude? Sie „weitet“ (: Finder-Glück)

Wenn du sagst: „Ich kann das (dich) gut verstehen“, so heißt das: „Ich verstehe es (dich) eigentlich (im Grunde) nicht!“

Du kannst nicht lassen, du bist kein Dichter

In diesem Jahr haben noch keine Vögel in den Höhlungen der Linde oben gebadet und mich unten mit dem alten Regenwasser besprüht

„Die Kinder haben in einem geordneten Hause eine Empfindung, wie etwa Ratten und Mäuse sie haben mögen. Sie sind aufmerksam auf alle Ritzen und Löcher … Und ich glaube, daß dieses ein großer Teil des kindischen Glücks ist. Wilhelm [Meister] war vor allen seinen Geschwistern aufmerksam, wenn irgend ein Schlüssel stecken blieb“

„… wenn die Orte unsaubrer Notwendigkeit eine geheime Kanzlei für unglücklich Liebende abgeben müssen“ („Wilhelm Meister's Theatralische Sendung“ und „Der Versuch über den Stillen Ort“)

„Helena“ des Euripides: „Ist nicht das Wolkengebilde das Wahre?/Ist nicht das Trugbild das Tragfeste“ (Ich will das hineinschwindeln in meine Übersetzung, am Ende)

Du stehst auf verlorenem Posten, aber halte ihn! (für Herbert Achternbusch)

Ich bin ja, manchmal (s. o.), ein Schwindler. Im Vergleich zu Thomas Mann aber –

„Gehen, bis was erscheint.“ – „Was?“ – „Das“

„Er war dem Wahne, daß alles, was in der [geschriebenen] Erzählung ergötze, [theatralisch] dargestellt noch viel treffender sein müsse“ („WM's Theatralische …“); große Literatur zu lesen: nicht mehr einsam;

oder: herrliche Einsamkeit! Und der Leser fühlt sich schön werden – so schön, wie er ist

„Diese Prüfung habe ich nun auch bestanden.“ – „Und ich auch nicht.“

Auch, zu spüren, was ich *nicht* sagen, was ich verschweigen, was ich (aus)lassen soll, ist eine Eingebung (die Inspiration des „*Das* nicht!“)

„In Wehmut baden“? (So ähnlich Doderer) – Zeitweilig doch ein lebendiges Bad, ein belebendes?

Sie ist unheilbar banal – sie ist gerettet. Er ist unerweckbar – sein Heil

Der Herbstwanderer, / der Haselwanderer: / Die Haselnüsse im Herbstwind / Fallen so schön („Fast ein Gedicht“)

„Mach mich aufschauen! Laß mich aufschauen!“ (Gebet, fast)

Episches Ideal: souverän – und offen für's Erbarmen (ich dachte an Ivo Andrić)

„Wo er stand und ging, redete er mit sich selber“ (Wilhelm im Liebesglück)

Verb zur Liebe: Sie „springt auf“; „Und“: Liebe und Aufspringen. „Springkraut“ Liebe. Und dann? Steig in das Raumboot der Liebe

Der Wein des Gehens: der einzige, der mir noch verläßlich schmeckt?

„Und“: Trauer und Treue (der Trauernde bleibt, zeit seines Trauerns, treu)

Ich drehe mein „Mantra“: den Bleistift im Spitzer

Der Goethe der „Theatralischen Sendung“ (35 Jahre alt?) schreibt manchmal zu viel von dem, was er schon weiß (z.B. über das Theatervolk); Effekt der Altklugheit

„Anmutige Gier“, das wäre (ist) in der Tat ein Oxymoron (ὀξύ-μωρος, *spitz*-dumm), und nur ein guter Schauspieler könnte das verkörpern

Wo am Sonntag die paar Esel standen in einem Strohrund, picken nun die Woche lang die Tauben, in Sonderzahl

Anderes Wort fürs Ruhigwerden, für die Ruhe: einrasten

Enthusiastisch ist nicht „optimistisch“, ist nicht „sonnig“ (obwohl ...)

„Und“: Ruck und Rhythmus (so habe ich Euripides' Ἑλένη übersetzt – heute beendet). Und jetzt bin ich wieder (Anblick des leeren Garten-Arbeitstisches) arbeitslos

Ahnungslos ist sprachlos (auch bei noch so vielen

Sprüchen). Ahnung und Sprachgefühl (auch ohne ein Wort)

Vier Haselnüsse abgefallen/während dreißig Minuten Abwesenheit:/Das nennt man Zeit („Fast ein Gedicht“)

Konkav werden (sein), nicht konvex – zum Beispiel für die kranke Nachbarin hinter ihrem Fenster, als ich vorbeiging. Und sie klopfte an die Scheibe zum Gruß, öffnete und rief: „Meine Haare wachsen wieder!“

Ist es denn so schwer, zum Himmel zu schauen? Ja (früher Morgen)

Die Welt gehört den Ahnungslosen, den Banalen. Die Welt?

Noch einmal die Haselnüsse: „Was ist Zeit?/Vier Haselnüsse abgefallen/in einer halben Stunde Abwesenheit“; oder so?: „Was ist die Zeit?/In einer halben Stunde Abwesenheit/vier Haselnüsse abgefallen.“ Oder so: „C’est quoi le temps?/Quatre noisettes tombées pendant une absence de trente minutes“

Zeichen, im Guten auf Reisen zu sein, „aushäusig“: Ich sehe keine Unordnung mehr. (Zuhause gelingt mir das oft nicht)

Ein irrgewordener Schmetterling stürzt sich herab auf die Erde und jagt dort herum wie (als) ein Raubvogel

„Wer dankbar ist, ist das für sich selber“ (Koran, XXIV, 40)

Wer einmal das Entsetzen erlebt hat, bleibt für immer entsetzt. Das Entsetzen höret nimmer auf (meine erste Stunde im Internat)

Was ist ein Sadist? Zum Beispiel ein Gärtner, der einem Schmetterling, der vorbeischaukelt, mit seiner Gartenschere die Flügel abschneidet

„Es ist schwerer als man denkt, gerecht zu sein“ (Wilhelm Meister)

„Und wie der Ungeschickte meistens noch einen zweiten Fehler begeht, mit dem ernstlichen Vorsatz, das Vergangene gut zu machen, so wird der Dichter, um der Dichtung zu entgehen, erst recht zum Dichter“ (Wilhelm M.)

„Tu doch nicht so, als seist du eine Ausnahme!“ – „Wir sind alle Ausnahmen“

Angesichts des Winds in der Atlas-Zeder: Sehnsucht nach der Fremde („immer noch“)

„Wir haben jedem Menschen sein Flugtier [sein Geschick] an den Hals gebunden ... Am Tag der Auferstehung werden wir ihm ein Buch zeigen, das geöffnet ist“ (Mohammeds „Nächtliche Reise“)

Den vorsokratischen (?) Spruch: „Alles zu Erkunden-

Pappel am Sommernachmittag, „Niemandsbucht"

de wird in der Nacht herausgefunden", variier so: „Alles zu Erkundende wird im Müßiggang herausgefunden" (ta spoudaia, die Werte, die Kostbarkeiten)

Der Mutter-Bruder in „Immer noch Sturm": „Meine Tieftraurigkeit ist ständig in Gefahr, in Ekel umzuschlagen, und beides, Traurigkeit und Ekel, ist Leiden. Also werde ich Tieftrauriger handeln!" – „Ja, handle! Tu!"

„Der Fuhrmann (vetturale) … zog mit den Zähnen die Knoten an seiner Peitsche nach" (F. Tozzi): Bildnis meines Großvaters

Kein gültiger Blick ohne zugleich ein Spüren deiner sich wölbenden Brauenbögen (wie gerade beim Anblick, voll Wohlgefallens, des Liebespaars im Vorortzug)

Libelle stehenden Flugs im heftigen Wind

Horoskop des Tages: „Sie verzweifeln darüber, das Glück nicht an Ihrer Seite zu haben, aber sind Sie sicher, es erkennen zu können?"

„Was versprichst du dir von mir?" – „Ja, soll ich mir denn nichts von dir versprechen?!"

Das bloße Atemschöpfen ist zeitweilig schon der Schöpferatem? Zeitweilig? Immer?

Das Geheimnis (des Schreibens) hat nichts mit Verschweigen, Aussparen, Andeuten – hat nichts mit Technik zu tun (s. Raymond Carver u.a.). Das Geheimnis des Schreibens ist woanders, z.B. am nächtlichen leeren Grenzbahnhof von Sežana im jugoslawischen Karst, nah dem Brunnen in Form eines Stalaktiten

„Gott, was habe ich Äpfel gegessen im Leben – und was hat's genützt? Nichts" („Immer noch Sturm")

Schande, schon wieder ein zufriedenes Gesicht

Was ist, zum Beispiel, phantastisch? / Die alten Gleise, verschwindend im Durcheinandergras („Fast ein Gedicht")

Eine altgriechische Umschreibung für den Abend, das Abendwerden: ho boulytós (βουλυτός), das Rinderausspannen

Eine Art des auch inneren Ankommens an einem Ort: Sowie ich im Stillen seinen Namen ausrufe, wie jetzt gerade: „Arras!" – Oder sowie ich ihm unwillkürlich einen Namen gebe, wie vor über 40 Jahren vor dem Yukon-Strom in Alaska: „Schönes Wasser!"

Gerade das Hand- und Habhaftwerden des Wortes „Genugtuung": Ich empfand Genugtuung bei der Vorstellung, dieser „mein Brief", eingeworfen in den Briefkasten, ausgehoben zur angezeigten Stunde, sei nun unterwegs zu … Genugtuung? Zufriedenheit? – Es war keine Zufriedenheit, es war Genugtuung

Eine andere Bedeutung von „Eisenwerk“: die rumpelnden und polternden Züge während ihrer Ausfahrt aus den großen Bahnhöfen beim Passieren der Weichen (Arras, bei den Gleisen, früher Morgen)

Es gibt noch viel schönere Leitern, als man sich vorstellen kann (im Zug von Arras westwärts zu Bernanos' Kindheitsgegend)

Was du nicht zugleich für deinen Anderen getan hast, das hast du nicht getan (Variante)

„Erinnerst du dich noch an den großen Stadtplatz von Heide / Schleswig-Holstein?“ – „Ja, damals habe ich noch über alles gestaunt“

Ein Schmetterling hüpfend im Kies. / „Ein hüpfender Schmetterling!“ / Der Schmetterling als Seilspringer. / Freundlich wie ein Schmetterling! („Fast ein Gedicht“)

Eine wahre Empfindung ist die, welche mich durchquert – zugleich aber zart

„Es war ein Festtag, an dem jeder wünschte, spazieren zu gehen“ (W. Meister). Es war einmal ...?

Wenn du schon rückwärts gehst, dann aber entschieden!

„Bleib klar!“: Abschiedsgruß

Quelle des Glücks: Alles und Jedes – bis auf Vieles

„Die Kinder eins nach dem andern mußten das Seil betreten, die ungeschicktesten zuerst, damit ... die Schwierigkeit der Kunst sichtbar würde" („Wilhelm Meister's Theatralische Sendung")

„Und": Sinnen und Schmecken (gesteigerter Geschmacksinn durch Sinnen; oder: Schmecken und Sinnen; oder: Anschauung und Geschmack; oder umgekehrt; oder wieder umgekehrt)

Alles, was ich finde, habe ich selbst einst verloren

Beiwort zur Stille: „phantastisch" (Variante)

Man lernt, auch wenn man nicht lernt

Ein Rhythmus, der sich verlangsamt und mich mit: Erkenntnisrhythmus. Nur solch einer?

Was will ich mehr als Schönheit, beseelte und beseelende? (Pleonasmus? „Schönheit" enthält schon „beseelt"? Ohne Beseeltheit keine Schönheit?)

„Ich bin gerettet!" – „Du Schande!"

Durchdrungenheit, die verkörperte Begeisterung; durchdrungen werden / sein: die Begeisterung verkörpern

„Enteinzelne mich und meinen Blick" (Gebet)

Mein Zentralmuskel: der Atem

„Die Frauen redeten nicht mehr … und sahen ihn beweglich an“ (WM)

Endlich einmal „verstand“ ich, auf eine Weise, Rilkes „Alles ist ausgeruht, Blume und Buch“: Ich sann (sinnierte) über das Buch, und beim Aufschauen: die Blumen auf dem Tisch

Nichts unedler als die Ungeduld; nichts würdeloser

„Schrecklich schön“: das schrecklich-erschreckend Schöne, das gibt es, das trifft zu, und „das Schöne“ ist dann nicht erst „des Schrecklichen Anfang“, es ist mit dem Schrecklichen eins, auf der Stelle, jetzt – und Aus!

Weisheit kommt nicht von Wissen

Abendschmetterling, gar einzeln

„Man sollte die Aufführung mancher Stücke eher für eine Erzählung halten und diesen dichterischen Erzählungen eine sinnliche Gegenwart zuschreiben“ („WM’s Theatralische Sendung“)

Seltsam, wie die Schlangen, denen man über den (ihren) Weg gelaufen ist, einen im nachhinein beschützen, oder die Erinnerung beschützen, und mich, uns, in der Erinnerung; Schlangen, Beschützer der Erinnerung (ich dachte an die Schlange in der Steinmauer des Gartens von Stara Vas, die Schlange still in der versteckten Grube der Sierra de Gredos, wo ich hineingestolpert, -gefallen bin, die schwarzen Schlangen von Rax und Schneeberg)

„Denke! Vergegenwärtige!“ („Dein Denken soll Vergegenwärtigen sein!“: eins der 11. Gebote)

„Eine Frau, die einem nicht zeitweise zum Wahnbild wird, ist keine Frau“: Schwindle auch das in deine Übersetzung der „Helena“ von Euripides, wie einst die Bob-Dylan-Verse in die von „The Winter's Tale“

Wozu ist ein Hindernis da? Es zu umtanzen (für Friedrich Nietzsche)

„Auf alles, was der Jüngling zu ihm sagte, antwortete der Alte … mit Anklängen“ (WM)

Zur Hornisse, lang vor Sonnenaufgang mir am Ohr vorbeidröhnend: „Ein bißchen früh für dich, Hornisse!“

Verb für die Freude: Sie „erkennt“ (Freudenmomente sind mögliche Erkenntnismomente?)

Eine junge Frau sitzt auf der Brücke, / Ein Kind sitzt neben ihr. / Die Sonne scheint, / Das Wasser rauscht. / Der Bussard kreist im Blau. / Vielleicht bin ich schon tot („Fast ein …“)

Unvergleichlich: Ein Tautropfen an der Spitze des unvergleichlich spitzen Nußbaumblattes. (Sammle solche Unvergleichlichkeiten)

Jenseits der Sprache bricht die Gewalt los. In der Sprache bleiben. Auf ihr beharren („Immer noch Sturm“)

„Und“: Schubert und ein Lindenblatt im Fallen meine Ohrmuschel streifend

Beim Blick in den Apfelbaum im Garten, auf das eine Apfelpaar: „Hallo, Boskopmutter und Schrumpelkind!“

Eine spezielle Dummheit: die der Traumlosen; die traumlos Dummen

„Wie will ein Weltmann in seinem zerstreuten Leben die Innigkeit behalten, in der ein Künstler bleiben muß …“ (WM) (G. to himself)

Ein unschuldiges Kind hat viel Macht

Rechtes und gutes Lesen – wie gerade beim „Wilhelm Meister“, und vorher bei der „Chartreuse de Parme“: „Ich weiß jetzt, wo ich zuhause bin“

Das Ding, auf das du schon die längste Zeit aus warst, es zu erhaschen – es war in deiner Hand von Anfang an, in deiner hohlen Hand. Und dann hast du, nichtsahnend, die Hand geöffnet, und –

„Jedermann war besorgt, am tätigsten die Damen“ (WM; die *tätige* Sorge der Frauen)

Erzähl von einem unschuldigen Helden, und dein Buch ist gerettet

Daß (siehe „Helena“) keine Frau zu „besitzen“ ist: Ein Stoff für einen noch unerzählten Mythos? Aber deutet Ἑλένη das nicht schon an? Und ist dieses Andeuten nicht schon der ganze Mythos?

Wahrzeichen des Künstlers: Er freut sich und leidet wie die anderen, wie „nosotros“, aber wörtlich, bildlich, förmlich?

„Sie sah ihn mit einer wilden Gleichgültigkeit an“ (Aurelia in WM): Oxymoron?

„Apfelgott!“ dachte ich vor dem einen mit Früchten prangenden Apfelbaum

„Keine Hast beim Verzehren der gestiebitzten Trauben, sie sind kein Diebesgut!“ (Gedanke an „Die Obstdiebin“, Epos, mein letztes)

Träumerisch suchen, tagträumend suchen: Ideal

Er hat seine gute Bösheit wieder: weder Oxymoron, noch Paradox

Mitleidlos, und, von Fall zu Fall, voll Erbarmen „wie Ivo Andrić“: episches Ideal

Sind gedankenlose Sprache und Gefühllosigkeit, und/oder umgekehrt, nicht zuletzt ein-und-dasselbe?

Im Augenblick Freude: Ich bin mir voraus

„Das Buch, das klärt“: So nennt der Koran die Evangelien

Vielleicht bin ich noch für eine (1) Überraschung gut, oder zwei

Wieder einer ab in Verzweiflung. „So so“, sagt der liebe Gott (für Knut Hamsun, „Auf überwachsenen Pfaden“)

Zypressen vor der Basilika v. Aquileia

Verb zum Rotkehlchen: Es „flaumt“ (lautlos von Gebüsch zu Gebüsch)

„Diese erlogene Wahrheit, die ganz allein Wirkung hervorbringt, wodurch ganz allein die Illusion erzielt wird“ (WM, es leben die Illusionen!)

Ein anderes Jenseits: der Schmerz; das universale Jenseits des Schmerzes (ich dachte an die still und allein, mit mir schlafendem Kind neben sich, sterbende Großmutter, im Sommer 1950 in Stara Vas)

Nichts geht hernieden über den umfassenden Atem der Anschauung; nichts ist verbindlicher

„Ich war einsam und gerührt und Gott fiel mir wieder ein" (WM)

Was ist, zum Beispiel, „Tatsache"? Der Jammer eines Kindes, zum Beispiel. Und kein System und keine Revolution kommen auf gegen solche Tatsachen

Einmal die Heimat verloren – für immer die Heimat verloren („Immer noch Sturm")

Ich habe den Gekreuzigten in mir – bin seiner nur gar oft nicht eingedenk

Der Tag wird welk, so wie ich innerlich jemandem mit einem – und wenn auch gar nicht so gemeinten – Schmähwort komme

Andere, ganz andere „Leuchtende Pfade": die Pfadnetze zwischen Wohnblöcken in Außenbezirken, ausgeprägt vor allem auf dem Balkan, „Leuchtende Kreuzungen" im Brachland

Stoff und Form nicht durch erlittenen Inhalt, vielmehr durch aktiv erlebten, oder: Das Erlebnis für sich schafft den Inhalt, geht über in Stoff, geht über in Form

Der Held des „Großen Falls“: Er wird allüberall „vergessen“, „übersehen“ – im Dunkeln aber erkennt man ihn, noch und noch

Was für seltsame Maße man sich selber gibt, zum Beispiel das Wort „Schatten“ als Maßeinheit – so wie ich gerade unwillkürlich dachte: „Ich habe keinen Schatten Hunger“

Hänge ich zu sehr an der Erscheinungen Flucht?

Was für eine Odyssee, bis man in der Fremde am Morgen jeweils in Hemd, Hose und Schuhen steckt!

„Gehen bis zum ersten Stern“: Und gehen bis zur allerletzten Kurve (vor allem in den Balkandörfern)

Hast deinen Platz gefunden, und hast erst recht keinen Platz

„Schau schön!“ (Gruß und Wunsch)

Wann wird ein Unterwegssein schön und gut? Wenn ich endlich für nichts und wieder nichts unterwegs bin

Liebe: Unverständlich zu reden gehört zu deren Natur

Beiwort zum kleinen Igel: „mutterlos“; „ahoi, Mutterloser!“

Im Umkreis des selbstlos Angeschauten wird jedwedes zum „Und“: Der Igel, und das Rotkehlchen, und die Fliegen, und die Lindenblüten, und… Aber es kommt auch auf den Umkreis an?

Geschichte, die Göttin der Ungerechtigkeit („Immer noch Sturm“)

Ich glaube an die Liebe. Aber manchmal nicht an die meine

Mein Ahn sagte im Traum: „Unsere Liegenschaft in Stara Vas hat die Gestalt eines Glimmerplättchens von der Svinjska planina. So dünn auch, und so zerbrechlich“ („Immer noch Sturm“)

Der Kreuzweg der Heutigen im Sterben: im Liegen, und Liegen, und Liegen

Was ist, zum Beispiel, eine Kostbarkeit? Zum Beispiel der Geschmack der Vogelbeeren – der gelben, nicht der gallbitteren roten –, der reifen, im hinteren Gaumen am frühen Morgen

Viele Wörter gibt es nicht, sie fehlen. Für vieles, vor allem für Geräusche und Laute in der Natur, gibt es keine Wörter, keine Verben

Eine meiner Hauptuntugenden: der Unwille. Ja, das ist das Wort. Und ist mein „Unwille“ ein Laster? Nein, anders böse – eben eine „Untugend“

Freundlich suchen: Ideal (eins der 11. Gebote: Du sollst freundlich suchen!)

Wie lange brauche ich manchmal am Tag, bis ich merke: Es geht mir eigentlich gut, ich bin guter Dinge!

„Entschiedenheit und Folge“: nach Goethe „das Verehrungswürdigste am Menschen“

Die ideale Autorität: die im rechten Moment, und nur da

Mein erstes gesprochenes Wort heute war zugleich schon ein Ausruf, frei nach Euripides: „Hē lýpē! Der Kummer! Die Trübsal!“

Der Ahnherr sagte zu mir: „Wir sind Kuhweiden-, Obstgarten- und Maisackeruntertanen, und dabei bleibt’s! Ich gehe jetzt das Vieh versorgen!“ – „Und ich?“ – „Du die Wörter!“ („Immer noch Sturm“)

Der Igel stellt bei Annäherung die Stacheln auf: ein weithin hörbares Knistern

Ich bin ganz und gar kein Beschaulicher. Es drängt mich, dramatisch, zum Anschauen. Und oft und oft gelingt das nicht

Noch im Großen Fall sehen wir, was im Kleinen der Fall ist. Noch im Stürzen sehen wir, gerade da, und gerade das Kleinste, besonders scharf

„Ich“: „Ich werde eure, unsere Geschichte erzählen!“ – Der Ahnherr: „Und die Moral der Geschichte?“ – „Ich“: „Die Moral der Geschichte ist die Geschichte.“ – Der Ahnherr: „Sonst keine?“ – „Ich“: „Sonst keine.“ – Der Ahnherr: „Also gut.“ („Immer noch Sturm“)

2010

Fülle des Seins und der Zeit, und zugleich das Gefühl, das Leben zu versäumen: Gibt es das? Ja

„Ist er dein Feind?" – „Schlimmer: mein Ahnungsloser"

Zeitmaß: „Als ich noch die Haarwirbel der Kinder studierte"

„Ich lese Griechisch, und ich denke, der Annoncen-Angestellte jenseits der Straße tut vielleicht dasselbe" (John Cheever). Und: „In einem Stuhl sitzen zwischen den Steinen vor dem Haus, Scotch trinkend und Aischylos lesen." Und: „Nichts Feineres kann ich mir wünschen als diese dunklen Bäume und dieses goldene Licht"

Die erlebten Sekunden: Sie runden sich; die Täler der Sekunden; die Talschaft der Sekunden (Zeitmaß)

Morgenbrise, Täglichtaufe

„Ich mache diese Notizen nicht im Hinblick aufs Schreiben. Ich möchte den Herrn feiern und preisen, des Menschen Freiheit entdecken und neubestimmen, obwohl meine Vision ganz und gar nicht klar ist" (John Cheever)

Zu jeder Tücke des Objekts finde dessen Bedingung und dessen Maß, das jeweilige – und die Tücke wird gegenstandslos (?)

„Und“: Schönheit und Offenheit

„Der Anruf Gottes hat beim Teufel die gleiche Wirkung wie ein Bissen in der falschen Kehle“ („Das System der Wege“, Al-Ghazālī)

Vae invictis!

Filmstandardformel: „Nach einer wahren Geschichte“ – nein, „erfunden *für* eine wahre …“

Schön sorgen: Ideal (s. die schön sorgenden Frauen)

Wenn man in der Fremde ist, hören die Lieder nimmer auf

Publikum verdirbt

„Ich weine bei Pferderennen und bei schmutzigen Witzen ebenso wie bei der Passionsgeschichte“ (J. Cheever, an einem Palmsonntag); und: „Wenn meine Hände zittern vor Begehren, so auch, wenn ich am Sonntag nach dem Eucharistiekelch lange, und wenn die Lust mich zum Rennen und Hüpfen bringt, ist sie nicht stärker als jene, die mich auf die Knie fallen läßt für Danksagungen und Litaneien“ (J. Cheever)

Verb zur Begeisterung: Sie „lehrt“ (auch mich selber). Begeisterung, der ideale Lehrer

Immer wieder: „Kein Tag ohne Rückwärtsgehen!“

Anderes Vaterunser: „Meine tägliche Unschuld gib mir heute“

„Herrlich wahr!“ – Nur so, in Herrlichkeit, erscheint Wahrheit? Und auch daran erkennst du sie?

„Ein Engel kann nicht die innersten Gedanken des Menschen erkennen“ (Al-Ghazālī, Al-Minhadj)

Sitze im Haus und nähre dich redlich

Der Zuschauer als Revolutionär: Ideal; Schauen im Frieden: Ideal; „Geh hin und schau in (den) Frieden“ – „In welchem Land möchten Sie leben?“ – „Im Land der Anschauung“

Als ich auf dem richtigen Weg war, wußte ich nicht, daß ich auf dem richtigen Weg war. Als ich mich auf dem richtigen Weg *wußte* …

In China, nach dem Erfolg des Hollywood-Films „Avatar“, soll ein Berg der Provinz Hunan, namens „Säule des Südlichen Himmels“ umbenannt werden in „Avatar Hallelujah Mountain“

Nur keine geretteten Menschen (schon zu erkennen an ihren feisten Stimmen)

„Hör auf zu weinen, die Tinte ist ja nicht ausgeflossen über das Buch – nur über die Zeitung! … Na, weine ruhig …“

„Wandern über die Bucht, um den Sonnenuntergang zu sehen, den Abendstern und den neuen Mond, hingegeben an den Wunsch, ich wäre ein besserer Mensch“ (J. Cheever)

„Froh“ plus „dankbar“ macht „gesund“ (selbst bei schwankender Gesundheit)

Ein Muß: Sich schwer machen, um leicht zu werden

„Die Seele ist ein wohlgelittener Feind“ (Al-Ghazālī …)

Der Goethe der „Wanderjahre“, nach der Luftigkeit der „Theatralischen Sendung“ und der „Lehrjahre“, hat etwas von einem „Gruftie“

Wenigstens auf die Bahnsteigsratten ist nachts noch Verlaß

Der Leser als „der Lebendige“

„Und“: das Licht der Welt und meine Anderen

Es schneit taglang, ein Schneeherabstürzen ohne Unterlaß, stiller Niagara

Was heißt, unter anderem, Verehrung der Vorfahren (die nichts zu schaffen hat mit „Ahnenkult“): Ich möchte mich, zum Beispiel, dauernd bei euch entschuldigen

Am Schauspieler das Leben spielen lernen? Nein, den Ernst des Lebens (Held des „Großen Falls“)

Kein Grund zur Freude. Also freue dich! (Habe ich das nicht schon notiert? – Und wenn)

Nachtwindeucharistie, Nachtwindkommunion

Nimm und lies, lies und gib

„Indem ich die Liebe eines Vaters erfahren habe, bin ich in ein Lieben so bestrickend und leidenschaftlich gezwungen worden, daß es darin keinerlei Masken der Wahl gibt“ (John Cheever)

Ein Tagwerden im Tag: Totengedenken

Schwermut: Nichts antwortet (Habe ich das nicht schon notiert? – Und wenn)

„Wenn wir sagen ‚Christus, erbarme dich unser!‘, verlangen wir nicht nach einem leibhaftigen Segen, scheint mir. Wir drücken nur aus, wie erbarmungslos wir sind zu uns selber“ (J. Ch.)

L., mein Kind, beim Griechischlernen: voll Leben, Rhythmus, Muskel (beim Lateinlernen dagegen …). Oder kehre ich, bei L.’s Anblick, selber zurück als Kind?

Frömmigkeit ist, nach Al-Ghazālī, Reinigung *und* bleibende Reinheit des Herzens

„In meinem Elend sehe ich mich selber als jemand Jungen, sogar Bubenhaften“ (John Cheevers Diary)

Halte nur inne, und so wird deine Seele gesund

„Auf der Madison Avenue gehend, wurde ich gequält von dem Gedanken, meine Sünden würden aufgedeckt, trotz meiner Beteuerung, ich hätte keine begangen. Meine Kinder werden mich verachten und verleugnen, meine lieben Hunde werden mich verbellen, sogar die Zugehfrau wird in meine Richtung spucken. Wo ist Erbarmen? Wo ist Vergebung?“ (John Cheevers Diary)

„Verlassen“, du, „ein Verlassener“? Nein, du bist es, der verlassen hat; komm zurück, komm zurück, du!

Ein wohltätiges Durchkreuztwerden: das meines Blicks durch die Schneeflocken

Verb zum Ekel: Er „will abschaffen“ (ihn, sie, es, mich, alle[s]); einmal wird der Ekel überhand nehmen?

Marienkäfer im Winter: welch Einsamkeit! (s. der einzelne Schmetterling in der Abenddämmerung)

„Meine einzige bemerkenswerte Erfahrung ist ein angenehmes Gefühl von Demut“ (J. Ch.)

Seit längerem schon bin ich nicht mehr so recht „ausgeschritten“ und „über’s Land gegangen“, und allmählich kommt mir, was ich sonst so tue und treibe, falsch vor

Das GROSSE SCHNEIEN, taglang: / Im Schneien ein zusätzliches Schneien / in diesem ein drittes / im dritten ein weiteres / und so fort – / Und jetzt das kleine Flugzeug im großen Schneien: / Wie wird es nachhause kommen? / Und wer wird da gerade begraben im großen Schneien?

„Schlaf ist mein Königreich, mein Geburtsland. Ich bin der Prinz des Schlafs“ (J. Ch., 1967)

Ach, Liebe, wo steckst du? Wo versteckst du dich wieder einmal? (Aber immerhin kann ich noch „Ach!“ denken)

Wer nicht zum Tod verurteilt worden ist, ist kein Mensch

Du bist irgendeinmal stehengeblieben. Und dort, wo du stehengeblieben bist, ist gar nichts – du tust nur so

Die Freude wartet überall – sogar auf den Freudenfesten

Hört auf, von meinen Kindern zu reden – sonst muß ich gleich weinen. Da, die unverwüstliche, die unverwelkliche Lilie der Verkündigung. Und da, der Engel mit Hut. Und da, die Satellitenschüssel auf der Friedhofsmauer. Das Staunen wird uns retten (Stara Vas)

„Zu lesen, ein Buch zu lesen, verlangt Geduld"? – Unsinn: Ein Buch erzeugt, schafft, schöpft Geduld, und daran erkennst du das Buch „Buch"

Schwermut: nichts würdigend, nichtswürdig

Eine Art Inspiration ist schon das „Es kommt mir in den Sinn"

Erst mit dem folgenden Tag kam die Gerechtigkeit für den vergangenen

„Sei Vater!" – „Aber wie?" – „Sei ein Mann!" – „Wenn ich bloß wüßte, was das ist, ein Mann"

Mit Wohlgefallen betrachtete der Wanderer bei der Ankunft seine wunden Zehen

„Entziffere Dich, Erdreich!" (Gebet) – „Vater, erlöse mich von deinem freudlosen Lachen!" (Gebet) – „Zeig mir Krankem von ferne ein Krankenhaus, und ich werde auf der Stelle gesund!" (Gebet)

Eine Frau ist da zum Aufschauen. Eine Frau? Ein Kind?

Im Flugzeug: Fürchterlich wohnet der Passagier

Was geht über Begeisterung? Begeisterte Ruhe (kein Oxymoron)

„Gott hat angemerkt, daß in dem Akt des sich senkenden Blicks eine Reinigung des Herzens begriffen ist“ (Al-Ghazāli, „Das System der Wege“)

Wie schön du geworden bist vom Lange-nicht-in-den-Spiegel-Schauen!

„I will be what I am, / A solitary man“, sang und singt Johnny Cash

„Kein Hund beißt mich, kein Hund wird mich je beißen!“ (Klage einer Frau in einer Bar)

„Die Sorge (*hamm*) läßt im Körper keinen Platz mehr für die Anbetung“ (Al-Ghazālī)

Gott: weder allmächtig noch allwissend, aber all-da, all-wollend (für Baruch Spinoza)

Auf den Weltstadtstraßen: „So viel Schmerz!“ Auf den Vorstadtstraßen: „Kummer viel“ („Der Große Fall“)

„Am Dienstag waren wir Liebende, und am Mittwoch Krieger“ (John Cheever, 1970)

Überrasche mich. Komm und überrasche mich!

Snob: der Versager, welcher Große Dame und Thronfolger spielt. – Die Hölle wieder einführen! – Aber nichts geht mehr in Erfüllung

Der Schönheit gewahr (inne) werden: auf der Höhe

sein; „ich bin auf der Höhe der Schönheit" … „Ja, schau, da ist er ja, der erste Herr von Krokus!"

Die nachhaltigsten Lehrer: die Momente der Liebe: „Jetzt weiß ich …"; „jetzt erfahre ich, daß …" – Wenn du nicht liebst, pack ein!

Wenn du nicht liebst, weg mit deinem Körper! Liebloser – Selbstmörder ohne dein Zutun! (Böse zu werden, vor allem auf sich selber, ist nichts Schlechtes)

Mehr Vaterlose! Bahn frei für die Vaterlosen

Der Kommunismus war Gottes Wille. Aber dann –

Die Idee der Dankbarkeit. Die Dankbarkeit eine Idee? Ja, und was für eine! Der Horizont gedenkt der Toten

„Die Musik, insbesondere die Schuberts, klingt wie ein mächtiges Erzählen" (J. Cheever)

Du bist ein Enthusiast, ja. Aber der Enthusiasmus muß auch zögern können – zu zögern *wissen*

„Sag mit deiner Zunge nicht, was dir die Zähne brechen könnte" (Al-Ghazālī)

Wer jetzt, und jetzt stirbt, hat den Weltuntergang nicht erlebt. Eigentlich schade

Elstern, schwarzweiß in der Zeder blinkend als Pinguine

Was sagt das Vorfrühlingslicht? „Komm mit!“ Aber ich komme nicht mit

„Wenn er nicht weiß wohin, setzt er sich an seinen alten Tisch“ (Jürgen Becker)

Besser Schuldgefühl als schlechte Laune

Viele Namen fallen mir nicht mehr ein – zum Glück

Die in alle Welt verstreuten Jugoslawen (Serben, Kroaten, Bosnier, Mazedonier, Kosovaren): der große Trost

Was macht man nicht alles, um nicht nachhause zu müssen

„Fahr mir in die Haarwurzeln, Haarwurzelwind!“ (Gebet des apokryphen Propheten Habakuk)

Nein, ich bin in der Tat keiner, der das Schießpulver erfunden hat

„Indem ich Ausschau halte nach einem Gute-Nacht-Kuß, blickt mir einzig ein Ellbogen entgegen ... Ich bin der Bergkönig, aber niemand scheint das zu wissen“ (John Cheever)

Welche Farbe spüre ich jeweils im voraus? Das Gelb (Die Andere Farbenlehre)

Gibt es die Hölle? Gibt es den Teufel? Ja – in dem Sinn, daß wir allesamt „des Teufels sind“, einmal mehr, einmal weniger, einmal ich, einmal du, einmal „die Anderen". In der Jetztzeit gerade mehr und mehr –

Vor Trauer vergehen? In Trauer bestehen; Trauer und Bestand

So viele Ehepaare (nicht nur alte) als Zweierbande

Mein Gesellschaftsideal: in Gesellschaft des Staunens. „Damals, ja damals, da war noch ein Staunen in der Landschaft!"

Ideal? Ist nichts

„Ich kann nicht klagen": Bedenk den Doppelsinn

In der Trauer die Gefahr, daß ich mich als deren Besitzer, Besitzverteidiger, Alleininhaber aufführe. Meine Trauer muß Eigentum aller werden – Gemeingut. Das zu meinen Toten („Immer noch Sturm")

(„Bei uns sehnt sich jede Seele aufs Heimfahren", Hans Sivec aus Stara Vas, „Euer Tundrajüngling", mit 21† alldort in der Tundra 1943)

Daß ich mir meinen Teil denke, genügt nicht

Alles tendiert, zu herrschen, und das ist die Tragödie

Würde er jetzt hinstürzen, würde er sich nie mehr erheben. Oder anders? Oder als ein Anderer? („Der Große Fall")

„Die Hoffnung ist das unheilbare Übel“ (Al-Minhadj), und: „Wer Angst hat vor dem Moment, dem rückt das Ferne auf den Leib“

Meine Schuldgefühle als Schreiber wünsche ich niemandem als mir

„Der Schnee ist wie nichts, wie Luft, und doch hält er das Licht, das aus den Hausfenstern dringt. Meine Tochter kommt inmitten des Sturms nach einem gefährlichen Tag. Ich liebe sie gar sehr, bete für ihr Glück und gehe zu Bett, in mein altes Bett, wo ich von Liebe träume“. – Niemand hat je so geschrieben wie John Cheever in seinem Journal

Eine Literatur, die „siegt“ – die „von Sieg zu Sieg eilt“, wie jemand schrieb –, kann sich nur zu Tode siegen (und nicht nur sich allein)

Was heißt „schlechtes Gewissen“? Nicht am Platz sein; nicht mit der Zeit sein; zu viel allein sein, zu wenig allein sein. – Allein oder nicht allein sein – so oder so schlechtes Gewissen

Wo nichts geschah, habe ich zeitweise am meisten erlebt

Kein schöneres Auffliegen als das eines Falters aus dem tiefen Gras, unversehens (immer wieder „unversehens“)

„Du besitzt in Wahrheit nur 1 Atemzug, und keinen Tag, nicht einmal eine Stunde“ (Al-Ghazālī)

Die Öffentlichkeit ist dumm, und Andy Warhol ist ihr Prophet

„Und heute will ich die Hecken stutzen und die Tomaten düngen. Ich denke an meine Einsamkeit … So füttere ich meine Tomaten, und als in der Post kein Liebesbrief ist, sinne ich nach sowohl über meine Verluste als auch über das, was jenseits und über ihnen ist … Der Hang zur Trauer ist gewaltig, und so auch das kräftige Lachen oben von den Bergen. Genug, mich weiter in Bewegung zu halten“ (J. Ch.)

Einzig Jesus Christus hat eine reale Vision von der Zusammengehörigkeit aller Menschen, von *nosotros*, gehabt; Jesus war der einzig wahre Politiker

Alles liegt noch da auf dem Tisch wie gestern, die Zwirnspule, das Wörterbuch: Also kann die Welt, kann das Dasein keine Täuschung, kein Schwindel sein

In mancher Gesellschaft: statt Einzelhaft *Andern*haft

Spatz, der du dich einmischst in meine Denkerei: hast recht

„Wir, die Vaterlosen, sitzen herum und versuchen einer des anderen Geschichten zu übertreffen, und ich selber stelle mir vor, die Liebe eines Vaters zu vermissen und, lebend mit einem Vater, der mich tot wünscht, stelle ich mir vor, gewonnen zu haben“ (J. Ch)

Wettervorhersage: „Ab Dienstag nächster Woche ist mit allgemeinem Grünen zu rechnen“

„Der Neid führt zu Mühsal und zu sinnlosen Sorgen“ (Al-Ghazālī). – Aber unterscheide zwischen „Neid“ – manchmal unvermeidlich, gar fruchtbar – und „Mißgunst“ (unfruchtbar, „sinnloses Sorgen“)

Die Anschauung arbeitet wie die Wasserwaage – durch Anschauen ist dein Auge in der Mitte, gerät dein Auge in die Mitte – wird die Mitte – erzeugt das Gleichgewicht. – Die Frischluft der Anschauung, auch bei geschlossenen Fenstern. – Wenn ein Lesen nicht zugleich deine Anschauung (dein Anschauen) verstärkt, verschärft, vertieft – laß es bleiben! Oder lies anders. Oder lies anderes

Verb zur Dankbarkeit: sie „überwältigt“ (still)

Etwas Großes im Sinn zu haben, ist etwas anderes, als ehrgeizig zu sein

Nur Romantiker schaffen etwas

„Ich mag Kleinstadtzeitungen“ (John Cheever; me too)

Abgesehen von den Erzählern kenne ich nur Verrückte

Die „Voreiligkeit“, nach Al-Ghazālī, verhindere die „Gottesfurcht“. Statt „Gottesfurcht“ sag einfach „Innehalten“

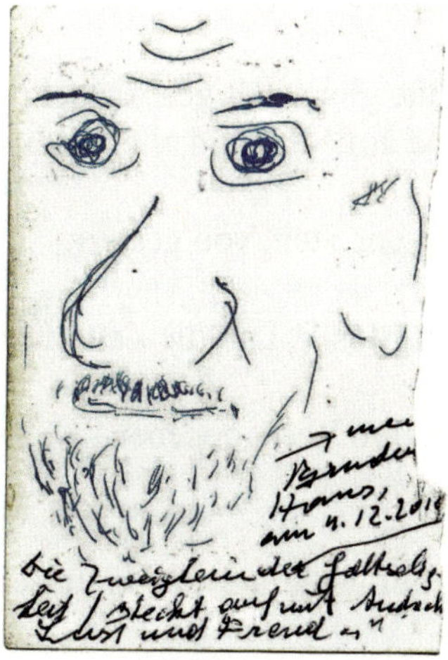

Mein Bruder Hans
Starna Vas

„Und“: Grünen und Aufatmen

Mein täglicher Augenblick Gottesdienst: des Anderen innezuwerden, sowohl in seiner Anwesenheit wie in seiner Abwesenheit

Keine Ruhe ohne gleichzeitiges Aufnehmen. Und was nimmt die Ruhe auf? Ein und alles, ἕν καί πᾶν

Im Schuh heute der Stein von gestern

Zeit ist eine Art Musik. Laß die Zeit musizieren

„Der Erfolg hat ihm Recht gegeben.“ – „Der Erfolg hat ihm Unrecht gegeben“

Gott existiert nur während des Gottesdienstes. Was heißt „nur“?

Auf einen vorjährigen Bovist getreten: Herbstrauch im Frühling

Lieber ein Gauner, der wahrhaft redet, als eine ehrliche Haut, die leeres Stroh drischt

In die Morgenpfützen fällt der Abendregen, / Und in die Abendpfütze fällt der Morgenregen, / Und so vergeht die Zeit, so spielt sie.

Ein Tag ist halb verloren, oder ganz verdorben, oder vertan, sobald du jemandem, und wenn auch unausgesprochen, eine Schuld zuweist

Frühlingsmitte: Alles blüht, / Selbst der zerfledderte Ball im Gebüsch, / Selbst die ausgebleichte Frisbeescheibe

„Ich glaube an Erzählen als ein Erfinden, an ein Erzählen als Offenbarung“ (J. Ch.)

Der Rhythmus John Cheevers: die Stimme des Lebens: „And …“, „so …“, „this is …“: So umtanzen Cheevers Sätze, frei nach Epikurs Wort von der Freudnschaft, still den Erdkreis

Querwindeingehen: Ideal. Und was äugelt mir jetzt da über den Weg: der Brustlatz einer Meise. Und dann im Buschwindröschenwind: unsterblich, ewiglich

Ein Recht tritt in Kraft, sowie der Ekel durchdringt zur Trauer

Zeitschwelle im Jahr: Da alle die Fenster des Hauses umflogen und in einem fort angestupst werden von Hummeln

Ein Erwachsener erquicklich wie ein Kind: Ideal

Unterscheide zwischen all dem affigen „Stilwillen“ und dem Sprachbewußtsein

Segeln / Flattern: der erste Zitronenfalter dieses Jahres – erst kommt er „gesegelt“, und dann „flattert“ er

Er schaute sich die Augen aus dem Kopf nach der

Schönheit? Ja, und er schaute sich die Augen in den Kopf dank der Schönheit. – Und was tat die Schönheit? Sie führte ihn über zu was anderem, und wieder was anderem. „Überfuhr Schönheit“

Ostern ist jetzt, und jetzt, und jetzt

„Dein Anfang ist ein Samentropfen, und dein Ende ist ein Kadaver, der verwest. Zwischen den beiden Polen bist du der Träger der Reinheit“ (Al-Ghazālī)

Du bist ein Opportunist, aber wenigstens kein Künstler. Wehe dem opportunistischen Künstler

„So läßt sich meine Frau, außerstande, ein Wort an mich zu richten, jetzt hören: Sie öffnet ihr Fenster und ruft: ‚Oh, schöne Spottdrossel! Oh, du schöne Spottdrossel draußen vor meinem Fenster!‘ Wie wichtig doch Frauen sind“ (John Cheever, 1981)

Schön jung zusammen mit schön alt: Ideal

Zur Feier der österlichen Auferstehung werde ich heute keine Zeitung lesen! (Steigerungsformen: Luft – Morgenluft – Osterluft)

Obenauf und untendurch, untendurch und obenauf, und umgekehrt und wieder umgekehrt

Vor zwanzig Jahren habe ich noch an Magnolien geglaubt

Glücklich, gerettet oder schlicht ungeschoren die fürs Wahre wie fürs Falsche Blinden. Glücklich, gerettet, ungeschoren simili modo die fürs Schöne Blinden. Aber ihrer ist kein Himmelreich. „Die Wahrheit, denke ich, hat den Sinn von Offenbarung und Licht“ (John Cheever)

„Laß mich!“, sagte ich in Gedanken zu meiner Mutter. Aber das hieß jetzt etwas anderes als vor fünfzig Jahren

„Willst du im Sommer den Winter sehen?“, fragte er sein Kind. Und er öffnete den Tiefkühler voll mit Schneebällen

Himmelschaugymnastik

Die Feuerwanzen ausschwärmend kreuz und quer durch den Garten mit Farben und Zeichen auf dem Rücken wie auf Indianerzelten

„Hast sogar du eine Ideologie?“ – „Ja, die Tautropfenideologie, die Tautropfenspektralideologie, die Tautropfenspektralsystemideologie“

„Der Vielfraß ist unfähig zur Anbetung, wie ein zu Tode gestürztes Vieh“ (Al-Ghazālī, „Das System der Wege“)

Ich bin nicht auf der Welt, damit mir jemand die Welt erklärt

Sanft in der Fremde; ein sanfter Fremder: Ideal

Er atmete sich weg aus dem Alltag, geradewegs durch zum Märchenhaften, durch zum anderen Alltag

Die Vogelpaare und -pärchen, die kleinsten wie die größten: Wo auch jedes einzelne ist, getrennt von seinem andern – sie wissen voneinander

Haben wir Heutigen keine Substanz mehr? Doch. Aber unsere Substanz(en) hat (haben) sich verirrt?

Bei Trost bin ich, sowie mir ein(e) andere(r) in den Sinn kommt, als der (die) Andere (die kranke Nachbarin)

Ein Dichter braucht die Liturgie. „Er war ein Dichter und brauchte die Liturgie“

„Jemand hatte ihm im Traum einen Satz zugeflüstert: ‚Fernes Auteuil, zauberhaftes Viertel meiner großen Traurigkeiten‘, und er notierte sich die Worte, wohlwissend, daß manche Worte, gehört im Traum, und die einen berühren, und die man sich vornimmt festzuhalten, sich im Erwachen verflüchtigt haben, oder ohne jeden Sinn sind“ (Patrick Modiano, „Der Horizont“)

Die vollkommene Lüge, nicht zu widerlegen, wie kommt sie zuletzt doch ans Licht? Ja, wie?

„Der Flugverkehr Gefangener einer Wolke“ (Schlagzeile in der Zeitung)

Der Schleier, die Schleierwelt, die verschleierte Welt ist zugleich schon die Entschleierung?

„Das muß ich mir merken!“ – „Was?“ – „Das Weiß der Kirschblüten gesehen durch ein frisch geputztes Fenster“

„Gott, schau mit mir = Gott, schau aus mir!“ (Gebet)

„Bin ich schon gelb?“ (Beim Gehen durch die Löwenzahnwiese)

„Was war zuerst, die Freude oder der Freudensprung?“ – „Manchmal war's der Sprung“

„Ich habe nie eine Heimat gekannt.“ – „Selber schuld“

Beiwort zur Welt der Erfindung: „unvergleichlich“. – Ah, unvergleichliche Welt der Erfindung (das wahre Leben, es erfindet, ohne Zutun, von sich aus)

Der Tod – / Wird er so sein: / Weder Raum noch Reim?

Kein schönerer Zeitvertreib als an andere zu denken, sich andere herbeizudenken und so, ohne Extra-Erfindung, sie zu erfinden

Die vollen Morgenbusse: „So hat die Menschheit also wieder eine Nacht überlebt“

„Literatur war die Rettung der Verdammten“ (John Cheever kurz vor seinem Tod). War?

„Owenboliska! Pecos River! Ochagavia!“ (Morgengebet)

Zeitschwelle im Jahr: die erste Löwenzahnspore haftend-schwimmend obenauf in der Kaffeetasse

Verb zum Blütenfall der Magnolien: Die Blüten „brökeln“

Der Dichter: Wer einmal auf das „O!“ abgestimmt ist,/kommt aus den „O's!“ nie mehr heraus./Zu seinem Unglück?/Zu seinem Glück? (Beim Lesen der Gedichte Ernst Meisters)

Ich bin nicht Held genug. Bin ich nicht Held genug? (Nichts gegen einen Helden – nur welchen? was für einen?)

Eine gewisse Freude, eine ungewisse Traurigkeit

Friedhof: Man möchte nicht sofort vor dem bestimmten, dem gesuchten Grab stehen (Pellevoisin bei Buzenval, Grabstätte Bernanos')

An der Folge des Gottesdienstes haben wir die Gegenwart. Treue dem Augenblick: Frömmigkeitsideal

Wo ist die Dauer? Im schwankenden Gras des Gartens. Nimm es mit dir auf die Reise

„Laß!“, das hieße auch: „Laß entdecken!“ Das Lassen des Entdeckers (für Nicolas Born)

„Vor dir muß ich mich beim Reden ständig in acht nehmen.“ – „Du kannst, du darfst …“

„Der Große Fall“: An seinem letzten Tag auf Erden wachsen dem Helden der Geschichte die Haare und Fingernägel schneller und schneller

Zeitschwelle im Jahr: die ersten reifen Frühäpfel im Juli – und zugleich die Springkrautzeit: siehe (höre) gestern das erste „satte“ Platzen der Springkrautkapseln im Wald

„Und“: Gewitterdüster und Zucken weißer Schmetterlinge

Der Rhythmus des „Großen Falls“: der eines Zuschauers, eines Mitgehenden

Kein Tag ohne Brotschneiden

Verb zur „Freude“: Sie „stellt sich ein“ (das Stelldichein [mit] der Freude)

Die Stimme eines Kindes im Ohr: Das Wunder ist geschehen

Manchmal habe ich keinerlei Problem – „zu meinem Leidwesen“

„Die Hintergedanken haben sich eingestellt, und die Segnungen sind verschwunden“ (Al-Ghazālī)

Die Zuversicht, anders als die Hoffnung, kommt „unverhofft“

So viele Bücher als „die übersehenen Juwelen im Haus“, seit je – dachte ich, wieder einmal, beim Aufschlagen und dann Buchstabieren, mich-Einfädeln in Ἔργα καί ἡμέραι, „Werke und Tage“

„Eine Zeitlang kommt es einem lachhaft vor, zu leben.“ – „Und dann nicht mehr.“ – „Und dann wieder“

Propheten links, Propheten rechts, und das Weltkind? Zwischen allen Stühlen

„Rußland, die einzige Macht, die Dauer im Leib hat“ (Nietzsche)

„Mrakobec“, Dunkelmann – so wurde Berdjajew geschmäht von den Sowjets. Gelobt sei solch ein Dunkelmann. „Eine Freiheit, die kein Erbarmen kennt, wird dämonisch“ (Dunkelmann B.)

„Vor Gott sind hundert Jahre wie ein Tag“? Nicht nur vor Gott, siehe Al-Ghazālī: „Die Bitterkeit einer (1) Stunde entspricht der Ruhe für ein (1) Jahr“

Der Negative hat einen Stil. „Wir anderen“ müssen Sprache finden

Zeitschwelle im Jahr: das Rissigwerden der Nußschalen (und wieder stümpere ich mich durch einen Sommer …)

„Warum kann man die Bibel nicht für ein Buch halten? Warum überläßt man sie der Kirche? Warum hält man eine Bibel für eine Betrügerei, anstatt sie für ein Buch zu halten?“ (Der Maler Wols)

Schwarzer Rüssel eines Igels, sich am Morgen aus einem Haufen Lindenblüten grabend. Und das Rascheln der trockenen Blüten dabei

Wer sucht, wird immer enttäuscht sein, auch wenn er findet

„Das große All offenbart sich in einer Anzahl von Kreisen ohne Ende – Die Welt existiert durch Rhythmus“ (Wols); und weiter: „Ich liebte eine Frau und habe es ihr gesagt, seitdem ist sie böse mit mir“ (Wols und John Cheever)

„Und“: Schönheit und Aufatmen

Wieviele Schutzengel habe ich im Leben schon verbraucht?

„Ich wundere mich über gar nichts mehr.“ – „Dann laß dich doch gleich begraben“

„Stupidität hält jung.“ – „Nein, alterslos“

Die weißen Schafgarbenblüten, wie sie zu schweben scheinen über dem Gras: Nimm dir ein Beispiel an ihnen

Im Regenrauschen rundet die Welt sich zum Erdball

Ein Dichter rächt sich nicht. (Und was tat aber J. Brodsky?)

Verb zur Geduld: Sie „entzerrt"

„Brich endlich auf!" – „Ich kann nicht. Ich bin in meiner Herkunft gefangen. Ein in seiner Herkunft Gefangener kann nicht aufbrechen" („Immer noch Sturm")

„Die Einsamkeit gibt es nicht." – „Die Einsamkeit gibt es, denn ich habe sie erlebt" (für Heimito von Doderer)

Es ist nicht alles schön, was blüht

„Les consommateurs sont déprimés" (Zeitung); d.h., sie konsumieren nicht

Alle anderen scheinen unsterblich – nur ich und meine Lieben nicht

Ich kenne sie, die Sommerverlassenheit, von damals, als ich jeden Abend, in der Dämmerung, beim Bauern die Milch geholt habe. – „Heiliger Nikolai Berdjajew, bitte für uns!" – „Bleib hier! So haben wir wenigstens gemeinsam Angst"

Ich ein „Profi"? Ein P. bin ich höchstens in dem, was ich nicht tue; was ich sein lasse. Und nicht einmal da

Reich an Irrtümern, reich durch Irrtümer

Schon lange ist's her, daß ich stolz war, an der Seite einer hochschwangeren Frau zu gehen. „Stolz“? Ja, Stolz – etwas ganz Seltenes

Liebesmoment, Mangelbehebung

Niemand ist sicher, schreiben zu können (außer Georges Simenon, vielleicht)

Still! Im Arbeiten, dem meinen, kann ich keine Stimme vertragen, und schon gar nicht meine eigene

Gebet für die Sterbestunde, pro hora mortis: „Gib, daß ich spüre, was das Leben war! Was die Liebe war! Wie ich gelebt und was ich geliebt habe!“

Viel Unglück kommt daher, daß man sich einbildet, etwas geleistet zu haben

Noah (nach Al-Gh.), nachdem er ein einziges falsches Wort gesagt hatte, hob den Kopf nicht mehr zum Himmel, vierzig Jahre lang

Packen für eine Reise: Mit der Tücke der Objekte ist zu rechnen. Aber wie?

„Die Eltern prophezeien, wenn sie reden“ (Grillparzer, „Der arme Spielmann“)

„Und“: Forminnewerden und Dankbarkeit

„Er erstickt in der Arbeit.“ – „Weil er nicht arbeitet“

Realitätssinn ist auch Sprachsinn; oder: ohne Sprachsinn kein Realitätssinn

Als Jonas (nach Al-Gh.) aus dem Bauch des Wals rief, sagten die Engel zu Gott: „Herr! Eine bekannte Stimme ruft von einem unbekannten Ort!"

„Es herbstelt." – „Es herbstelt das ganze Jahr"

Wenn ich meine Nächsten erlebe, liebe ich mich selbst

Wenn du keine Zeit für den Wald hast und trotzdem in den Wald gehst, ist es besser, du bleibst zuhause

„Den Krummen biegt gerade, und den Trotzigen läßt schrumpfen der hochdonnernde Zeus" („Werke und Tage")

Nacht: die Heimstolzierer – die Heimschleicher – die Heimpilger

Gibt es das denn, einen verträumten Hund? Ja

Nulla linea sine die

Verb zum Fabeltier: Es „beehrt"

Begib dich ruhig in die Höhle des Löwen. In der Höhle ist er kein Löwe

Ein Auto kurvend zwischen Pfützen auf einem geschotterten Bahnhofsplatz: die Spiralen der Verlassenheit

„Ein Hysteriker ist unverwundbar.“ – „Und ein Hysteriker redet aus dem Stand, schon von weitem.“ – „Und ein Hysteriker kann nicht grüßen“

„Verletzter lebt lange.“ – „Vielverletzer noch viel länger“

Der endgültigen Verzweiflung geht viel Geschwätz voraus. – „Ein bitteres Lachen, das wär’s. Aber nicht einmal bitter lachen kann er mehr“

Kampf mit den Tränen – ein guter Kampf, ein schöner Kampf

Das Geheimnis des Lebens? Ein rhythmisches Phänomen. Der Rhythmus der Seele ist nicht in der rhythmischen Musik, sondern in der Sprache – und *nicht* in der *rhythmisierten* Sprache

„Du bist so instinktlos – aber macht nichts, sonst wärst du ja jemand anderer.“ – „Nur nicht urteilen!“ – „Wer sagt das?“ – „Mein Instinkt“

Ein zartes Schrillen, gibt es das? Ja, das der Grillen
Schreiber: Durch- und Weiterwinker

Nur die Liebe „macht Liebe“

„Du bist so einsam, Kind.“ – „Ja, aber anders“

Verb zur Wahrheit, die geformte: Sie „macht Lachen“ – *so* wahr ist sie. Siehe Kafka: Es war nicht etwa der „Humor“, sondern das Wahrhafte, das Wahrgeformte, das ihn und die Freunde, als er vorlas, so verläßlich zum Lachen brachte

„Hör auf mit deiner falschen, deiner päpstlichen Versöhnlichkeit!“ – „Der Papst ist unversöhnlich“

Nichts Edleres, nichts Schöneres, nichts Anziehenderes als ein ernsthafter Mensch – ein Leser

Zeitschwelle zum Herbst: Blätter im Wirbelwind (auch wenn der Wirbel nur klein und gleich wieder vorbei ist)

Schönheit, gute Nachricht

Nichts hallt mehr, Jakob Böhme. Kein Echo mehr

Verb zu einem selbstzufriedenen Gesicht: Es „schlägt (mich) in die Flucht“

Herbstlich eingemeindet ins Rauschen der Bäume: Ideal

Auch ein Auto kann Trauer verkörpern? Ja, zum Beispiel das Auto der toten Nachbarin in der Allee

Immer wieder die Nachbarn: all die Deltas bei geschlossenen Augen

Die Heraldik macht Geschichte noch modriger

Sie war glücklich in jeder Gesellschaft und hat ständig „wir“ gesagt. Dann aber hat sie sich verliebt

Das Auto der toten Nachbarin in der Nacht im Regen: Es steht und steht

Nichts Biblisches ist mehr an denen im Biblischen Alter?

„Was hast du gestern abend gemacht?“ – „Ich habe den ganzen Abend lang eine Geschichte erzählt“

Der eine hochzufrieden, der andere tiefzufrieden, und das Weltkind? weder – noch

Nichts Schöneres als manchmal eine Frau, die aus dem Dunkel ins Licht tritt: „Oh, das schnürseidenheitere Element des Menschen!“

Einer, der eigens *geheim* anbetet, in Erwartung einer Belohnung hinieden, in der „Dunja“, ist, nach Al-Ghazālī, ein Ostentativer, einer, „der zur Schau stellt“

„Er ist ein Bücherwurm.“ – „Recht so: Vom Bücherwurm zum Bücheradler“

Freude, verborgenster aller Kontinente. Verb zur Freude: Sie „hebt an“; und: Sie „war und wird gewesen sein“ (ah, Vorzukunft; Freude und Vorzukunft)

Die Schlange der Eingebung ist über Nacht gestorben. Jetzt muß ich allein zurechtkommen

Kein Buch, das den Namen verdient, ohne Suchbewegung; ohne Suchbewegung kein Buch

„Warum vom Regen erzählen?“ – „Es soll etwas bleiben von diesem Plätschern auf dem Asphalt!“

Die Buchen nach dem großen Regen: Bäume, die sich gewaschen haben (vor allem die so glatten Stämme, regenschwarz)

Ich kann um niemanden werben

Gutsein heißt schon, Gutes tun (oder gut tun). Du sollst gut sein. Du mußt nicht Gutes tun (für Martin Luther)

Dulce et decorum sine patria mori

„Il lit beaucoup, il a du temps“ (Satz von einem Nachbartisch, Satz mit Doppelsinn)

Singen im Winter, an einem vereisten Brunnen, abgewendet von der Welt! Was soll dir da der Olympiasieg?

Erste Wendung am Morgen: „Weberknechtlein, wo wurstelst du dahin?“

Das Volk der Boviste: „Na, seltsame Stöpsel!“

Fledermäuse, Abendfriedennachzieher

Der Nelkenschwindling-Pilz auf serbisch: VILIN

KARANFIL („das merken und nicht vergessen", sagte einst Kaspar Hauser)

Ein Rätsel: „Was ist das: Schwarz quert Grün? Ein Rabe im Wald"

Wenn der Gott in mir erwacht – ja, was dann?

Ich bin in dem, was ich tue, inkohärent – und dadurch jemand Ewiger

Der Winter naht: Die eingerissenen Mundwinkel kommen wieder. – Und die Niednägel

Johnny Cash auf seiner letzten Platte: Ein Sterbender singt – aber wie!

„Wie der Landmann die Flachsseide, so haßt der Forstmann den Hallimasch" (Pilzbuch 1916)

Statt „ehren" sag (manchmal) „hochhalten"

„Wo ist heute die Freude?" – „Die ist flöten gegangen." – „Und wo flötet sie?" – „Hinter den sieben Bergen"

Verb zum Raben, wenn er geht: Er „scharwenzelt"

„Heute habe ich alles geschafft, was ich mir vorgenommen hatte." – „Nämlich?" – „Nichts"

„Hallo, Horni!": zur mich dröhnend umkreisenden Hornisse (Entwicklungsroman)

Es war Krieg, und die Lieder, die wir sangen, waren leise, auch wegen der Verdunkelung

Die Erkenntnis der Sinnlosigkeit ist keine Erkenntnis

Nieder mit den Denksportlern

Und was sagt sie, die Freude? „Es bleibt dabei“

„Käfer, wohin käferst du?“: zum zickzackenden Hirschkäfer auf der Walderde

Selig sind, die Zeit haben, / denn ihrer ist das Erdreich. / Selig sind die Seinlasser, / denn sie werden den Umschwung bewirken

Einmal Star, immer Star

Es werden noch Briefe geschrieben diesseits der Menschen? (für Paul Celan)

Den Andern in seinem ganzen Leid fühlen, heißt zusammenbrechen („Der Große Fall“)

Der Selbstmörder sucht den Gott in sich?

Sprache ist nicht von vornherein Sprache

Zeitschwelle im Jahr: der erste Rauch aufschießend aus einem Bovist – der braunschwarze Pulverrauch

„Du sollst deinen Dämon mobilisieren!“ (eins der 11. Gebote)

„Wer eintritt in den Garten von Gethsemane, kommt nie wieder heraus“ (G. Bernanos)

Die einzige Spalte, die er noch liest in der Zeitung: „Seltsames, allzu Seltsames“

Ein anderes Tagwerden im Tag: der – „endlich!“ – Hüpfschritt eines Kindes – wenn auch von einem Kind mit traurigem Gesicht

Das Gezierte, wenn es sich Gehör schafft, ist unüberhörbar, leider

Es kam. Es flüsterte. Es geschah. Es ist gegangen

„Und“: Erbarmen und Eros; der Eros des Erbarmens

Auch das Schwarz ist (wird) ein Licht, wenn ich es sehe

„Kusch, Gier!“ – „Die Gier kuscht nie“

Keiner hört mehr auf’s Echo. Jeder hört nur seine eigene Stimme. Wer aber seine eigene Stimme nicht mehr hören will, der wird gerettet werden. Und wer auf das Echo hört, der wird andere retten. Und ein Paradies wird nimmer sein auf Erden

Nacht der Liebenden in ihrer Kammer. / Und die Ähren – mit Umlaut – zu ihren Häuptern: / Am Abend noch geschlossen, / am Morgen offen

„Und“: Eingedenken und Sorgfalt

Punkt für Punkt vorgehen. In der Hoffnung auf? Eine andere, eine neue Geschichte

Wahrheit heißt Zusammenhang; Wahrheitssuche ist aus auf Zusammenhang

Es zieht mich nirgendwo mehr hin. Oder doch: ins Abseits. Ah, schönes Abseits!

Wenn (wo) ich mir der Vergeblichkeit bewußt werde, nähert sich eine Art Freude – Freude als Ausfluß von Freiheit. Und darum freue ich mich auch an dem puren weißen Dastehen eines Knollenblätterpilzes, eines tödlichen. – Verb für die Vergeblichkeit: Sie „hilft auf die Sprünge“; ah, die Wonnen der Vergeblichkeit

„Werdet ihr denn niemals müde zu töten oder zu sterben? Seid ihr nimmer gesättigt vom Blut der anderen oder von eurem eigenen Blut?“ (Blanche zu den französ. Revolutionären in Bernanos’ „Les dialogues des Carmélites“)

Ende der sogen. „Sommerzeit“: endlich das Läuten der Mittags- und Angelusglocken nicht mehr zur Unzeit

In der Hafenbar nicht viel mehr als der Wind, dessen Heulen das Heimweh verstärkt

Wenn du anfängst, die Laute der Kinder zu überhören, hast du auf Erden nichts mehr verloren

„Orpheusspötter“: Vogelname; und wer ist der Namensgeber?

„Er war froh, zu handeln und von neuem zu sehen“ (Stendhal, „Lucien Leuwen“)

„Mir ist schon wieder so furchtbar kalt an den Füßen“ – sagte die tote Nachbarin am Telefon –: „Kann ich wie gestern bei Ihnen vorbeischauen und mir Socken ausleihen? In fünf Minuten bin ich da“

Die Kunst ist sinnlos, ist zwecklos (in dem Sinn des „zwecklosen Widerstands“), und doch ist sie das Ziel wie der Weg

„Anwesenheit oder Abwesenheit?“ – „Beides zusammen. Es kommt darauf an, daß du Haken schlägst vor deinen Verfolgern, von Gesellschaft zu Gesellschaft“

„Wie er doch eine so schöne Erzählung vernebelte, indem er Geist hineinbringen wollte“ („Lucien Leuwen“)

Ideales Musikhören: Hörgänge, Kopf und Leib sind im richtigen Winkel

„Ach, der Gedankensohn!“ (Ernst Meister)

Achtlosigkeit als Vorstufe zum Verrat? Achtlosigkeit als Verrat

Das unscheinbar Monumentale ist nichts für die Zeitung, und dabei ist es eins für alles, eins und alles, hen kai pan (ἓν καὶ πᾶν)

All den unbarmherzigen Asiaten würde das Christentum nicht schaden

Ist das Falsche heutzutage nicht so deutlich, so allgegenwärtig, daß das Wahrhaftige umso mehr zur Erscheinung, zur erschütternden, wird?

„Schwelle“: spanisch „umbral“, baskisch ATABURO, ATALASE; und „Seele“, baskisch: ARIMA

Wer ist der Heilige der Geduld? Er wird gebraucht zum Anrufen, wie kaum sonst ein Heiliger

„Warum ist das Taxi auf einmal so schwer?“ – „Es ist ein Kinderwagen im Kofferraum.“ – „Ja, wenn’s nur das ist…“

Ich tendiere zum Verrat. Aber ich verrate nicht. Ich habe noch nicht verraten. Habe ich noch nicht verraten? Wehe mir

„Ich habe mein letztes Wort noch nicht gesagt. – „Sag es nicht. Nie!“

Eine andere „Unvergleichlichkeit“: Das Novemberleuchten, unversehens aus der Düsternis; ein Leuchten des Nichts-und-wieder-nichts

Was ist das Jenseits, was gibt die Idee von ihm? Das, was in mir besser, gewaltiger, universeller sein könnte, auch verstandesgemäß, und es jetzt und hier nicht und nicht wird, jedenfalls nicht auf Dauer

„Wer liebt die Richtigen?“ – „Mein Kind liebt die Richtigen“

Das lieblose Bürgertum („vertreten“ z.B. durch Th. Mann) darf nicht siegen. Aber was heißt schon „siegen“?

„Und“: Licht und Versprechen; das Licht wahrnehmen – seiner innewerden – und ihm etwas versprechen. Aber was? Etwas

„Der Arzt hatte unendlich viel Geist, aber er hatte nie

Paris gesehen – dort hätte er die Affektion gesehen" („Lucien Leuwen")

Verb zur Verzweiflung: Sie „plappert" (bevor sie für immer verstummt)

„Gibt es immer noch Menschenfresser?" – „Ja, manche Kinder"

Ein Motiv für Hiroshige: „Pferde stillstehend in Schnee-Erwartung"

„Das ist mein Speichel", sagte mein seit seinen Operationen jedes eigenen Speichels entbehrender Bruder in Stara Vas: „Die Schüssel da mit kaltem Wasser, vier Löffel Apfelmus, zwei Löffel Zucker", und zugleich im Radio der Schlager „Das ist dünnes Eis, auf dem wir uns befinden"

„Sie redeten wie die Zeitungen vom Vorabend" („Lucien Leuwen")

Im Schlaf wurde aus dem Kratzen einer Schneeschaufel das Wort „Zadar" und mit ihm kam der Ort – die Stadt –, und mit dem Ort der Gedanke: „Da bleibe ich über Nacht"

Ein heiliges Durcheinander, gab es das? Ja

Freundschaft ist ein Amt, und dieses Amt hat seine Dienststunden

Wissen ist Macht? Nicht die meine

Nichts sonst überliefert die Welt so wie liebevolles Erzählen

Das Gefängnis befand sich unter freiem Himmel. Die Häftlinge hatten da leicht lachen

Für Nietzsches „Cave musicam!" sag vielleicht: Entferne dich von der Musik. Geh in Abstand zu ihr

Joseph Haydn, oder die Weigerung, zu enden – ein Ende zu machen mit dem Musizieren, worin das Leben aufspielt als ein helles Wallen und Sichwellen, ein ständig überraschendes, von sich selber überraschtes. Haydn spielt zwar mit dem Enden, mit dem Aufhören, aber er endet nicht, und nicht, und nicht – Joseph Haydn als eine Art Oberspitzbub – der König der Spitzbuben – der Spitzbub als König

„Laß die Leute reden" (Motto auf dem Stadthaus von Piran) – ja, und laß die Elemente machen

„Liebe Nachbarn, ich entschuldige mich für den Kürbis, der in euren Hof gefallen ist und euch geweckt hat. Ich habe ein bißchen zu stark auf das Dach getrommelt"

Und Haydns „Auftrumpfen": Er nimmt es jedesmal sofort wieder zurück, und wie zart! – und so erst wird Zartheit spürbar/hörbar

Ich habe die Speisekarten „Für den kleinen Hunger" nie ausstehen können. Dabei bin ich über den kleinen Hunger selten hinausgekommen

Heute nacht haben wir uns hingekniet – zum ersten Mal WIR ALLE

„Man sagt, eine Frau sei einmal im Leben verrückt; offensichtlich ist meine Stunde gekommen" (Madame de Chasteller in „Lucien Leuwen")

Im Alten Testament die Erst- und Letztgeborenen, im Neuen Testament der *Ein*(1)geborene

„Hier unser Bilderrätsel: a) Bett, schwebend auf dem Planeten Venus? b) Sterbebett?"

„Sie kriegen hier nichts mehr, die Küche ist geschlossen!" – „Ich wollte doch gar nichts essen." – „Aber Sie sehen so aus!"

„Was Gott als gut bezeichnet, ist viel größer, als du es dir vorstellen kannst" (Al-Ghazālī, Al-Minhadj …)

„Ein gut versteckter Wahnsinn verliert die Hälfte seiner Wirkungen" (sagt Lucien Leuwen zu sich selber; und in LL's Vorstellung „war sein Geist der Hanswurst seiner Seele")

In den postmodernen Tragödien gibt es keine Gesichter mehr?

Rätsel: „Was ist das, ein STENGELPAAR? – Mann und Frau beim Zigarettenrauchen“

„Er brennt noch immer.“ – „Er oder es?“ – „Er. Er brennt und brennt“

„Leuwen hätte sie geküßt und ... sie hätte ihn tun lassen. Das ist die Gefahr der Ehrlichkeit, der Musik und der großen Wälder“ (Stendhal, „Lucien L.“)

Eine gute Haut ist eine gute Haut. Das gute Herz aber will gefordert werden

An meine Toten: „Der Ewige Schnee leuchte ihnen!“ („Immer noch Sturm“)

Was ist für mich ein magischer Ort? – Einer, an dem ich Ausdauer beweisen, an dem ich „ausgedauert“ habe. Und noch stärker einer, wo ich ausdauernd, „mit Ausdauer“, gearbeitet habe (ich dachte gerade an Sória in Kastilien, Dezember 1989); der Ausdauernde und der Dankbare sind ein und derselbe („die Weisen widmen ihr ganzes Leben der Dankbarkeit“, Al-Gh.)

Er ließ die von ihm abgefallene Hand anschneien, / Und sie, als Winterhand, / Wuchs wieder an (für Rolf Dieter Brinkmann)

In der tiefen Nacht stieß ein Specht mit dolchlangem Schnabel auf mich zu, und am hellen Tag dann kam ein freundlicher Brief ins Haus mit einem Spechtfoto, wo der Schnabel ganz woandershin zielte

Die Mistelbüsche, sich bauschend in den Winterbäumen: Andere Windmühlenflügel (die sich drehen mit dem fahrenden Zug, in dem ich sitze)

Die Zeit schlägt Haken. So zum Beispiel jetzt im Gesicht deines Gegenübers in Form der Kegel von der alten Kegelbahn beim Gasthaus von Stara Vas

„Liebe, wo bist du?“ – Nach Blick zum Himmel: „Da, aber schwach.“ – Blick zur Erde: „Wärmer … noch wärmer …“

„Eigentlich ist man ja Mann und Frau, um so gut zu werden, wie man ist – eigentlich“

2011

Beherrschte Trauer führt zu Musik (entgegen dem Sichgehenlassen in der Trauer)? Oder so: Die Trauer beherrschend, sich dank ihrer gehen lassen

„Es ist nicht so schwer, Geist zu haben, wenn man sich alles erlaubt“ („Lucien Leuwen“)

Was bedeutet das Rufen der Eulen? – „Wir sind nicht allein“ („Was ist eine Haydn-Symphonie gegen einen Eulenbrüller?“)

„Im Leiden fruchten die Übergänge“ (so etwa Ernst Jünger). Ja, und in den Übergängen fruchtet die Freude

„Für Carmeo sind Sticken und Nähen eine ihr gemäße Art zu lieben. Sie webt mit dem Herzen“ (Machado de Assis, „Aires“)

Er hat lange bei ihr gewohnt, bevor er sie kennenlernte. Dann aber hat sie sich ihm auf den Leib gebrannt

„Besser, Dunkelheit und Kälte in die Erzählung zu mischen als das Epos umzumodeln in Satire“ („Lucien Leuwen“)

„Gestern“, das war das Rascheln, Rauschen und Knattern des trockenen, nicht abgefallenen Laubs hoch oben in der einzelnen Wintereiche

Naturgesetz?: Auf jeden Ekel folgt die Langeweile? („Psychophysik")

Ohne die Jäger würde das Wild weniger zappeln

Die ganze Nacht kreuzten Taxis in Bereitschaft. Aber sooft ich nach einem winkte, erlosch das Signal

Warte nicht im tiefen Winter/Auf die „Rückkehr des Lichts"./Warte nicht auf Lichtmeß./Jetzt ist das Licht./Jetzt ist das Lichtmeßfest

Es gibt keine „kleinen" Meisterwerke

Solange ich im Wind der Welt bin, bin ich der Wind der Welt. – Und dazu jetzt die Kinderstimmen aufschwebend im Faststurm: Die Stimmen der Kinder als das Andere Drachensteigen

Die Raben, indem sie so dicht und so still über die winterliche Erde fliegen, beleben die Winterstarre

Epik: das verbindliche (das gesetzmäßige) Tagträumen

Ich in Eile ohne Weile: ohne Ich, ohne Du, ohne Ihnsie-es, ohne …

Verb für die Winterrebenblüten: Sie „durchleuchten" (den Winterwald), und ihre Girlanden in den kahlen Bäumen malen arabische Schriftzeichen

X Kunst ist das Gegenteil von gut gemacht

„In seiner Verachtung für das Jahrhundert dachte Coffe, kein Tun sei einer Mühe wert“ („Lucien Leuwen“)

„Ich bin schon oft gesegnet gewesen.“ – „Und jetzt nicht mehr?“ – „Ich bin schon oft gesegnet gewesen“

„Kritik nicht als Sachkennerin, sondern als nachdenkliches Gemüt“ (Gershom Scholem an Hannah Arendt)

Woran erkennst du die überdauernde Epik? An ihrer Melodie. An der Melodik, mit der sie einsetzt: „Den Mann nenne mir, Muse …“ – „Sie wünschte, es wäre ihre letzte Reise …“

Die Andere Welt, die Andere Zeit, die „jenseitige“, ist jetzt, und jetzt, und hier und hier

„Es war die Wahrheit und es war ein Kompliment“ (Machado de Assis); ja, die Wahrheit als Kompliment

„Ich bleibe zuhause. Falls irgendein Schachspieler auftaucht, spiele ich Schach; falls ein Kartenspieler, Karten. Falls niemand auftaucht, kann es passieren, daß ich in Gedanken ein Gedicht verfasse“ (Machado de A.)

Besser ein Schrecken ohne Ende als ein Ende mit Schrecken: Einen heilsamen Schrecken, gibt es den? Ja, und gar einen heilenden, einen wunderheilenden;

der Schrecken als Wunderheiler – das Wunder des Schreckens

„Zum Leben gehört das Jauchzen“ (sagte eine Frau)

„Ein schlechtes Wort ist wie ein schlechter Baum: Es hat keinen Abstand vom Boden, und keine Festigkeit“ (sagt Ibrahīm / Abraham im Koran 14/31)

Formgeschehen, Weltgeschehen – wer ausschert aus dem Formgeschehen, schert aus aus dem Weltgeschehen. Und Weltgeschehen ist nicht die übliche Welt*geschichte*

Die Briefschreiber werden die Welt retten? Die Briefschreiber werden die Welt instandhalten

„Zuweilen spricht Dona Cesária mit einer Witzigkeit, die einen bedauern läßt, daß ihre Worte unwahr sind“ (M. de Assis)

„Und“: Wald und Gerechtwerden

Wer sich nicht in Gefahr begibt, kommt darin um

„So ein lieber Vogel war es, dieses kleine Kind. Und jetzt ist es ein Vogel unter der Erde. – Ach, ich muß ja noch seine Mutter anrufen!“

„So, und jetzt gehen wir!“ – „Wohin?“ – „Wohin du willst“

Die, ja, Genugtuung der Verlassenheit: Momente, da sie mir fehlt

Seit mehr als zwanzig Jahren tanzen die Mücken vor dieser Buche, und jedesmal, wenn ich daran vorbeigehe, heftet sich mir eine an die Lippen

„Mich kann nichts aus der Ruhe bringen“ – „Monster!“

Damals in Emmaus haben wir einander erkannt an unserem Brotbrechen

Weiche auf Zugnebenstrecke, Spanien

Habe ich nicht immer wieder die *erste* Herzlichkeit versäumt, und dann war sie nicht mehr nachzuholen?

Nichts Schöneres, als eine Geschichte zu schreiben – nein, sie geschrieben zu haben

„Du verstehst alles, und das ist gar nicht schön“

Gut und recht: Im Dienst der Menschheit stehen. Nur wie?

Er sitzt da wie ein Löwe in einem Kinderbuch

„Kaum etwas Nichtigeres als die meisten der Wohltätigen“ („Lucien Leuwen“)

Zeitraum Februar: Spechtknarrraum; und zeitweise dazwischen das Vorfrühlingsrufen, -krähen, -tuten und -blasen der anderen Vögel hoch in den Bäumen, wie von einer Luftfarm

Genug gesehen? Genug gehört? Mitnichten

Gesichter zu beschreiben, wird nicht gewollt. „Es“ wird nicht gewollt. Aber wer ist „es“?

Sich selber manchmal über den inneren Mund fahren. Aber wie?

Dank der Messe, der Liturgie: Es wird, was ist

Nicht die Schönheit ist „konvulsivisch“ (A. Breton),

vielmehr die Wahrheit, wenn sie erscheint – und so wird sie schön – indem sie, die Wahrheit, erscheint

Von der Trauer lernen – und von den Trauernden

Die Frühmorgenwolken gestaffelt auf Jungfernfahrt

Wenn ich am nacktesten „Ich!“ bin, bin ich am reinsten ein Anderer. Am reinsten? Am klarsten?

Des Teufels Mühlen mahlen schnell und sicher. Oder nein: Des Teufels Mühlen mahlen unsicher, aber schnell

„Madame Grandet blickte ihn an mit Augen rot von Tränen, wo aber die äußerste Aufmerksamkeit die Tränen aufhielt“ („Lucien Leuwen“)

„Einsame Familienväter“, gibt es die? Ja

Verb zu den kleinen Schneeflocken Ende des Winters: Sie „zwitschern vorbei“

„Überall ham's mich g'stochn, und zuletzt wollten sie auch noch die Beine, und da hab ich g'sagt: ‚Nein‘“ (Alte Frau in Stara Vas)

Gibt nicht ein Blick ins schwarze Winterwasser eines Flusses mehr Information als ein Durchlesen, von A bis Z, einer Zeitung? – Unterscheide zwischen Informationen, die belasten, und Informationen, die entlasten

Recht: Es gibt nur diese Welt. Aber von Zeit zu Zeit ist (wird) sie jene

Unterscheide zwischen vorherrschender Religion, herrschender Religion, Herrschaftsreligion, und Religion als Herrschaft. Und die herrschende Religion jetzt?: die der mörderischen Eunuchen

Mit dir zusammen ist mir damals ganz anders geworden

Schreiben: Heitere Dringlichkeit; Dringlichkeit, aber heiter; und so den Raum, und die Räume, mit heiterem Schweigen erfüllen

Am Himmel das erste Veilchenblau,/und wieder das Wehen des Buschwindröschenwinds,/und ich bin immer noch da

Plötzlich habe ich keine Zeit mehr: Da ist das „plötzlich" am Platz – ein tiefinneres „plötzlich"; ein Fall aus dem Gefährt namens „Zeit", ein Wegfall der lieben Gefährtin „Zeit"

Was ist, zum Beispiel, Zuversicht?: Ich habe meine zwanzig Jahre alten Schuhe zur Reparatur gegeben und werde sie übermorgen abholen

Joseph Haydn war das Klavier in Person, und die Geige? Hat er geliebt und verehrt

„Wie steht's zwischen dir und den Vorfahren? Wie

vertreibt ihr euch die Zeit?" – „Manchmal hören wir gemeinsam Musik"

Sowie ich eines Fleckens Blau innewerde, im Gras und auch sonstwo, sehe ich daneben ein weiteres Blau („Farbenlehre")

Glück / Freude: Glück und Bangen, Freude und Freude

„Maman, c'est quoi une librairie?" (Kind, Abend, Straße)

Was sagen mir die Bilder, wenn sie aufsteigen aus dem fernsten und tiefsten Innern? „Wir sind noch da – du bist noch da"

Der Rhythmus, verschwunden in der Melodik, und die Melodik, verschwunden im Rhythmus: Schreib-Ideal. „Verschwunden"? „Aufgehoben"?

Wie du gewürfelt bist worden, so bleib nicht liegen! (eins der 11. Gebote)

Die Augen geschlossen in der Frühlingssonne, und da rollen sie wieder daher, die Murmeln der Kindermurmelspiele, in einer anderen Frühlingssonne

Ein kluger Dichter ist keiner

Niemand, der so tief verletzen kann wie ein tief Verletzter?

Friedhof
Concord, Massachussetts

Regentropfensphären auf dem
Concord River
Massachussetts

Tagpfauenauge, landend in der Sonne mir auf dem Knie: „Na, Herold!?“

Wenn mein Kind meinen Namen schreibt, finde ich ihn schön. (Nur dann?)

„Mir schmeckt’s, allein.“ – „Geschieht dir recht“

Dieser junge Mensch läßt sein Tun für sich denken, und das tut ihm gut

„Die lebenden Toten bemerken mich nicht“, sagte mein Wesen zu mir: „Höchstens kommt von ihnen ein: ‚So weit, so gut‘“

Dichter: Einschleichdieb, der mir mein Höchsteigenes zurückgibt

Wann ist das vielgebrauchte „Genau!“ am Platz? Als ich, zum Beispiel, gerade an den diesjährigen ersten Zitronenfalter dachte, und genau da flatterte er gelb-in-gelb an mir vorbei

Lernen, lernen, lernen! Und im Lernen täglich sich bewahren – sonst bedarf es keiner Offenbarung

Stille „herrscht“? Stille waltet! „Stillewalten“

Ich bin musikalisch, wenn ich leise bin (singe). Nur dann, nur so

Sind „schöpferisch“ und „bedürftig“ nicht zuletzt ein und dasselbe?

Die Buschwindröschen in Richtung Vorfahren gedreht („Immer noch Sturm“)

„Nie war er so gerne ein Mensch wie jetzt, da vor den Fenstern der Schnee dichter und dichter fiel“ (Joseph Zoderer, „Die Farben der Grausamkeit“)

Den ersten Sonnenstrahl seit langem sah ich aus den Augenwinkeln gerade als einen Indianer am Ufer des Yukon River in Alaska

Auf die Sätze kommt es an? Auf die Satz*folgen*! Und statt „rhythmisieren“ sag (auch) „lüften“ oder „lichten“

Schreiben: In die Tiefen tauchen mit dem Element der „Schwere“, und mit dem Element der „Schwere“ wieder auftauchen

Verb zum Gehen: Es „belebt und besänftigt“

Verb zu den Horizonten: Sie „entzerren“

Nur ein Leser kann mein Freund sein?

Immer wieder vor einem wehenden, sonnendurchfluteten Gras: „Da spielt es sich ab!“ Da spielt sie, die Geschichte, nicht nur die der wehenden Gräser

Der ausrangierte Fernseher im Gartengebüsch: Wie ernst er dasteht. Endlich ist er ernst

„Und“: Sonne und Schrift. Sonne wird Sonne durch Schrift, und Schrift wird Sonne durch Sonne

Zitronenfalter, Weltverwalter

Ich öffnete dem Besucher die Tür und fragte ihn: „Wer bin ich?“

Ungeduld als Frevel, Frevel des schlechten Umgangs mit den Dingen

Die Inspiration, sie gibt es. Es, sie ist die Andere, die Atemseite der Reizbarkeit und drohenden Menschenfeindschaft. Die Inspiration ist Teilhabe an der Schöpfung, Mitatmen mit ihr, Mitgehen, Mitfahren

Warum greift er (sie) so selten in mich ein, er (sie), dem (der) eine Art meines Glaubens gilt: der AMOR FATI, die Liebe zum (zu meinem) Geschick, und hilft mir erst im äußersten Fall auf? Weil diese Liebe zum Geschick von Natur aus (nicht allein von der meinigen aus) selten eingreift? Selten der Fall ist?

Aus dem Schmerz lernen, ja. Aber jedesmal, wenn ich mich dann ans Lernen machte, war der Schmerz schon wieder im Abklingen, und ich wußte weder, noch spürte ich, wie er gewesen war und wie oder was aus ihm zu lernen gewesen wäre

Säe aus in die Furche der Trauer! (Und das ist keine Metapher, und schon gar keine „Genitivmetapher“, ebenso wenig wie „das Universum des Schmerzes“)

„Von Geburt an der Blamierte“: So sehe ich mich zuzeiten. – Schon vom Moment der Zeugung an? – Nein

Register und Litanei der Verbrechen: „Und dieses Verbrechen habe ich auch nicht begangen! – Und auch dieses nicht! – Und …“

Immer wieder die Andere Zeit: Nicht die Geschichte – das Geschehen! Und was ist das Geschehen? Zum Beispiel das unvergleichliche Blau des Vergißmeinnicht, heute, jetzt, hier, da, dort. *Zum* Beispiel und *als* Beispiel

Es ist unerträglich, verschiedene Leben zu führen – es sei denn, man entschließt sich dazu

Zu einem Weg braucht's keinen Willen

Meine Kinder, meine Heiligen. Und gerade so die Angst: Sie werden verlorengehen

Schwellenvergnügen, beständiges: auch bloß beim Betreten, dem bewußten, eines Buckels im Asphalt

Sie hätte gewünscht, daß der Beamte im Zug auf dem Sitz gegenüber ihr gehörte

Ausruf der Freude: „Sō!“ (mit langem ō; als nähme man teil an einem Film von Yasujirō Ozu)

Platanenstamm,
Bahnhofsvorplatz
"Niemandsbucht"

Verb zu den Birken im späten Frühling: Sie „beschopfen sich"

Meß dich nicht an den anderen. Sondern? An den Horizonten, zum Beispiel. – Aber messen muß ich mich? – Du darfst

Elstern-Doppelhelix: Ein Elsternpaar hüpfend zu zweit, einmal die eine, dann die andere, aufwärts in der Zeder

Das war eine schöne Zeit, damals im Sommer am Schwarzen Meer, so hoffnungslos

„Ich brauche das Lesen nicht", sagte der Staatspräsident. – „Da sieht man, was dabei herauskommt", sagte der vom Hof verbannte Narr

Und wieder ist Sommer: Je mehr ich schaue, desto mehr Schwalben erscheinen

Menschliche Schönheit ist allein jene, die gibt; die schenkt; die austeilt und teilt

An den Malvenblüten, stamm-stengel-aufwärts, ist der Sommer „im Gange"

Bachstelze am Morgen, vertreib mir die Sorgen

Eine der neun (9) Stimmen des Eichelhähers: Er spielt Kind

Hat man sein Liebstes nicht immer schon verloren, auch wenn man es nicht verloren hat? – Man hat es verloren von Anfang an

„Vielleicht bist du kalt, aber innen drinnen bist du so warm“: Wer sagt das zu wem in „Johnny Guitar“? Die Frau zum Mann? Der Mann zur Frau? („Die schönen Tage von Aranjuez“)

Die Frau: „Flieder blühte auf in der Nacht, als wir ein Paar wurden. Oder war es eine Bougainvillea? Oder hat der Flieder sich verwandelt in eine ...?“ – Der Mann: „Und es wurde bis zum Tag gespielt, / Daß die Königin ihn bei sich hielt, / Und anhielt auch das Vergnügen, / Und er vergaß sich und blieb bei ihr liegen“

„Schau, wo du gehst!“ (sagten seine Eltern einst zum Kind und späteren Erdforscher Valentin Sorger). – „Ja, und bedenke, wo du bist!“ (Er dann zu sich selber)

Die Freude aufschwingen lassen, sonst hat sie keinen Bestand – ist ohne Bestand. – Aber auch so, im Aufschwung, bleibt sie ohne Bestand? Vielleicht. Aber so, indem du dich mit der Freude aufschwingst, ist sie zumindest gewesen. So wird die Freude gewesen sein. Und dazu wird der Sommerwind gemahlt haben im Laub. – Aber was mahlt er? – Er mahlt

Es ist ungut, in Sicherheit zu sein. Es ist ungut, sich heimisch zu fühlen

Verb zum Symbol: Es „erscheint“ (es kann nicht „gesucht“ werden, s. Scholem, „Das Davidschild“)

Da, der Falter, mit einer Zeichnung auf den Flügeln wie die des Union Jack, sitzt auf dem ersten abgefallenen Kastanienblatt und trauert um seine Toten

In der Luft hier und heute ist ein Versprechen, nicht hier bleiben zu müssen

„Warum sagst du all diese Dummheiten?“ – „Sie machen mir gute Laune“

Eine andere Unvergleichlichkeit: Das unvergleichliche „Rot und Schwarz“ der roten Walderdbeeren zusammen mit dem Schwarz der Brombeeren auf einem weißen Teller

Prüfungsfrage: Wie lange braucht ein nasser Zwirnfaden in der Sonne zum Trocknen?

Enthusiastisch wie nur ein Kind/Enthusiastisch wie nur ein Sterbender

Mann und Frau in einem Dialog, der nur aus gegenseitigem Seufzen besteht – bei jedem von ihnen beiden verschieden („Die schönen Tage …“)

„Was hat Ihre Tochter vor im nächsten Jahr?“ – „Sie möchte arbeiten als Putzfrau in den Toiletten der École des Beaux Arts“

Das *Aktiv*verb zum Zeithaben: „Innehalten“: Ich habe Zeit und halte inne

Verb zum Schlaf nach nachtlanger Schlaflosigkeit: Er „zeichnet sich ab“, endlich

„Življenje naša sreča/ob slovesu naša bolečina“ (Im Leben unser Glück/Im Abschied unser Schmerz): slowenische Grabinschrift Stara Vas

Ein „Immerhin“-Gedicht: Immerhin gibt es noch/den bronzenen Tautropfen/und das Federn eines Grashalms/nach dem Auffliegen eines Spatzen (Geburtsdorf)

„Und“: Kopf sinkt schwer an Kopf,/Und Liebe senkt sich herab („Die schönen Tage …“)

Schlafen bis zum ersten Schlangenansprung: „Auf jetzt!“

Verb zum Blitz, endlich, nach langem stillen Wolkenschwarz-und-immer-schwärzer: Er „beruhigt“

Manchmal habe ich ein großes Herz, und manchmal … „Auf, Herz!“

Verb zur Seele: Sie „durchwirkt“. Es gibt die Seele, denn sie ist tätig – sie durchwirkt

Das „Tut das zu meinem Gedächtnis!“ in der Liturgie: Aufruf zur höchsten Sorgfalt

Beiwort zur Gier: „grämlich“; grämliche Gier

Ich schälte den Apfel, der zugleich der Schädel dessen war, der den Apfel dann essen sollte. Mittendrin hörte ich zu schälen auf und fragte den halbgeschälten Schädel: „Essen Sie Äpfel lieber mit oder lieber ohne Schalen?“ Es war ihm beides recht

Ich saß im Garten bei dem kranken Vogel und stellte mir eine sich an ihn heranschleichende Katze vor, und schon schlich eine heran, in Form eines sich im Wind aufstellenden und durch das Gras purzelnden Blatts

Sie hängte an dem Spinnfaden über dem Bach die Wäsche auf

„Leda und ihr Schwan, sie stecken immer noch zusammen“ („Die schönen Tage …“)

Wo ich fast verloren war, da war ich richtig. Wo wir fast verloren waren, da waren wir bleibend (Mann und Frau, „Die schönen Tage von Aranjuez“)

„Tanztheater“: Aus dem Tanz nur kein *Theater* machen

„Mein ist die Rache“: Altes Testament – „Keines ist die Rache“: Neues Testament

„Ein Idiot, der wird nicht alt.“ – „Nein, ein Idiot, der wird nicht älter“

„Wo ist das Universum?“ – „Schau klein!“

„Sag mir was Nettes.“ – „Ich liebe dich.“ – „Das ist doch nicht nett“

Meinungen, Meinungen, immer nur Meinungen! Auf die Almen mit euch, damit ihr das Erzählen lernt

„Kein tieferer Haß als manchmal heute zwischen Mann und Frau. Oder war das schon immer so? Und die Minnesänger und Minne-Epiker, Chrétien de Troyes und Wolfram von Eschenbach, sie haben nur schöngelogen?“ – „Aber schön! Wie schön! Schönes Lügen ist kein Lügen“ („Die schönen Tage von Aranjuez“)

Ein Mensch, dem noch und noch Schlüssel, große, noch größere, kleine, noch kleinere, vom Schlüsselbund hinten vom Gürtel hängen wie Skalps

Ein besonderes „Und“: Mein Gehen am Sonntagvormittag jetzt, erstmals, auf der Landstraße von Marquemont/in der Picardie, bei raschelnden Maisfeldern in der Stille – *und* jener sonntäglich Gehende damals, vor bald fünfzig Jahren an der Landstraße in Oberösterreich in der Sonne jetzt wie damals, und die wehenden, flatternden Hosenbeine er wie ich, ich wie er

„Schön“ ist immer vorbildlich, auch wenn es nicht vordringlich wird

Massif des Maures,
Südfrankreich
nach dem
Waldbrand

„Illegal! Illegaler!“ – mein beständiger Gedanke zu meiner Existenz und zu mir selber, und jetzt wieder auf dem Friedhof von Marquemont bei Sonnenuntergang, vor all den aufgelassenen Grabstätten an der Kante hier des Vexin-Plateaus, die daliegen in die Kreuz und in die Quer als gestrandete Boote, mit den Kreuzen als Masten und Takelagen

„Mach mich zittern“ (Gebet)

Ein Blinder ist manchmal mehr in Sicherheit als ein Sehender

„Was fängst du an mit deiner Freude?“ – „Wie bitte?“ – „Ja, die Freude ist dazu da, mit ihr etwas anzufangen. Fang an!“ – „Ungeheure Freude!“ – „Nichts Geheueres als die Freude“

Verb zum Bergaufgehen: Es „fruchtet“

„Schlusspfiff – aber, schau, die Spieler spielen weiter!“

Gehen zwischen kniehohen Schafgarbenblüten. Gehen? Wandeln. Also wandle!

Die Frau: „Kind, ach Kind!“ – Der Mann: „Meinst du mich?“ – Die Frau: „Nein …“ („Die schönen Tage …“)

Ich bin müde: Die Indianerfeder in meinem Haar schrumpft (und schrumpft)

Seele des Igels, Seele des Gartens

„Respektieren Sie die Polaritäten“ (Aufschrift auf den Taschenbatterien)

Ruhig helfen, nur so! Im Helfen die Ruhe selber werden, sein

Zugfahrt auf einer Abseitsstrecke: Ab welchem Kilometer werden die Passagiere schön? (Paris Saint-Lazare – Picardie)

Vergiß nicht, daß deine Seele in ihrem Grunde beständig betrübt ist auf den Tod. Oder doch: Vergiß es!

Gärtnerisch wohnet der Mensch; und was sagt, wie redet, zum Beispiel, solch ein Mensch? – „Liebe Bank!“, sagt er zur regennassen Bank am Morgen im Garten

Es gibt keine größere(n) Verschiedenheit(en) als die zwischen Mann und Frau? („Die schönen Tage ...“) – Und doch: wie gleich verletzlich beide?

Eine Vorzeitfrau: die hohe aufrechte Schwarze aus der Metro aufsteigend in die Nacht

Nichts gefunden ist auch gefunden

An der einen Malve der manns- (oder frau)hohe Stengel obenzu mit noch mehreren geschlossenen Blüten-Knospen: „Da ist noch lange Sommer“

Zu den Nachbarn im Kreis nach dem Sommer: „Seid ihr alle da?“ – „Jaaaaaaah!“ – „Herr, erbarme dich meiner“

Werde so ernst, wie du bist

Eine andere Unvergleichlichkeit in der Liebe, der Litanei der Unvergleichlichkeiten: der unvergleichliche Atem der Freude

Eine Frau in mittleren Jahren, mit starrer Miene, reglos vor dem Bahnhof hier: „... und Schmerz versteinerte die Braue“

„Im Hause enden die Geschichten?“ – „Ja, im Hause beginnen die Bilder“ (für Paul Nizon)

„Schließt aus die religiösen Bezüge und die politischen Konventionen, und publiziert die Worte eines lebenden Menschen“ (so einst John Brown, der Kämpfer für die Befreiung der Sklaven, vor seiner Hinrichtung)

Zen, oder die Kunst des Gürtelentschlaufens

„Bei chronischen Schmerzen nicht aufgeben“ (Aufschrift auf einer Medikamentenschachtel)

„Frôwe minne, ir sint en rôberinne ...“, sagt die Seele zur Frau Liebe bei Mechthild von Magdeburg

„Ich bin ein CDU-Baum“: Aufschrift auf einem Baum in Berlin

Schreiber, der ganz spezielle Geher

Die Sprache ist ein Geheimnis den meisten

„Wir sprechen über eine repräsentative Regierung. Aber was für ein Monstrum von Regierung ist das, wenn die edelsten Fähigkeiten des Geistes und das Herz als Ganzes nicht repräsentiert sind" (schrieb Henry David Thoreau zum Lobpreis John Browns)

Was waren das noch für Zeiten, als ich eins mit dem Sausen der Bäume war in den Herbstnächten!

„Und wie geschah es, daß die anderen dir auf einmal zuhörten?" – „Als ich anfing, mein Herz sprechen zu lassen"

Eine Art Regel: der Senkrechtflug himmelwärts einer aus dem Haus ins Freie gelassenen Fliege, Biene, sogar Wespe

Es gibt keine „Lesegewohnheiten". Die Gewohnheit des Lesens ist etwas anderes

Ein schönes, ein gutes „Nein!": das Nein der freudigen Überraschung

Unterscheide zwischen „unreinem" und „reinem" Durcheinander: In mir, als Kind, zum Beispiel, war – nicht immer, zeitweise – das unreine Durcheinander, in meinem Kind jetzt das *reine*

In meinen unwillkürlichen Selbstgesprächen murmelt, tuschelt, nuschelt, zeitweise, der Vor-Gott, der zeitlich vor Gott ist und war, kam und kommt, west und weste

Folge den Kindern selbst in Massen: Dort ist es fruchtbar; in ihren Spuren, an ihnen, ist was zu finden

Wieder ein ganz besonderes „Und": Das Photo mit mir als Kleinkind beklommen auf dem mächtigen Ackergaul vor dem Bauernhaus des Großvaters – und auf der besonnten Hofstatt der Schatten des Arms meiner im Photo sonst unsichtbaren Mutter, wie sie mir beruhigend zuwinkt hinter oder neben dem Photographen

„Geheimnis des Glaubens" (nach der Wandlung – der Transsubstantiation), und darin inbegriffen: Geheimnis des Lassens; und das Bild dazu: Noch lange nach der Messe mit Wandlung und Kommunion geht das Kind auf der sonntäglichen Dorfstraße weiter mit wie all die Zeit zuvor in der Kirche gefalteten Händen im Nebel heimwärts

Meine immer unvermutete, mich im Guten überraschende Freude, als Verdoppelung, oder Verschwisterung von Ich und Welt, ist oft verbunden, oder sie entsteht und *er*steht aus einem Bild der Erdwelt, einer irdischen Landschaft IM FRIEDEN

Der Name des Hingerichteten gestern in Georgia/USA: TROY DAVIES – diesen Namen merken und nicht vergessen!

„So verging einige Zeit. Da ich an die Tugend nicht mehr glaubte, aber auch keinerlei Lust zum Bösen in mir spürte, lebte ich in Trübsinn vor mich hin“ (J. de Lacret, „Spiegelmann“)

Nachsommer: es hat „ausgeerdbeert“

„Haßerfüllt“? Nein, haßleer

Zeitwort zum Fall der Blätter zusammen mit den ihnen „vorausfallenden“ Schatten: Er „trägt bei“; sie, Blätter wie Schatten, „tragen bei“

Immer wieder: die „leise“ Hoffnung. Ja, die Hoffnung will und darf nicht laut werden. Laute Hoffnung, lautwerdende, eine Lästerung? – Fast

Immer wieder: der Kontinent des Zeithabens; Erde wird Erdball

Ein ganz anderes „embedded“: Glaubenstexte, die in Erzählungen eingebettet sind (wie in manche Koran-Suren)

„Es schadet nichts, rückwärts zu gehen?“ – „Es ist erholsam, rückwärts zu gehen“

Träume, ihr zeigt mir, wie ich „im Grunde“ bin: schwach, abhängig, untertänig(st), unterwürfig. Aber ich will nicht wissen, wie ich im Grunde bin. Denn ich kann auch ganz anders sein. Träume, zeigt mir, wie ich anders bin!

Sowie alles Suchen aufhört, und nur noch das Vergnügen am Erdboden-Himmel-Erdboden-Blick der Fall ist: Ideal

Irrtumsenergie (aus dem Irrtum entspringende) ist Blickenergie, Umschau-Energie, Um- und Um-Schau-Energie

Spätherbst: Rückkehr, Rückflug, Rückanflug der Bilder

„Iß und trink und tröste dich!“, sagte die göttliche Stimme zu der Maria, *Maryam*, in Wehen, weltverlassen unter der Dattelpalme (Sure 19)

Das häufigste meiner unwillkürlichen Selbstgespräche: „Was man doch alles nicht sieht!“

„Meine Geduld ist die Schwester der Ewigkeit“ (Ivo Andrić)

Mann und Frau ruhen sich aneinander aus: kein luftigeres, kein tieferes Ausruhen („Die schönen Tage …“)

Immer wieder: Sowie ich mich beeile, bin ich nicht „rechtzeitig“ – nie. Eile ist Unzeit

„Seit ich Vater bin, habe ich Angst“ (der Schauspieler Jamel Debbouze im Interview)

Aus dem Alleinsein heraus freue ich mich auf den Anderen, dank und an der Hand des Alleinseins

„Und“: Lesen und Landwerben: (Lesen: die Seele, buchstabierend, beseelt sich und wird beseelt)

Was bedeutet dein Blick still über die Schulter? – Gebet

Barterrasse
„Niemandsbucht“

Verloren von Anbeginn – und dann, zeitweise, auf einmal, unversehens, es nicht mehr sein: das höchste Glück? das wahre?

Wie haben mich die durch die Vorortstationen brausenden Fernzüge einmal begeistert! Und jetzt?

Die Gemälde Nicolas Poussins: das Himmelblau im Himmelblau

Trost suchen bei den Spatzenbadekuhlen im Bahnhofssand. Trost? Einklang. Pilgern zu den Spatzenkuhlen. Sich wiederfinden bei … Heimfinden in …

Kein Licht flammender als das der Morgensonne in den spitzen Blättern des Lorbeerbaums

Ich habe nicht zu sagen, ich habe zu entfalten, und das ist mein Reichtum – das ist meine Wirtschaft

Ausholen und nicht schlagen. Ausholen und nicht werfen. Ausholen und nicht sprechen (Gymnastik)

„Und“: Schulkinder heimziehend auf der Landstraße unterm Mittagshimmel, und die Lust zu leben

Zur Intelligenz gehört auch zeitweise das: „Still, Kopf! Ruhe!“

Sag mir die Steigerung von „blütenweiß“. – „Quittenblütenweiß“ (und das sehe ich vor mir lang nach der Blüte)

Was sagt „der arme Gott in mir“ (frei nach Hölderlin) zum Toten und dessen offenen Augen? – Nichts. Er wird noch ärmer (Marquemont)

Große Geschenke verderben die Freundschaft?

Immer wieder: „Wo ist sie bloß, die Freude? Wo steckt sie? Wo versteckt sie sich?“ – „Such sie.“ – „Da ist nichts zu suchen“

Geh so weit wie nur möglich *im Geheuren*

Ein anderes Tagwerden im Tag: mit dem Einsetzen,

dem Einsatz der Sorglosigkeit. Ein Einsatz wie der „Einsatz" von Musik

Mit dem „Jetzt! – Und…" wird hier der Raum zur Zeit, und jeder neue Schritt Gelassenheit

Der Gott, als Barmherziger, gar „Allerbarmer" (Islam) schweigt? Soll schweigen? „Schweig still, Barmherziger! – Schweig dich anwesend!"

„Grabdekoration zur Selbstgestaltung" (Bestattungsunternehmen)

Nur die Uralten, die Sterbenden grüßen noch (in Deutschland)?

Wenn Gedanke und Bild zusammenfallen, entsteht ein natürlicher Reim und/oder Rhythmus, wie ideal etwa bei Goethe. Das Bild allein: gemachter, gekünstelter Reim, wie etwa oft bei Rilke: „als welkten in den Himmeln ferne Gärten"

„Die Gnade der späten Geburt"? Nein, die Gnade der Anderswo-Geburt. „Gnade"?

Freudiger Schrecken mich durchzuckend, innerer Schmetterling

„Nur das Herz darf meinen." – „Wer sagt das?" – „Das Herz"

In jedem Mißgeschick wartet eine Entdeckung, wie im Umkreis eines Irrtums?

Winternahen: erste Möwenschreie im Binnenland

Statt „Denken“ sag „fallweise“ auch „Unterscheiden“

Zeitschwelle im Jahr: die angebissenen und, weil noch nicht reif, weggeworfenen Äpfel an den Straßenrändern

Angstmacher und Angstlöser: ein und dieselbe Industrie

Kinderarme im Spiel paarweise kreisend: Herzmühlen

Bekümmert ist wahr

„Steig in den Zweibaum der Liebe, fahre mit mir …“ („Die schönen Tage …“)

Eine Hl. Geist-Litanei: „Geist der Freude – komm über uns! Geist der Liebe – komm über uns! Geist des Erbarmens – komm über uns! Geist der Ruhe – komm über uns! Geist der Anderen Zeit – komm über uns! Geist der Trauer – beschwer unsre Lider!“

Nach langem Atemanhalten / Der Stapellauf des Einbaums des Ausatmens. / Und wohin kurvt er? / Zum Fluß der Wiederkehr

Der, im Alten Testament, den Mann namens Onan dafür bestrafte, daß der mit seinem Samen nicht die ihm aufgezwungene Frau bescherte, sondern…, das war ein weiblicher Gott, ein „anders rachsüchtiger“

Nasses Herbstblattschwarz färbt sich im Vorbeigehen blau: Andere Farbenlehre

Gier: Ich brauche nicht mehr. Doch es verlangt mich nach mehr. „Es“?

Alles, was Form hat und Form bleibt, bringt und verheißt Frieden

Das billige Zaubern mancher Reichen: „Kaviar? Bitte, gleich, ich rufe nur meinen Fahrer an!“

„Die Kultur des Resultats“ (Zeitung); „Der sinistre Tod des M. Gaddafi“ (Zeitung)

Schreiberberuf: Wege zu schaffen im scheinbar Unwegsamen, querfeldein, querwaldein, querbuschein, querwortein

Eine andere Unvergleichlichkeit: die in beweglichen Trapezen querhimmelein durcheinanderfliegenden Novembervögel

Wenn das Gehen von alleine ein Pilgern wird, ohne Pilgerziel: Ideal

„Autobiographie mit Pilzen“: So die Geschichte des Pilznarren?

Eine Vernunft, gekappt, beschnitten um das Magische, Rituelle, Zeremonielle, Rhythmische, Liturgische: Pseudomagie, Pseudovernunft – Vernunft als Keule

Ist es wahr, daß einer von euch ein Paar Socken in Richtung der verschwundenen Joggerin geworfen hat?

Immer wieder „die Tücke des Objekts“: Es gibt sie nicht, es gibt nur meine Ungeduld, als mein Un-Geschick – meine höchstpersönliche, von mir allein zu verantwortende Nemesis

STILLER ORT: die Andere Erleichterung: „Die Klosetttür fiel hinter ihm zu. Besänftigung zog in sein Herz“ (für Gustave Flaubert)

Eine andere Unvergleichlichkeit: manch unvergleichlich glänzend-frisch rasierter und geschorener Obdachloser

Und wieder eine andere Unvergleichlichkeit: eine (montags)leere Markthalle. „Nichts ist leerer als ein leeres Schwimmbecken“, hieß es bei Raymond Chandler. Ja, und nichts ist leerer als eine leere Markthalle

Die „Âventiure“-Helden der mittelalterlichen Epen, Parzival, Gawein, Iwein etc. brechen nach der ersten Liebesumarmung augenblicks auf in die Âventiure hinter den sieben Bergen und Meeren, um bei der Rückkehr dann die endgültige Umarmung zu verdienen. Und so ein „Âventiure“-Held heute? In meiner

Spatzenbadekuhlen
im Sand am Quai,
Bahnhof
"Niemandsbucht"

Vorstellung bricht auch er nach der Liebesumarmung auf der Stelle auf, um noch und noch Âventiuren zu bestehen, aber ohne je eine Rückkehr zur Geliebten, auf Nimmerwiederkehr

Winternähe: Die Libellen fliegen nicht mehr, sie kreuzen nicht mehr, sie stecken nicht mehr paarweise im Flug zusammen – eine jede schrammt einzeln über die Erde

Zu „Silhouette“ gehört „Verheißung“

Immer wieder, immer noch: „Es geht nichts über die Mäander.“ Am Glänzen der mäandernden Flüsse habe ich die Welt

Ein guter Mensch ist nie „sympathisch“. Und „sinnlos“ ist nicht „unsinnig“. Verb f. d. Sinnlose, zuzeiten: Es „nützt“. Und was „stimmt“, muß nicht „wahr“ sein, und was „wahr“ ist, muß nicht „stimmen“

Der Tag, da der Berg Sinai andocken wird in Gaza …

Das Fest der Körper, das stillste Fest („Die schönen Tage von Aranjuez“); „Es gibt auf Erden schöne Momente von Stille“ (Jean Giono)

Seit der Maler verschwunden ist, kann ich von seinen Bildern wegschauen

Das Bedürfnis nach Anbetung, ist es nicht schon selber die Anbetung?

Liebe, Fülle des Seins? Ja, aber banges

Ein anderes Tagwerden im Tag: Sowie ich des „schweigenden Leben(s) der regelmäßigen Formen in der Stille“ innewerde (für Ludwig Hohl)

Mit Weisheit komme ich nicht weit, aber weiter. Mit Weisheit komme ich weiter, aber nicht weit

Komm wieder, Zeit, als ich noch in die Luft schrieb. / Komm wieder, Zeit, als ich noch im Dunkeln schrieb

Möwengellen und Viola da Gamba gehen (stimmen) zusammen – nicht aber Viola da Gamba und Hundekeifen

„Auf was wartest du im Gehen?“ – „Auf das Heranwehen des Märchens, Silbe um Silbe, Satz für Satz“

Unvergleichlich: das Geräusch eines baumab laufenden und zugleich pickenden Kleibers auf der Rinde einer Kiefer

„Wir überquerten die Sunkkaze, deren indianischer Name den ganzen Sommer in sich trägt“ (Henry David Thoreau in „Die Wälder von Maine“)

Im Vorortzug: die Nägelbeißer des Sonntagabends

Vorbildgeher an der Landstraße in Oberösterreich vor fünfzig Jahren: Bin ich dir gefolgt? Nicht immer

Der erste Schnee in diesem Jahr, wo fiel er? Im Traum. Und wie fiel er? Er rieselte

Nur das Geschöpf in mir sieht die Schöpfung. Nur wenn das Geschöpf in mir erwacht, sehe ich die Schöpfung. Und wie das Geschöpf wecken? Es lassen

Du sollst stolz sein auf das Haus, in dem du wohnst! (eins der 11. Gebote)

Sich nicht freuen können: eine Art Dummheit (jedenfalls immer wieder die meine)

Macht ist grausam, eine jede? Naturgemäß?

Freundlich einsam: Ideal

Verb für die (gewisse) Ferne: Sie „blüht" (mir)

Manche Suren im Koran: Eine Geschichte wird erzählt in Form von *Schwüren* (z.B. Sure 100)

Müde junge Frau im Vorortzug, die Hände gekreuzt in den Mantelärmeln, und sooft sie einnickt, rutschen die Hände heraus aus den Ärmeln, und das Einnicken und Hände-aus-den-Ärmeln-Rutschen, in einem fort, „ohne Unterlaß"

DER STILLE ORT: Das Gedächtnis kehrt dadort zurück. Zum Wohl? Zur Wehe?

Marquemont – Picardie – Land: Nichts als der Nachtregen leistet mir Gesellschaft. „Nichts als"? Ah, das Regenplatschen und -plätschern, linkerhand und rechterhand vom uralten Haus, *zeichnen* können! (Auf zum „Versuch über den Stillen Ort"!)

„Was hast du heute vor?" – „Ich warte auf mein erstes Mißgeschick"

„Put a candle in the window…", sang John Fogerty vor vielen Jahren. Und gerade habe ich das gemacht. Im Nachtregen – für wen?

Unvergleichlich: unvergleichlich dumm dastehen wie ein Jäger auf freiem Feld an einem Samstag im Advent. Und was ist noch „unvergleichlich dümmer"? – Zwei Jäger… Und mein Zuruf zu der vor mir aus den Ackerfurchen wegstiebenden Wachtelschar: „Ich bin kein Jäger!"

Sich ruhigfreuen: Ideal

Was ist ein Zeichen von Literatur (wenn sie eine ist)? Sie bezieht ein und trägt weg; sie trägt hinweg und bezieht ein

„Stiller Ort": Ein Ort der Erkenntnis des Anderen; ein Ort des *Um*denkens, Sich-frei-Denkens. Ich denke um? Ich sehe dich und mich, wie wir in Wahrheit sind – und zu dir zurückgekommen, umarme ich dich. Stiller Ort: ein Ort des Verrats? – Im Gegenteil: Ende der Verräterei, der Verratsnähe, -versuchung, -gefahr. – Petrus, nach seinem 2. Verrat und dem 2. Hähnekrähen, flüchtete sich zum Stillen Ort und rief dort laut: „Ein drittes Mal, Herr, werde ich Dich nicht verraten!“

„Stiller Ort“: Das Lärmen des Pöbels wird zu Volksgemurmel gefiltert

Überall ist das Heilige Land. – Auch im Krieg? – Da besonders

Einer, der in der Fremde, und überhaupt, die Sprache nicht nur „fast“ (Hölderlin), sondern ganz verloren hat, findet an einem Stillen Ort, kaum hat er die Tür dort hinter sich verschlossen, „urplötzlich“ die Sprache wieder, oder spricht dort überhaupt, sein bisheriges Leben lang völlig stumm gewesen, das erste Wort, und zwar DE PROFUNDIS

Boote auf dem Chiemsee gesehen vom Flugzeug aus vor der Landung in Salzburg

2012

Wärst du weniger unordentlich, bräuchtest du nicht so pedantisch zu sein

Statt „Projekt“ etc. sag: „Problem“

Ideal: die „Unbefangenheit“ (immer wieder die – unvergleichbar – herrliche deutsche Sprache); s. auch Heidegger zu Schillers „Briefen über die ästhetische Erziehung des Menschen“: „der unbefangene Mensch“

Kunst, „Ästhetik“: die Form, die Gestalt des Herzens wahrnehmen, einschließlich des gebrochenen

Ein Vorsatz, z.B., fürs neue Jahr: die Orangen- oder Mandarinenscheiben *einzeln* in den Mund nehmen (weder zu zweit noch „im Pack“)

„Je heftiger … [der Prophet] Ezechiel [im Alten Testament] gegen die Rolle des Dichters protestiert, desto reicher wird seine Sprache und desto lebendiger werden seine Bilder“ (Harold Fisch)

„Herhören!“ – „*Hin*hören!“

Der Artist in der Kunst: ein Verräter, oder bestenfalls ein Gaukler (manchmal sehe ich so, zu meinem „Leidwesen“, Picasso – im Gegensatz zu Matisse, Braque, und natürlich – Gegensatz der Gegensätze zu P. – Cézanne)

Immer wieder: „Vom Vergnügen, nichts zu finden“

„Die Rhetorik der Biblischen Texte … arbeitet mit literarischen Mitteln, nimmt diese aber zugleich zurück und negiert sie“ (H. Fisch); et moi? Bleib in der Literatur, Freund!

„Abend is’ worden, und still is’ worden“ (Stimme aus Stara Vas)

Baumwipfelzweige im Durcheinander des Wintersturms: Laute wie von Vogeljungen, verlassen im Nest

Das Weibische der herzlosen Männer

Bachs ewig österliche Karawanenmusik, in der tiefen Winternacht dem Sonnenaufgang entgegen. Und auch wenn seine Musik sich beschleunigt, verlangsamt sie (mich)

Zu Büchners „Der Mensch ist ein Abgrund“ kam mir gerade in den Sinn: „Der Mensch ist eine Doline“

Warum schaue ich jedesmal im Kino bei den Szenen falscher Liebe, falscher Gefühle, mit falschen Gesichtern, und nicht nur bei den sogenannten Sex-Szenen, sondern auch bei den Schießereien, Verfolgungsjagden, falschem Blut – warum schaue ich da jedes mal weg in die dunklen stillen Winkel des Kinos? War das denn seit jeher so? „Eigentlich“ ja – selbst wenn ich früher dem Filmgeschehen scheinbar weiter folgte

„Anna Achmatowa blieb lange leichtfüßig“ (Nadeschda Mandelstam). Und: „Sie wußte immer alles. Keinmal konnte sie sich vor der Wirklichkeit in ein seliges Nichtwissen retten“

Verb zu den sich kreuzenden Wipfelzweigen der Birken in der Vorabendbrise: Sie „häkeln“

Kritische Herzlichkeit: Ideal

Nadeschda Mandelstam zu sich und Achmatowa: „Wir hielten uns für besiegt, aber da wir glaubten, wir seien die letzten Hüter der Werte, blieben wir stehen, wo wir standen.“ – „Mich braucht man nicht zu trösten, ich bin untröstlich“ (A. A.)

Der erleuchtet-leuchtende Leser: Ideal

Immer wieder: „Es geht nichts über den Himmel.“ – „Ja, es geht nichts über die Erde“

Die Wahren, die wahrhaften Menschen sind Stümper

Der Weite verpflichtet? „Verpflichtet“? Ja

Geht mir mit eurem „Humor“: Humor ist mir allein, was mich zwar zum Lachen bringt, aber zugleich durchschauert und erschüttert (anders ist der „Humor“ nichts als „Zeichen abnehmender Kunst“, Goethe); nicht „zwerchfellerschütternder“, sondern herzbewegender Humor: nur ein solcher, ein *hilfreicher, resoluter* – wie der mancher Frauen bei Molière

Der Film ist schon lange aus, und das Paar im Saal küßt einander noch immer

„Erfindung als Erlösung“ (Paul Nizon)

„Mein“ Mythos: Nicht das Kind wird geopfert (Isaak, die aus dem Haus dem Vater entgegenlaufende Tochter etc.), sondern der Vater. Der aber wird nicht geopfert – er opfert sich

Ein Sammeln, ja, aber weder aus Gier noch aus Wut noch aus Not, sondern aus Freude, aus einem freudigen Urinstinkt: Diese Zeit wird wiederkommen. Wird sie?

Vögel auf der Flucht durchs Gebüsch schießend: Schaben des Barbiermessers am Lederriemen

Kunst, Literatur: der Mensch, das phantastische Geheimnis – Geheimnis, phantastisch – nur so zeigt (sich) Kunst

Ein Mann im Vorortzug führt ein Selbstgespräch mit seinem Zeigefinger an den Lippen, und dazu sein Gemurmel und Gezischel wie die Stimme aus einem Beichtstuhl (keine Metapher)

Alle die Tage jetzt der Tanz und Auftanz der abgefallenen Blätter vor dem Fenster im Winterwirbelwind, die Blätter als Haus- und Hoftiere

Nichts ist mit nichts vergleichbar, und doch vergleicht man, und vergleicht, und vergleicht … Oder nein: Und doch vergleicht es sich, und vergleicht, und …

„Und“: Weitblick und Ebenmaß

„Was ich, da und dort, tief in mir erlebt habe, das kann mir niemand nehmen!“ – „Doch: du dir selber“

Er ist zu dumm für einen Menschenfeind

„Was ist ein Wesen?“ – „Zum Beispiel der Umriß eines Kindes im Wipfel einer Zeder“

Verb zur Verlassenheit: Sie „erotisiert“

Mit der Schrift, dem Aufschreiben, dem Weiterschreiben, dem Weiterlesen den Winter durchqueren; die „Schriftkarawane“

„Kopf hoch!“, so oder so, gehört in eine andere Kategorie als „Bauch einziehen!“ Und „Empor die Herzen!“ ist wieder etwas anderes als „Kopf hoch!“

Gesicht des Andern versäumt – Tag versäumt. Kein Gesicht ohne Gottesdienst? Ohne Gottesdienst kein göttlicher Anderer?

Statt „Schöpfungsgefühl“ sag auch „Umarmungsdrang“

„Jetzt! – Und …“: Jetzt! – Und die Nachtregentropfen im Morgenlicht an den kahlen Zweigen blinkend

„Hast du einen anderen Namen, einen Zweitnamen für deinen Beruf?“ – „Ja: Erhalter.“ – „Auch Selbsterhalter?“ – „Ja“

Niemand sieht mir mehr ähnlich (im Vergleich zu früher) – immerhin

„Wie lesen?“ – „Räumlich. Lies dich räumlich-raumrhythmisch“

Die Israeliten vor Sinai: „So seien unsere Kinder unsere Bürgen?“ Da sprach Gott: „Wahrlich, das sind gute Bürgen – ihretwegen gebe ich euch die Thora“ (Midrasch zum Hohelied)

Die Silhouetten hinter den bedunsteten Scheiben der Vormorgenbusse herausgehoben aus der Nacht: ein Wert, „mein“ Wert, meine Werte, immer noch

„Und“: Das Nachbild der Kerzenflamme hinter den geschlossenen Lidern, und die Vorstellung, der Gedanke, das Wort: „Erzgebirge“

„Mehr beten!“ sagt der Landpfarrer von Torcy bei Bernanos

Wem sonst nichts fehlt, den können wir erlösen

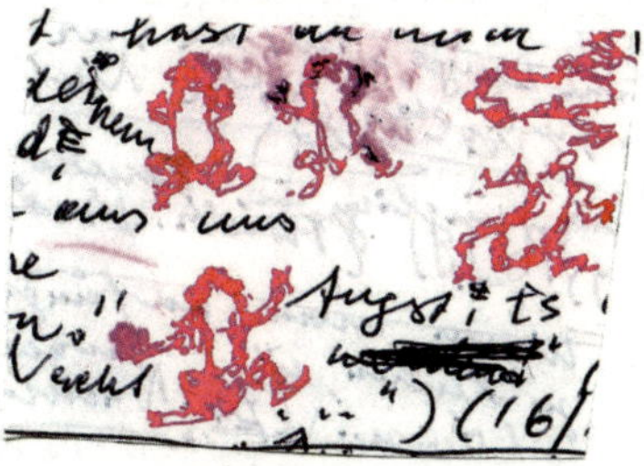

Neugeborene Frösche, ≈2fach vergrößert „Niemandsbucht“

„Bleib zornig, so wird alles gut“ (wer sagte das in Lubitschs Film „Cluny Brown“? Charles Boyer? Jennifer Jones?)

Es wäre nicht so, wie es ist, wenn du nicht wärst. Ich wäre nicht so, wie ich bin, wenn du und es nicht wärt (Dreiecksgeschichte)

„Why can’t we love like we did before?“ (Bob Dylan, „Forgetful Heart“)

Es gibt kein „leichtes Spiel“. Ein leichtes Spiel ist nicht das richtige, wahre, rechte. Es ist kein Spiel, es darf nicht „Spiel“ heißen

Beweg dich und bewege; „der bewegte Beweger“

Etwas besonders zu Vermeidendes: die Augen eines Ungeduldigen (auch an dir selber)

„Preisfrage“: „Wie ist es möglich, das Lesen, das vollständige, einer Zeitung lebend zu überstehen?“ – „–––“

Endlich, erstmals im Winter, die Schneeflockenkurvenkonstante

Der Romantiker sehnt sich nach Grenzen; oder so: „Du sehnst dich nach Grenzen, du bist ein Romantiker“; oder so: „Du bist ein Romantiker, du bedarfst der Grenzen“

Souveräne Mitleidlosigkeit hat Wert und Wirkung von Erbarmen?

„Einlaufkinder“: die Kinder an der Hand der Spieler beim Einlaufen ins Fußballstadion

Ist denn der Goethesche Geist – das Vorwalten des „Oberen Leitenden“ – oder überhaupt der Geist aus der Literatur verschwunden? Wo sind sie, Geist und Poesie? Sag mir, o Geist, wo du verborgen bist? Oder, nach Juan de la Cruz: „O Wort, mein Bräutigam, zeig mir den Ort, wo du verborgen bist!“

"Mein Kind"
(im Zug,
Südfrankreich)

Endlich aufhören, das, was „Welt“ spielt, sich nennt, und genannt wird, „Welt“ zu heißen; da nicht mehr mitspielen

Der undichterische Mensch: Er weiß nicht, geschweige denn ahnt er, was die Sprache für ein herrliches Problem (nicht „Projekt“) sein kann

Wer nicht hört, ist verrückt – ist der üblich gewordene Wahnsinnige, epidemisch, pandemisch. Und der Wahnsinn bricht aus damit, daß ohne Hören jedes Gefühl erstirbt, und stirbt, und stirbt

Lesen zur Ablenkung? Ja! Um aus der Ablenkung zurückzukehren. Zurückzukehren wohin? Zurückzukehren (siehe: „die Kunst als die wesentliche Ablenkung“)

Macht? Nein. Aber dann und wann ein Machtwort sprechen, ja

„Ich will immer dahin, / wo ich volle Freude finde“ („Der arme Heinrich“)

Als Schuldiger entlarvt – als der Mörder – werde ich endlich der sein, der ich bin

Hier gehe ich und kann jetzt anders, Gott helfe mir, amen! (Für M. Luther)

Wahlspruch: Lieb zu niemand / Freundlich zu Fremden / Gut zu allen

Er verschaut sich in die fallenden Flocken, er kann kein ganz schlechter Mensch sein

Kunst kommt auch von Nichtskönnen

Ich bin „freiberuflich" – ich habe einen freien Beruf – und gerade deshalb habe ich umso mehr im Dienst („dienstbar") zu sein

Wo zeigt sich zum Beispiel der Himmel auf Erden? Im Leuchten der Kiesel nach dem Regen, oder dem Blinken des toten Laubs nach dem Tauen des Schnees, zum Beispiel

Arbeiten abseits der Schauseite: Ideal (oder: eins der 11. Gebote)

Sprachmensch wird nur, wer zugleich, oder/und vorher, oder/und nachher Schweige- und Verschweigemensch ist

Wie die Stimmen fernwo spielender Kinder von hoch oben zu kommen scheinen – und wie, wenn ein Kind aber weint oder heult, es heult und weint wie von tief unten, aus der Tiefe

Noch einmal zur „Rache": Wenn die Rache aber eine Eingebung ist, aus einer Eingebung steigt, dann ist sie „mein" und „gerecht" – ist Rache des „Herrn"?

Vorteil (übriger, letzter?) des Kinogehens: mich ungeschehen machen, eine Zeitlang

Siehe die Schilder in Wirtshäusern: §1: „Der Wirt hat immer recht.“ §2: „Hat der Wirt unrecht, so tritt automatisch §1 in Kraft“ – so auch: §1: „Die Geschichte hat immer recht.“ §2: „Sollte die Geschichte einmal nicht recht haben, so tritt automatisch …“

„Sie [die jungen Mädchen] gingen ins Kino. Sie gingen eingehängt. Sie kauften Bonbons und lutschten sie während des Films. Als sie heimkamen, waren sie noch trauriger“ (Georges Simenon, „Faubourg“)

Mit Weisheit ist keine Politik zu machen, kein Staat? „Weise Politik“?, ein Oxymoron? War das immer so? „O Solon von Athen!“

„Das Wunder der Brotvermehrung“? Das Wunder des Brots

Stärke nur, wenn es der Fall ist; sonst: Schöne Schwäche, wie „schöne Schwere“; „weitherzige Schwäche“, „lebendige Schwäche“

Laß deine Anderen nicht erst sterben, um über das Rätsel des Menschseins nachzusinnen

Warum schäme ich mich immer wieder, und seit je, meines Hungers?

„Sie bewunderte ihn … Und es kam, daß er sich sagte, in ihr sei ganz und gar keine Bewunderung, sondern nichts als Liebe“ (G. S., „Faubourg“)

Die einen, die lesen, um Macht zu bekommen, zu zeigen, zu haben – und die andern (oder „nosotros"), die, indem sie lesen, gefeit sind gegen die Macht

In Gestalt eines Vogels – wie der der Amsel gerade, und jetzt der Ringeltaube, und jetzt des Raben – hoch oben im Wipfel der Zeder zu sitzen? Auch nicht die Lösung

Für den Koran gelte dessen Sprach*form* als Authentizitätsbeweis; „das rhetorische Wunder des Koran" … „der Koran ist das Wort Gottes ohne jeden erzählerischen Rahmen" (Ludwig Ammann)

Verb zu den Rufen der Eulen im Tagwerden, und überhaupt am Tage: Sie „verzögern"; „machen verzögern"; „ziehen den Augenblick in die Länge"

So lange durch das Loch in einem Stein baumwärts schauen, bis darin der Umriß eines Vogels erscheint: „Zeitvertreib"

Und wieder kurvte gerade der erste Zitronenfalter des Jahres durch den Garten: Die gelbe Zitronenfalterflagge ist ausgehängt (auch wenn der Falter längst wieder verschwunden ist)

„Die Deinen sollst du ehren, / die Fremden zu dir kehren" („Der arme Heinrich")

Verb zum Gehör: Es „adelt". (Aber wie oft habe ich diesen „meinen" Adel verraten)

Lebensgefühl, Zusatzgefühl. Statt „Leben“ sag zeit- und fallweise auch „Zusatz“

„Und“: Schneegefleckte Wiesen und darauf gescheckte Kühe (Stara Vas)

Ist das Jetzt nicht mehr meine Zeit? Sind jetzt nicht mehr meine Zeiten? Und nicht einmal mehr die Jahreszeiten sind mehr „meine Zeit“? – „Ein bißchen gibt's noch mich, und dann gibt's die anderen“? „Losotros“?

Aus einem fahrenden Zug gesehen: Über das eine Brachfeld geht in die Quere eine alte Zigeunerin, / und auf dem folgenden steht ein schwarzer Rabe

„Ich muß jetzt mal austreten“, unterbrach sich die pausenlos Plappernde im Zug, und dann, zu ihrem stummen Gegenüber: „Bin gleich wieder da!“ – Und dazu der Dritte, einen Sitz hinter ihr, im Stillen: „Um Gotteswillen – nein!“

Liebe, der tägliche Buchstabe (die tägliche Letter). „Meinen täglichen Buchstaben gib mir heute.“ Oder so: „Meinen täglichen Buchstaben, geschlungen aus zweien, gib mir heute“

„Prophete(n) links, Prophete(n) rechts, das Weltkind in der Mitte(n)“: Ja, aber manchmal halte ich mich nicht (mehr) daran, daß ich das Weltkind bin, daß das Ich das Weltkind ist – fühle weder ein „Weltkind“ in mir, noch eine „Mitte“. Doch, wie äußerte sich Goethe zur Architektur, am Beispiel der Villen von Palladio?: „die versteckte Mitte“

Selbstgefälligkeit ist „des Todes“

Was ihr dem geringsten der Dinge getan habt, das habt ihr der Welt getan. Was ihr dem geringsten der Dinge angetan habt, das habt ihr der Welt angetan

So lange trödeln, bis zu guter Letzt nur noch Lesen in Frage kommt, als *Wahr*lesen (habe ich das nicht schon so ähnlich notiert? Und wenn –)

„Die Ritterschaft, die war mein Wahn“ („Der arme Heinrich“)

Er war einmal ein Genie. Und jetzt? – ist er ein Könner. Welch Niedergang!

„Das Licht zog mit den Wolken ostwärts“: So „mein letztes Epos“ („Einfache Fahrt ins Landesinnere“ oder „Die Obstdiebin“)

Das wie weltherrscherliche oder zumindest dorfkaiserliche Schwanzwippen der Elstern auf den Dachfirsten

Und wenn du noch so schielst: Die Tränen sind nicht auf deiner Seite, Bruder!

Wie der Arme Heinrich, wie Gregorius, mit offenen, mit „friedlichen“ Händen morgens erwachen; dem Morgen die offenen Hände zeigen

Manchmal habe ich ein Bedürfnis nach Unbarmherzigkeit. Nach welcher? Nach meiner eigenen

Steigerungen: Ich entscheide mich – Wir entscheiden uns – Wir zwei [Dual] entscheiden uns – *Es* entscheidet sich

„Schande, den Wald heute nicht geehrt zu haben." – „Womit?" – „Mit Anwesenheit"

Und wieder die Meisenzeit als Zeitschwelle im Jahr – und wieder äugelt es zwischen den kahlen Zweigen

„Die koranische Rede ist … kraft ihrer Unvergleichlichkeit ihr eigenes Beglaubigungswunder" (Ludwig Ammann zur Sure 17/89: „Selbst wenn Menschen und Dschinnen sich vereinten, brächten sie nicht dem Koran gleiches hervor"); „unvergleichlich", s. o.

Die episodische Gereiztheit übergehen lassen in stetige Güte – aber wie? („Und": Lassen und Übergang)

Heute war noch nichts der Fall? Heute wurde noch nichts Satz

„Du bist so dankbar, dir kann nichts passieren" (zu meinem Kind)

Aus jedem Inbild, das dir zufliegt, oder das in dir aufsteigt, ist ein Gesetz abzuleiten. Gesetz? „Gebot"

Form ist Autorität; Formautorität

Die Kunst des *Nicht*fragens: Lerne – lehre sie. Rechtes Lernen geht zugleich, ohne Vorsatz, über ins Lehren? Lernen, das gleichzeitig, *simili modo*, als Lehren wirkt: Ideal (oder eben wieder eins der 11. Gebote)

„Er wußte wohl vom rechten Leben, / es war ihm ja das Maß gegeben, / gelehrt war er vom Heilgen Geist" („Der arme Heinrich")

Die Schritte der Briefträgerin im Kies vor dem Gartentor: Auch eine Weise von Musik – wenn auch von Mal zu Mal „ton"loser

Mit dem Erzählen hätte ich früher anfangen müssen. Um ein Erzähler zu werden, hätte ich früh loslegen sollen, ohne Rücksicht und Bedacht auf Zuhörer. Aber habe ich das nicht getan? Vor allem ohne einen Zuhörer? Und: Das Erzählen, die Erzählung als ein Bittgebet, das, „so Gott will", „Insch' Allah", als Dankgebet endet?

Don Juan ist ohne Eifersucht, denn er weiß, die Frau gehört ihm nicht – keine Frau gehört ihm, keine ist die seine

Das Selbstbewußtsein der Hysterischen: unerschütterlich; zum Glück für sie selber, zum Unglück für die andern. – Habe ich das nicht schon so ähnlich notiert? Und wenn –

Platanenkugelpendel, pendelt mich!

Es wird alles immer unbeschreiblicher – das Häßliche sowieso (war's vielleicht seit je), aber unbeschreiblicher vor allem das Schöne

Was sagte gerade das tiefste Blau des Himmels? – „Nimm und lies!“

Sich freundlichgehen: Ideal (Picardie, Vexin)

Steigerung von Freiwerden: Unbändigwerden

Freude an Formen: reine Freude; die reinste?

Von den Psalmen zu den Suren: „Sprecherwechsel von Mensch zu Gott“ (Angelika Neuwirth)

Mann und Frau als „Spießgesellen“, Komplizen: Nichts für die Dauer. Eine Abenteurerin als Frau: keine Lösung

Eschenwirbel,
Garten
„Niemandsbucht“

Als ich damals mich verurteilt, ja verdammt fühlte, dachte, glaubte, *sah*, war ich ganz Kreatur, ganz Geschöpf („Langsame Heimkehr“)

„Wenn ich eine Landschaft unter den günstigsten Bedingungen sehen wollte, würde ich sie bei schlechtem Wetter aufsuchen, um dort zu sein, wenn es aufklart“ (H. D. Thoreau, „Canoeing in the Wilderness“); ARTOOSOQU, indianisch für „Licht“ (Maine)

Retten (erhalten, überdauern lassen) wird mich die Liebe. Welche? Wessen Liebe? – Meine eigene, ureigene

Je mehr ein Text sich der Form annähert, desto stärker erweitert er sich zur Melancholie? („Die Stimme des Eichhörnchens, die9 wie der Saft klingt, der durch den feinen Spalt eines Baums dringt“, Thoreau)

„Hinaus in den Raum, / Er kennt kein Gericht“ (Alfred Kolleritsch)

Wem eine Frauenform vorschwebt, der sieht viel

Tageslosung: Einen Weg auskundschaften, auch bloß auf der Landkarte, auch bloß im Kopf

Steigerungen: Sich gedulden – Lassen – Sich des Erdkreises würdig erweisen

Das Sinnlose (s. o., nicht das „Unsinnige“) mit Ernst, mit „vollem Ernst“, verrichten: Ideal (oder eins der 11. Gebote)

„Und“: Bedachtsamkeit und Geschmacksinn (und umgekehrt, und wieder umgekehrt)

Und wieder blühen die Wildkirschen, und es wogt in ihnen die ANDERE Zeit (1. Frühlingstag, Picardie)

Verb zum Laut der himmelaufsteigenden Lerchen: Sie „twittern“

Auf einer Bank an der Rue de la Harpe inmitten des Dorfs Chavençon in der Picardie saß ich und zupfte die Judenharfe aus „Young Mr. Lincoln“. Zugleich läuteten die Mittagsglocken, und zugleich spielten ein Junge und eine Junge nach dem Vormittagsunterricht mit Federballschlägern gegen eine Hauswand, und zugleich leuchteten aus dem Wassergraben die Schilfkolben im Gegenlicht, und zugleich trillerten die Lerchen ihr „Das ist das, und das ist das“ („Das Letzte Epos“)

Eine andere Unvergleichlichkeit: die unvergleichliche Gierlosigkeit van Goghs; und dazu eine ganz andere aus dem Reigen der Unvergleichlichkeiten: Das Gefühl beim Anziehen eines Hemds, an das man gerade einen Knopf genäht hat; das Gefühl beim Stecken der Hand in eine Hosentasche, an der man gerade ein Loch geflickt hat

Friedenstiftendes Widersprechen, gibt es das? Ja

Mein Heer: die Myriaden der Tautropfen, aufblitzend in allen Spektralfarben am Morgen im Vorbeigehen. Und ich bin es, der defiliert, nicht das Heer

Niemandsbucht
"ragondin"

„Fuß" eines "ragondin"

In der Steppe: Gehen – Innehalten – Weitergehen, bis die Veilchen zu duften anheben / bis das Lerchentrillern Teil des Ohrs wird / bis die Falken mir pfeifen / bis die Lerchen krähen wie Hähne / bis der Wind mir den Tragsack schultert und mir den Stift führt

Wo ist ein Wort wie „gottlos“ am Platz? Bei den Lärmern, insbesondere den sonntäglichen. Und dazu der „Gottlosigkeitsbeweis“ gegen sie: der Igel jetzt erstmals im Jahr auf dem Weg ins Freie, heraus sich grabend aus der Tiefe seines Winterschlaflaubhaufens – denn kaum nähert er sich den Lärmern, kehrt er um, und kurvt, und verschwindet zurück ins tiefe Laub

„Endlich die Romane zum Selber-Ausmalen, Buntstifte werden mitgeliefert!“

„Warum studierst du die Religionen?“ – „Um etwas von meinem Innersten zu begreifen“

Daß ich ein Fremder auf Erden bin, ist nicht die Schuld der anderen. Meine eigene? Auch nicht. Wer sagt es mir? (Auf dem Weg zum Zahnarzt. – Und nach dem Zahnarzt: „Ich bin doch gar nicht so fremd …“)

In der Sprachlosigkeit die Sprache wiederfinden am „Stillen Ort“, ja. Und wie? In Form eines Ausrufs. „Ah! Oh! Ach! Herrje!“

So wie die Kunst kein Können ist, so ist auch die Sehnsucht kein Können. Oder ist die Sehnsucht doch, auch, ein Können?

Das Unnütze und Sinnlose, vor allem heutzutage, als das, wenn nicht Rettende, so doch Bewahrende, und auf die Sprünge Helfende, bei all den nützlichen Zeittotschlägern?

Der umgekehrte Weg, der Weg der Kunst, der Literatur, der Sprache: von der Klausel zur Formel, von der Formel zur Form, durch die Form ins Offene

Was geht über von der wahrhaften Literatur, zum Beispiel bei Thoreaus Reiseberichten aus Maine, auf mich Leser? „Ja, das ist sie, die Erde! Das ist sie, die Erde unter dem Himmel. Ja, so ist es, das Dasein!“

Meistere deinen ersten Schritt am Tag. In ihm laß dich nicht gehen. Schreite ihn. Mach ihn! (Und da ist, statt des Lassens, einmal das Machen am Platz)

Die Welt jungschauen und junghören auch im Altern: Ideal (oder eins der 11. Gebote)

Die Eingebung, sie gibt zwar das (einzig) Richtige und das Vernünftige ein, aber sie ist etwas Grundanderes als die Vernunft – die Eingebung, sie ist mehr

Die Harmonie, sie ist nicht zu erdenken, zu skizzieren, zu entwerfen, zu planen; sie ist allein zu erträumen

„Manchmal spiele ich gerne“, sagt der Indianer Polis in Maine zu Thoreau

Millionenjahrealtes Salz rieselte aus einer Vorzeitmuschel auf die Tageszeitung („Das Letzte Epos“)

„Die Mutter hat uns jeweils in den April geschickt wie sonst niemand“, erzählte der greise Freund. „Die Mutter hat uns am *besten* in den April geschickt!“

Ist die Stille inzwischen so ungewohnt, daß man mit ihrem Einsetzen atemlos wird? Oder zumindest kurzatmiger? Ins Hecheln kommt? – Die Stille zum Durchatmen gebrauchen! (Für Ilse Aichinger)

Ab wann, ab wo, ab welchem Geschehen wird es für Mann und Frau Schicksal?

„Eine Stunde in der Leere ist richtig“: Immer wieder läßt sich das einst aus mir selbst hervorgesponnene Orakel von den Horizonten her vernehmen

Gar Weniges ist augenblicks, auf der Stelle, Erlebnis: Mehr wird erst „Erlebnis“, sowie es das Gedächtnis oder eher das Eingedenkwerden, fern von Ort und Stelle, „einholt“. Einholt: es, das Erlebnis? Mich? Es *und* mich. Und ist darauf Verlaß? Nein

Den Weg zum verschütteten Herzen freischaufeln, mit bloßen, mit eigenen Händen! Auf zum Heiligen Gral! („Das Letzte Epos“)

Gründonnerstagmorgen: das Gartentor weit öffnen und einen Wildfremden einladen zur Fußwaschung.

„Ist Er so tief gestiegen, / So muß ich ewig liegen / Vor meines Nächsten Fuß“

Karfreitag, drei Uhr Nachmittag: „Jetzt! – Und …“ Und dieses „Jetzt! – Und …“ ist etwas Grundanderes als Ernst Meisters Klage „Das bringt mich um, das Jetzt, und Jetzt, und Jetzt“. Ist es etwas Grundanderes? – So oder so: Das große „Jetzt! – Und …“: (Karfreitag, drei Uhr Nachmittag)

Karsamstag: Lebensgefühl ist Weggefühl / Vorspurbild / Horizontsicht / Daseinsgefühl. – Daseinsgefühl? Dawerdensempfindung / Dawerdensdurchdrungenheit

Kein Talent ohne (verborgene) Wildheit? Ohne Wildheit kein Talent? „Wildheit“? Ursprünglichkeit

Schauspieler, miteinander am Tisch irgendwo, nach dem Spiel, sind *die* Menschenkinder, „das letzte Volk“

Unfreiwillige Komik? Gibt es nicht

Erster Hunger: gilt nicht

Schwermut: Es wird nie wieder gut. – Aber vielleicht wird es zeitweise besser denn je

Die Verehrung ist „Sache“ (ist Materie), das Bewundern nicht

Wann lebe ich auf? Wann lebe ich „hoch“? Wenn mir

das Epos in den Sinn (und in die Sinne) kommt – auch wenn ich nicht weiß, was es erzählt

„Und“: Lektüre des Buches und Lektüre des Selbst

Schülerlesewettbewerb
Stara Vas

Was ist Theater? Was ist Figur? Was ist Drama? Zu zeigen, zu erzählen, zu konfrontieren, ohne zu machen, daß ich und du, daß wir gefährdet und gefährlich sind („Immer noch Sturm“)

Plakatreklame: „Die Information ist eine Berufung!“ – „L’information est une vocation!“

Ewige Reinheit! – Aber wie?

Kein Tag ohne Werfen. Werfen, nicht Schmeißen. „Der Sanfte Wurf“ wie „Der Sanfte Lauf“

Unversöhnlichkeit, ja – aber stumme!

Die Bücher wurden in der Spätantike auch als Talismane verwendet

Kindheit: Sehr wenig war offenbar; Altwerden: Zunahme des Offenbaren

Eins vom Schönsten: das Steigen von Kindern auf einer Leiter

Auf dem Land? *Im* Land (Picardie)

Ist nicht alles unnachahmlich? Oder: Nichts ist nachahmbar – nicht, zum Beispiel, das Rebhuhnpaarentflattern in der Steppe, nicht die, Klimmzug um Klimmzug, senkrecht aus dem Gras aufsteigenden Lerchen

Menschenrechtskatalog, „Novelle" (novelliert): „Jeder Mensch hat das Recht, einen Garten zu haben. Sonst bleibt er sein Leben lang reduziert auf einen Kritiker. Sonst ist das Leben nicht sein Leben. Tut's auch ein Schrebergarten? Ja"

„Seit ich die Menschen kenne, liebe ich die Tiere": Spruch meines ferngebliebenen Vaters. Warum ist er nicht Tierarzt geworden?

„Immer mit der Ruhe", „keine Sorge" (Wahlsprüche – schön wär's …)

„Reines Vergnügen": Pleonasmus? Gibt es ein unreines Vergnügen? – Andrerseits: Gibt es nur „stilles" Vergnügen? Nein, auch ein lautes

Erst einmal müssen Ort und Stelle gut sein. Dann neigt sich das Land von selber, und eine Quelle entspringt (Die Andere Geologie)

Kleine ganzweiße Wolke überm Ganzweißblütenkirschbaum: Nichts geht darüber

Ein Rhythmus, der Sinn spielt: Ja; eine Grammatik, die Sinn vortäuscht: Nein (immer wieder Rilkes Zwiespältigkeit – er tut beides, und das zweite entwertet, oder zumindest schwächt, das erste?)

„PARZIVALS SCHWESTER“? „DIE OBSTDIEBIN“? „EINFACHE FAHRT INS LANDESINNERE“? („Letztes Epos“)

Ein Kind zu den anderen am Wasser: „Leute, zusammenbleiben!“

Amseln, die Dachrinnennomaden

„Schau, daß'd weiterkommst!“ (Ich zu mir selber am frühen Vormittag)

Verb zum Ritual: „Es läßt (macht) besinnen“. Und Innehalten als das Ursprungsritual? Der Ursprung des Rituals? „Spring den Ursprung!“

„Uns ist bange, aber wir verzagen nicht“ (Grabinschrift)

Unbekannte Weite: Ideal (Marquemont/Picardie)

Die ersten Regentropfen, zart, an den Fensterscheiben: Sie „zirpen“

Ich schaue auf mich, du schaust auf dich, er, sie, es schaut auf sich. – Und im Plural? „Wir schauen auf uns“ etc.? Nein

Verb (anderes) zur Freude: Sie „kehrt zurück“ (und sie läßt mich zurückkehren mit sich – sie holt mich ein und, episodisch, heim)

„Sie hat eine große Seele. Eine zu große?“ – „Die Seele kann nicht groß genug sein“

„Die Weisen Israels erfanden nach dem Ende des Opferns [Zerstörung des Tempels] eine Religion der Abwesenheit Gottes“ (Gershom Scholem). – „Erfanden“?

Die Lokalzeitung der Niemandsbucht zum „Stillen Ort“: „Deux entraient dans la toilette pour avoir une rélation“ (Zwei betraten eine Toilette, um eine Beziehung einzugehen)

„Wo steht Ihr Haus?“ – „Warum?“ – „Damit ich weiß, wo ich in der Wüste hier die Kamera hinzuhalten habe“

Steigerungen: Vernünftiger Mensch – verständiger Mensch – weiser Mensch (nicht: „Weiser“!)

Wohlmeinender (Be-)Lauscher: Ideal

„Die Opferpraxis will nicht untergehen" (Gershom Scholem, „Das Davidschild")

Immer wieder: „der Umkehrwind", entsprechend den Umkehrfarben und Umkehrformen – den Farben und Formen beim entschlossenen, bewußten Umkehren: So auch der Wind, auch wenn in den Lüften keiner weht, beim entschlossenen Umkehren

„Die Erinnerung wird wach"? Ja, und sie weckt

Dunkler Tag, / so dunkel, daß er Vergnügen macht. / Bleib so dunkel, Tag

Wenn du nicht wenigstens einmal am Tag nah ans Herzbrechen gerätst, hast du unter den Lebenden nichts zu suchen

Rom, die Römer in der Antike: „Religion als Einhaltung eines Ritus, ohne daß der Glaube … eine unabhängige Rolle spielte" (G. Scholem)

Sich gesundärgern, sich gesundzürnen, gibt es das? Ja, im Kino (nicht im Theater)

Alles wird leichter dem, der ohne Geist ist – dem die eigene Geistlosigkeit kein Problem ist

Pfütze in Form einer liegenden Wasseruhr

Seit jeher gehen in den Träumen gegen Morgen meine Kinder verloren

Schatten der Schwalbenflüge auf der leeren Straße, Vorsommergefühl

„Du idealisierst!" – „Man kann nicht genug idealisieren"

Auch bloß Zeuge des Großen Lebens zu sein, ist Großes Leben

Ich „farbenblind"? Ich habe den Blick für die Andere(n) Farbe(n)

Wacker nichtstun und gewissenhaft stümpern: Ideal

„Es waren schöne Mädchen da, es waren sehr schöne Mädchen da, es waren außerordentlich schöne Mädchen da. Als aber Hiltiburg in den Saal trat …" („Der Kuß von Sentze")

Die Schwalben legen sich zeitweise genau in die Kurven, die sie selber beschreiben

Im leuchtenden Inneren der Lilie, auch wenn da nichts eigens geschieht, geht es hoch her

„Augustinus, der große Entdecker des inneren Menschen" (Gershom Scholem)

Wieder etwas Unvergleichbares: das Bruchteilsekundengeräusch (-rauschen) des Wegschlüpfens („Abrauschens") der Waldmäuse vor ihren Löchern zurück ins Loch

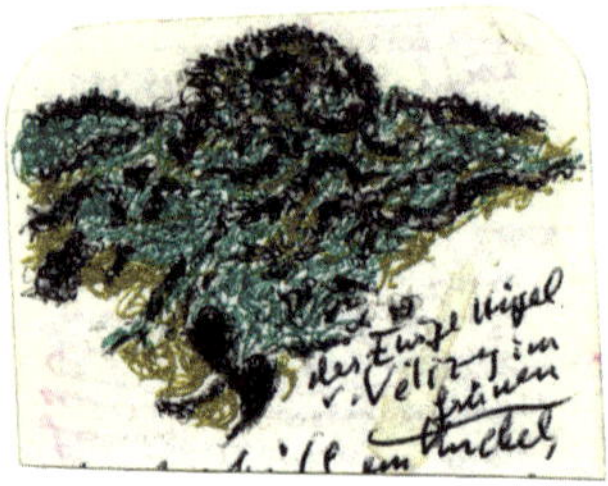

2x Der Ewige Hügel
und Wald von
Vélizy,
"Niemandsbucht"

„Über das Moor im Nebel habe ich noch nicht nachgedacht“: der Landschaftsmaler in Stifters „Kuß von Sentze“. Und: „Ich aber malte noch so lange fort, bis meine Zeit an dieser Stelle aus war“ („Das ist schon lange aus“: Formel aus Oberösterreich? Und der Mann am Rand der Landstraße dort – „schon lange aus“? Nein)

Schwellenbewußtsein gibt (macht, schafft) Sphären; sich eine Schwelle bewußt zu machen, schafft Sphärengefühl

„Wo bleibt die Sehnsucht?“ – „Schau und lies!“

Zum Tagesanfang eine Wanderkarte studieren (eins der 11. Gebote)

Betrachte nicht deinen Besitz, sondern dein Leben – Besitz kann nicht betrachtet werden, ist „außer Betracht“. Aber betrachte, betrachte!

Dialogpartner am Morgen: ein Marienkäfer. Ich sitze in einem blauen Hemd auf der Gartenbank, schlage die Beine überkreuz, und der Marienkäfer ist rot und rundet sich (und dazu das Fasanenglucksen und -kiecksen, die Kuckuckrufe und das Ringeltaubenaufrauschen aus dem jungen Buchenlaub) (Picardie, 4. Sonntag nach Ostern). Und noch früher am Morgen: Die Vögel auf dem Boden, die Bodenvögel, wie die Fasane, selbst die Hühner, die Enten, die Gänse, selbst die Truthähne – sie haben Lufthoheit

Nichts erleben ist auch etwas (in der Steppe)

Eine weitere Unvergleichlichkeit: die wie zugedrückten Augen eines toten Vogelembryos in seiner aufgebrochenen Schale (in der Steppe); und die Nacktschnecken sich „labend“ an einer samt Haus zerquetschten Weinbergschnecke

Zu einem Stunden um Stunden entfernten Landbahnhof aufbrechen wie in alten Zeiten: Ideal

Als „Erfolgsmensch“ ist man nicht „gut“ – in jedem Sinn

„Auch sollt ihr niemand auf Erden euren Vater nennen“ (Matthäus 23,9): Dazu war ich Vaterloser keinmal versucht

Ein ganz anderer Weltgipfel: Zusammensitzen mit lieben Menschen

„Heilige Welt!“ – so sehe, (er)lebe ich die Erde, wenn ich bei Sinnen, bei Vernunft (ja) und Verstand bin. Aber leider bin ich allzu selten bei Sinnen

Die Liebe steigt auf aus dem Untergrund, dem alleruntersten; die Liebe als das andere Röhren des Mississippi, tief unten im überschwemmten scheinstillen Land

Die Ruhe ist nicht nur Ruhe; die Ruhe ist mehr als Ruhe, weit mehr – *die* Ruhe

Aus den Schrittgeräuschen einer unsichtbaren Frau auf ihre Gestalt schließen, ihr Gesicht, ihre Haare, ihre Augen

Sich nach dem Sterben zu sehnen, nach dem Sterben zu streben, sich „auf meinen Tod“ zu freuen, ist keine Idee

Du meinst, mit Güte und Weisheit sei es getan. Ja, du bist gütig und weise. Aber damit ist es nicht getan. Du, du selbst, mußt tun, tun, tun

Wozu bin ich da? Um ein Gegenüber zu sein – es zu bilden

Wieder eine Zeitschwelle im Jahr: die erste Gänseblümchenblüte zwischen den Zehen beim Barfußgehen im Gartengras

„Ah, das waren noch Zeiten, als ich nichts gesucht habe.“ – „Stimmt nicht: Du hast seit jeher gesucht“

Sowie ich mich beeile, komme ich nie und nimmer nachhause

Lebenskampf muß sein, wieder und wieder

„Schau doch, da, zwei Nebelschwaden, eine vom Land, die andre vom Meer, und sie sind jetzt ineinander übergegangen und haben Lebewesen hervorgebracht!“ – „Unsichtbare?“ – „Natürlich“

„Nimm und lies!“? Ja, heb auf und schreib!

Bellende Hunde, Hörverhinderer. Wölfe wären was anderes

Gibt es „Bevölkern“ in der Einzahl? Ja, zeitweise: Ich „bevölkere“ das Haus und den Garten

„Was spindelt denn da draußen paarweise auf der Straße?“ – „Das sind die Silhouetten von zwei Halbwüchsigen“

Gezwungen, etwas vorzutäuschen, was ich nicht bin: eine Art Vorhölle. (Aber die ist angeblich abgeschafft?)

Bewahr dich vor dem Verirren in die Gedanken, in die „Denkerei“, indem du zurückgehst ins („denkanstoßende“) Bild

„Wahrlich, die Religion ist Leichtigkeit“ (nachkoranischer Hadith, Überlieferung) („al-dīn jāssir“) – „das merken und nicht vergessen!“ (Kaspar)

„Ich habe zu lesen!“, dachte er und schlug sich auf die Schenkel. „Schlug er?“ Nein, er trommelte

Und doch: Manchmal ist um die Hunde eine Unschuld wie um nichts und niemand sonst. Sie tippeln und tänzeln im Getümmel dahin als die unschuldigen Dritten

Was für Sorgen ich mir mache und durchmache tagaus, tagein. Und erst in den Träumen!

Luxus der Tage allein? Mancher

Die Menschenverachtung, wenn nicht -feindschaft ist eine große Versuchung. Und wenn sie endgültig geworden sein wird, ist sie eine Todsünde. Und sie wird dich aus dem Buch des Lebens streichen

Der Haarwirbel eines, der verstrickt ist in eine schwere Müdigkeit, verbildlicht diese

„Vorgestern war Muttertag, und gestern der Nationale Tag des Hörens.“ – „Und heute?“ – „Heute ist der Tag der Frau Welt“

Ja, Geist! – Aber bedenklich wird’s, wenn auch der Geist seinen Macht- und Marktanteil einfordert

Mittag, Garten: Zwei Bäume reiben sich aneinander mit dem Laut eines (1) Kinderrufes

„Ich bin geschützt durch die Brustwehr der Büsche.“ – „Aber auch dich werden sie abholen.“ – „Ach, schon?“ – „Hier der Kuß des Todes“

Meine Zuneigung zu den Eintagsfliegen – woher kommt sie? „Rhetorische Frage“

Gibt es das, daß Vogelflügel „wiehern“? Ja, die der Wildtauben

Statt der starren „Pagode des Fünften (oder sonstwievielten) Schreckens“, die bewegliche, die bewegte Pagode des blühenden Holunder, „die Pagode des Hundertfältigen Aufschauens“

Schmerz und Verklärung: Entstehen so die Märchen?

„Flieg, Käfer, flieg!“ – „Nein, bleib da, Käfer – flieg nicht!“

In der Ferne der Fernen kein Meer zu sehen: auch eine Erlösung. οὐ θάλασσα! οὐ θάλασσα! (Picardie)

„Ich war nun, soweit es möglich war, fröhlich“ (Stifter, „Aus dem bayirischen Walde“)

„Stiller Ort“: „Ich muß kurz verschwinden!“: Dieser Spruch hat noch einen weiteren Sinn

Die Eschen, die Akazien: Unvergleichlich in ihrer Weise, Licht durchzulassen durch ihr gefächertes Laubwerk; die durchlässigsten aller Bäume, Licht miterzeugend, Lichtbäume

Ich habe keine Weltenträume mehr. Es wartet kein Werk mehr?

„Er [der Brief, ankommend trotz des großen Schnees] war von der Hand meiner Gattin geschrieben, und so lieb, daß ich vor allen Menschen in Tränen ausbrach“ (Adalbert Stifter, „Aus dem bayirischen Walde“)

„Auf diesem Fensterbrett, wenn ich zu lesen anhob …“ (derselbe, „Mein Leben“). Ja, Lesen ist „anheben“ – soll(te) es sein

Andere Unvergleichlichkeit: die Holunderblütendolden durchschienen von der Morgensonne; unvergleichliche Lichtfängerschirme. „Es herrscht Lichtfang!“ Er soll herrschen. Er möge herrschen

Die Nützlichkeit der Elstern? Dachrinnensäuberer, -ausputzer (wenn auch mit Schnabelkrach verbunden – aber recht so, es ist die Zeit des Nestbaus?)

Der erste Ton oder Akkord des Rock’n’Roll damals drüben in Amerika brauchte über zwei Jahre, bis er endlich ankam in unserem Stara Vas

So wie den angeblichen „Urschrei“, gibt es auch das Urweinen?

Ein (wieder unvergleichliches) Weiß auf Schwarz: eine Holunderblüte in der Kaffeetasse

All mein (nie übermäßiger) Tätigkeitsdrang hat sich im Lauf der Jahre und Jahrzehnte in Sinnen verwandelt. Sinnen ist meine Haupttätigkeit geworden. Ist es so? Schön wär’s

„War das, was da gerade durch die Luft schwebte, ein Glühfaden?“ – „Ich weiß es nicht. Aber frag Tino, er wird es wissen“

„Ja, schau!“ Oder: „Ja, da schau her!“: Dieser Ausruf im Stillen, ist er nicht ganz besonders am Platz vor der unversehens aufleuchtenden Kehle eines Rotkehlchens?

Anderes Verb zur Freude: Sie „skulpturiert“; die vorher unscheinbarsten Formen treten in den Raum – werden räumlich – körperlich (dagegen Verben zum Glück: „macht zittrig“, „trübt“, „entleibt“)

Nur aus dem Mund eines Propheten ist der Klang für sich allein am Platz und „macht Sinn“, nicht aber bei einem Dichter. Bei einem Propheten und bei einem unschuldigen Kind

„Haben wir uns nicht einmal geküßt?“ – „Ja, damals auf Hoher See, um uns zu vergewissern“

Anschauen feit gegen den Lärm? Ja. Aber nur bis zu einer gewissen Schwelle. Und wie hoch ist die?

Freude in Maßen, im Maß: Ideal. Aber ist Freude nicht immer im Maß? Gibt es Freude im Unmaß?

Ein Seufzerverbot wäre manchmal am Platz

Kunst: der Ruf der Wildnis – der Anderen, der inneren, der ungenutzten

„Der Prophet sagte: ‚Auch des Bösen sich enthalten, ist ein Almosen‘“ (Koranische Überlieferung)

„Du sollst dich nicht messen, mit niemand!“ (eins der 11. Gebote)

Ich werde von euch eine Geschichte schreiben, in der eure Gesichter so schön erscheinen, wie sie sind („Das Letzte Epos“)

„Meine Mutter betrachtete mich mit einem Mitleid voll von Bitterkeit, so als sei ich ein Behinderter, denn sie war die einzige, welche wußte, wie vollkommen ausweglos es war für jeden in unserer Familie“ (Isaak Babel, „Geschichte meines Taubenschlags“)

„Von allen Juden sind die Hausierer die zähesten und die fröhlichsten“ (derselbe)

Stifter von einem Totenbett, wo einst jemand Geliebter lag: „... und von dort werde ich ihr nachsterben“

Sich in Sicherheit wiegen: Redensart? Gebot? „Du sollst dich in Sicherheit wiegen“

Die Vernunft ist kein Ding, keine Sache, nichts „Habhaftes“. Sie ist nur die Energie, die wach wird, wenn „die Sache“ erscheint und mich herausfordert – „die Sache“, das, was „Sache ist“ –: die Energie, die mich überleitet zur Sache, sie umzirkelt, bewahrt und verwirklicht („realisiert“ im Sinne von Cézanne). „Nur“ Energie?

Dort, wo die Füchse mir gute Nacht sagen: mein Land

Anderes Wort für Ästhetik: Formtreue; oder überhaupt Treue, universal

„Engel sind Diener, die IHM mit keiner Rede zuvorkommen“ (Koranische Überlieferung)

Literatur (beim Lesen Stifters): das Geheimnis der Sätze am richtigen Platz. Und das Herz wallt auf. „Wenn ich, nach ihm zu fragen, reise ...“ („Thal ob Pirling“)

Die koranisch-islamische Vorbestimmung heißt: „Die Schreibrohre sind schon angehoben [vom Schreibpapier], und die Seiten sind schon getrocknet“ (Überlieferung)

Habe ich mich je gut beeilt? Schön beeilt? Immer, wenn ich mich beeilt habe, habe ich mich schlecht und unschön beeilt? Und „unschön“ heißt: Ich tue nicht recht, ich bin ein Tunichtgut

Marktidee: Hemdenknöpfe in Holunderblütenform

Einer der bittersten Vorwürfe: „Du undankbarer Mensch!“ – „Du Undankbarer!“: die häufigste Schmähung an mich selber

Seit jeher bin ich in den Träumen ein Barfüßiger, oder eher ein Unbeschuhter. Und warum ist das jedesmal ein Alptraum? – Traumdeuter sich zu enthalten!

Aufgehen im Lesen: zweifache Bedeutung

„In Tiflis zu leben im Frühling, zwanzig Jahre alt zu sein und nicht geliebt zu werden, ist ein Unglück“ (Isaak Babel) – Eine Größe, wie jetzt die des Isaak Babel, Satz für Satz, macht mich zuinnerst lachen, fröhlich, überrascht

Der Fasan, nach dem Flug, auf dem Erdboden: Er schreitet

Die Engel links und rechts meiner Schultern: die hohen Steppengräser im Wind (Picardie)

Wie die Umkehrfarben, der Umkehrwind usw., so auch die Umkehrfunde – zum Beispiel im Umkehren auf der Landstraße heute früh die auf einmal aus der Böschung hervorleuchtenden Erdbeeren

Seele, das Nicht-Ding, die Nicht-Sache, das Unding, welches aber formt, und wie!

Die falschen Geheimnisse der Kriminalromane

„Und“: Umweg und Schönheit; Umweg und Schönwerden

Das Golgathagemälde von Lucas Cranach dem Älteren: Christus fällt unterm Rohholzkreuz, zum ersten Mal?, und bis hinauf zum Golgathagipfel ist es noch ein sehr weiter Weg

Instinktive Bescheidenheit: Ideal

Es so lange in der Fremde (oder gar in der Verbannung) aushalten, bis du dich dort eines schönen Tages wie nirgends sonst in den Ferien fühlst

„Wenn man sieht, was das Weltall mit uns vereint, dann wird man von Ehrfurcht ergriffen, obwohl man das als Wissenschaftler natürlich nicht *darf*“ (ein Astronom in der Atacamawüste, Chile; Unterstreichung von mir –)

Lebensgefühl: Sowie der Raum Raum wird, und die Zeit Musik

Versenk dich! Hitler hat sich in nichts versenkt –

Geißblattblüten: von allen Blüten jene, die sich am meisten nach hinten biegen, „frauenhaft“

Jeder Erlösung aus einer Not, einer wenn auch noch so episodischen oder flüchtigen, jedem Loswerden, und sei es noch so kurz, dieser Not, sollte ein (stillschweigendes) Gelübde folgen, ein wenn auch noch so geringes

Vom Dankgebet zum Bittgebet: Steigerung des Religiösen?

Verb zum Igel tief zwischen den wilden Erdbeeren: Er „schwarzäugelt“. Und: Die Erdbeeren von unten anschauen, ist etwas anderes als …

Der Einlautschrei, -aufschrei einer einzelnen Elster hoch im Baum als Kläffen. Kläffen? Ja, ein bescheidenes, wie schüchternes, Beistand herbeirufendes

Verlustangst, einer meiner Grundzüge? „Zug“?

Satans Abschiedslied: Der Bösewicht der Bösewichte wird weich in der Selbstvernichtung

„Wer etwas Neues propagiert, oder einem, der etwas Neues aufgebracht hat, Unterschlupf gewährt, auf dem liegt der Fluch Gottes“ (Koranische Überlieferung)

Stufen: Zeithaben/Ruhigwerden/Ruhig sein/Ruhe *geben.* – Ich muß mir jedes Mal frisch einschärfen, daß ich Zeit habe. Einschärfen? Eintrichtern! Zeit haben: freie Hände haben, freie Hand bekommen

Es gibt keine Zeichen, außer ich gebe es, du gibst es

Ein Schritt rechts oder links von den gewohnten Schritten: Neuland (wie Cézanne mit seiner Staffelei auf der Route du Tholonet, unterwegs zur Sainte-Victoire)

Eine weitere Unvergleichlichkeit: das Morgenlicht im Fliederlaub (nicht: -blüten!)

Einen speziellen Melkschemel erfinden zum Einheimsen, Abziehen, Einholen der Schwarzblauheidelbeeren in den Wäldern (Picardie)

Auch Asche kann Farbe ausstrahlen? Gar Morgenfarbe? Farbe des Morgens werden?

Literatur, Schreiben: „Sag, was du zu sagen hast“? Nein, rhythmisiere, was du zu rhythmisieren hast

Die heutigen Teufel sind unschuldig (Stück-Vorhaben „Die Unschuldigen“!)

„Was siehst du?“ – „Ein Kind, das geht am Rand einer Landstraße.“ – „Und sonst?“ – „Nichts.“ – „Mein Weg führt nach Kranjska Gora.“ – „Und meiner?“ – „Das ist die Frage“

„Der Verstand macht fragen, die Gottesfurcht macht beim Fragen innehalten“ (Koranische Überlieferung)

Meine ewige Schreckhaftigkeit, kommt sie aus einer Geistesabwesenheit, einer schuldhaften?

Es muß etwas geben, was es nicht gibt. Es muß? Es muß

„Und“: Liebe und Ernst

„Und“: Ich wunderte mich über die Existenz, und ein Rauschen fuhr durch die Bäume

Ohne Lesen bin ich nichts. Im Lesen, mit ihm und durch es bin ich Niemand und Jeder. Ernsthaftlesen – sich ernstlesen

Die Undankbarkeit sollte zu den Todsünden gezählt werden. Die aktive, die tätige Undankbarkeit als eine Tätlichkeit, eine Untat. „Er wurde bei seiner Undankbarkeit ertappt auf frischer Tat“

Von dem du einmal die Stimme de profundis vernommen hast, von der Schwelle des Todes her, dem sollst du ein Lebtag lang treu bleiben, und nicht allein ihm

Paradoxe der Jetztzeit: Wer sich gegen den allgegenwärtigen Lärm ausspricht, wird zum Störenfried, wer sich gegen die allgegenwärtige Gewalt stemmt, wird zum Gewalttäter („Die Unschuldigen“)

Überschrift in der Zeitung der Niemandsbucht: „Jeder kann sich als Freiwilliger melden, ausgenommen die Depressiven“

Wie, Reizbarkeit und Güte bedingen einander? Nein, rede dich nicht darauf heraus!

Weiter erzählen! (Doppelsinn)

Eine „Schönheit“, welche dir nicht eine Idee eingibt, ist keine? „Idee“? Beweggrund („Beweggrund“: immer wieder die herrliche deutsche Sprache). Und was war der Beweggrund für den „Stillen Ort“? Und was ist er jetzt für den „Pilznarren“?

Immerhin warfen die paar Überlebenden der nach dem letzten Weltkrieg am Boden und bis in den Untergrund zerstörten Erde noch einen Schatten, und sie redeten. Aber was sie sagten, war durchwegs nur einsilbig. Und diese Einsilbigkeit war ohne jeden Selbstlaut. „Lm“, „Rr“, „ts“, „psch“ …

Eine andere Unvergleichlichkeit: das Weiß-in-Weiß der Windenblüten: „Alles weiß“

Wiederholen in einem anderen Licht gibt wieder ein anderes Licht. Im Wiederholen der Dreischritt des Lichts

Das Evangelium von heute: „Jesus erbarmt sich der Menge“ (Fest der Anna, der Mutter Mariä)

Stufen: die vollkommene Stille – die vervollkommnende Stille – die Stille der Vollkommenheit

Endlich sind wir erweckt worden. Seitdem brennt die Säule, und der Wind wühlt in den Bäumen

„Gott verschwieg einige Dinge aus Barmherzigkeit. Also fragt nicht danach“ (Koranische Überlieferung)

Nachtlang bin ich zwischen Tür und Angel gestanden. – Gibt es das? – Ja, gar nächtelang

Moment der Liebe: Äußere Gestalt wird zugleich zur inneren, Leib wird zugleich Seele

„Hörfreuden“: Die Musik, außer sie kommt, un(auf)gesucht, aus der Ferne, den Fernen, gehört so selten dazu; dagegen Wind, Wasser, Feuer, Flügelrauschen

„Etwas in ihm machte, daß er nicht der Richter der andern sein wollte“ (Aljoscha in den „Brüdern Karamasow“)

Das Herz des Sterbenden trat von einem Fuß auf den anderen. Und als er tot war, gingen die Füße noch eine Zeit weiter

Verb zur Phantasie: Sie „wappnet“ (mit Heiterkeit)

„Kein Grund zur Aufregung!“ – „Schade“

„Was machst du gerade?“ – „Ich sitze auf einer Kiste mit der Aufschrift STREUGUT“

Gebrannt von Brennesseln: eine Art Brennesselschauer – es regnet unter meiner Haut

„Ein prophetischer Pfau funkelt oben auf den Ziegelmauern“ (Isaak Babel)

Das Lesen schafft (mir) die stillste der Ortsverbundenheiten. Es verbindet (mich) mit dem Ort, an dem ich lese und bin, und an solchem Ortsverbinden erkenne ich, wieder einmal, die wahrhaften Bücher und das wahre Lesen

„Ja, hast du denn keine Ohren? Ja, hast du denn keine Seele?“

Geschichtlich, „historisch“ denken? Ding der Unmöglichkeit. Überzeitlich, jenseits der Menschenzeit denken? Auch kein Licht. Also rette ich mich ins Jetzt – ins „Jetzt! – Und …“ – Rette mich? Begebe mich?

Meine Wut-Freude: wie aus einer (1) Membran; manchmal, ob ich Wut äußere, ob ich Freude äußere, vibriert in mir ein und dieselbe Membran. Wut vibriert zugleich als eine Art Freude, amüsiert sich, spielt, und Freude vibriert sich steigernd zur Wut, vibriert wütend („krawutisch“, wie es in Stara Vas einst hieß)

Auch „das gute Wort“ gilt, ausgesprochen, als „Almosen“ (Koranische Überlieferung)

„Sie hätte gleichwen um Hilfe angerufen, sogar den Vater“ („Die Brüder Karamasow“)

Was ich nur für mich allein mache, hat keinen Wert. Aber damit es einen Wert hat, muß ich es, auch, für mich allein machen?

Andere Unvergleichlichkeit: die unvergleichliche Leichtigkeit einer toten Hummel, Biene, Hornisse

Sich beeilen in Übereinstimmung mit sich selber: so – ja

„Was macht Ihr Mann?“ – „Er herzt eine andere“

In Erwartung des Richtigen warst du mit so viel Falschen zusammen, daß, als endlich der Richtige kommt, er erst recht der Falsche ist

„Nous sommes embarqués!“ (Blaise Pascal) – „Nous sommes vaincus …!“ (Georges Bernanos)

Das höchste der Zeitgefühle, oder überhaupt das einzige, das wirklichwahre: die Geduld, als Übereinstimmung mit der Zeit, „die mir gegeben ist“. Dazu eines der 11. Gebote: „Du sollst in der Geduld bleiben!“ (Bleib in der Geduld, wenn sie in dir HAUSHÄLT)

Die Stille „realisieren“? Ja, aber dazu brauche ich Laute, einen (1) Laut, ein Lautsignal. Sogar den Lärm zum Beistand anrufen, gibt's das? Von Zeit zu Zeit

Der wesentliche Umweg: über die täglichen Kleinigkeiten. Wesentlich? Ja

Das Wort für „steinigen“ fehlt in meinem (dicken) arabischen Wörterbuch

„Nicht die leiseste Ahnung“ – als gäbe es eine laute Ahnung?

„Wer das Rechte verschweigt, ist ein taubstummer Teufel“ (Koranische Überlieferung)

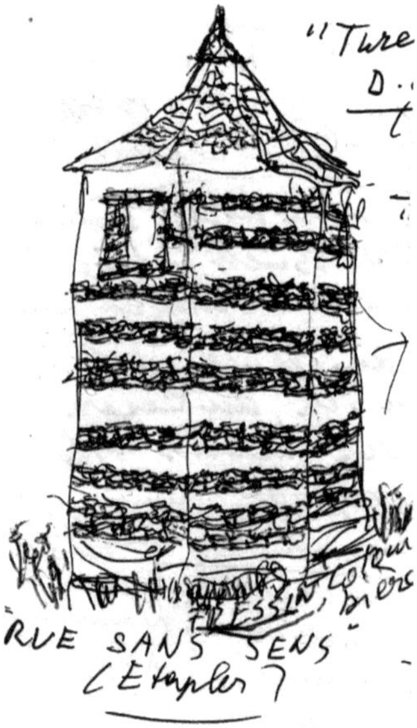

Taubenturm
am Vater-
und Kindheitshaus
von Georges Bernanos,
Nordfrankreich

„Dimitri, du bist unglücklich, aber weniger, als du meinst“ (Aljoscha zu seinem Bruder)

Gelobt sei alles, was mich aufblicken läßt, aber auch alles, was mich den Blick senken läßt. Und gelobt sei, was mich bestürzt, von Zeit zu Zeit!

Jemand, der Ausschau hält nach Erbarmen, und gerade bei den fremdesten der Menschen, jenen, die nichts und abernichts erwarten lassen („Das Letzte Epos“)

Morgen im Nebel: Tautropfennotenschrift auf einer Taubenfeder

„Was ist dein Ziel?“ – „Jetzt!“

Den Frieden kosten (statt ihn „auskosten“)

Meine Art Akrophobie, Höhenangst: Wenn ich andere, „die Meinen“, nah an einem Abgrund sehe

Eine Art rechtmäßiger (rechtschaffener) Ungeduld: wieder einmal ungeduldig zu warten auf die ersten Risse an den Schalen der reifenden Nüsse

Nichts und niemand wird mich vom Wunder des Daseins abbringen – es sei denn, ich selber

Ein Kind, das seine Eltern nicht überlebt, so wie man eine Verletzung nicht überlebt (Gestalt fürs „Letzte Epos“)

Bleibe bei mir, Trauer, / Denn du bist der Fall, / Und nie gehst du zur Neige

Er hörte von „Frohsinn“ und „Wehmut“ sprechen und wurde selber abwechselnd froh und wehmütig

Die Zeit der entschieden Schuldigen, der selbstbewußt Schuldigen: die Monster Shakespeares; und die heutigen Monster? Die Zeit der Unschuldigen. – Aber schon Iwan Karamasow sagte: „Ich weiß nur, daß das Leid besteht, und daß es keine Schuldigen gibt …“

„Rotkehlchen, zeig mir dein Rot!“ – Und schon leuchtete es

„Wenn du dich nicht schämst, dann tu, was du willst“ (Koranische Überlieferung). Und der Kommentar dazu: „Die Scham ist ein Teil des Glaubens“. Und heute? Die Scham hat nicht überlebt

Den Verlorenen Vater, gibt es den? O ja! Aber was ist sein Gleichnis? („Das Letzte Epos“) – Vom all*wissenden* Erzähler zum, zeitweise, augenblicks, all*ahnenden*!

Lesen am Nachmittag im Apfelbaumschatten, von Ewigkeit zu Ewigkeit, od vekomaj do vekomaj („Höre, Stara Vas!“). Und dazu wieder das Nachprickeln der Brennesseln an den Leserhänden: „Höre, Stara Vas! Slušaj, Stara Vas!“

Ein „freudiges Seufzen“, wie das des Staretz in den „Brüdern Karamasow“: kein Paradox, kein Oxymoron

Zorn meint, sagt, heißt: Es ist etwas zu ändern (: Haß; Ekel, etc.)

„Die Prosa fordert den ganzen Mann.“ – Aber bin ich ein „ganzer Mann“? – Ja, wenn ich Prosa schreibe

„Ich habe mein Letztes gegeben!“ – „Gib nie dein Letztes. Und außerdem: Ein Letztes gibt es nicht – jedenfalls nicht „meines“ oder „deines“

Der Entsteller der Wahrheit: schlimmer als ein blanker Lügner?

Habe ich nicht, von klein auf, geweint nur aus Zorn und Wut? Und wann zum ersten Mal dann ohne Zorn und Wut – nichts als geweint? Am ersten Abend im Internat

„Daß man eine Prüfung durch Klagen sichtbar werden läßt, steht nicht im Widerspruch zum geduldigen Ertragen“ (Koranische Überlieferung)

„Dieses Rad da am Horizont, das ist der Sonnenuntergang, und es gehört mir.“ – „Keine Angst, ich werde dein Rad nicht stehlen“

„Den fröhlichen Geber liebt der Herr“ (Paulus)? – „Den freudigen!“ (Steigerung)

„Hallo, Mutter!“ (zurück in Stara Vas)

Unterscheide zwischen den Unbesorgten – den Sorglosen – und den Sorgenlosen

„Ich steh an der Bar und habe kein Geld“, sang einst wer. – Und ich sitze im Dunkeln und schau in die Welt (*Vor der Baumschattenwand nachts*)

In manch zufälliger Kadenz bin ich unversehens zuhause

Fremd geblieben, jung geblieben

Eins der 11. Gebote: „Du sollst einmal von einer Stelle oder einem Ort, selbst wenn du dort seit jeher warst, sagen können: ‚Da bin ich noch nie gewesen! Das habe ich noch nie gesehen! Diesen Winkel erlebe ich zum ersten Mal!‘“

„Ah, ein Salamander!“ (vor dem lebenden) – „Ach, ein Salamander“ (vor dem toten, zerquetschten)

Besser ein Außenseiter als ein Marsmensch

Immer wieder: Im Stand des Zeithabens, als eine Weise der Gnade

Aus dem Nichtstun und vor allem dem Müßiggehen ist viel zu lernen. „Auf, auf, geh, geh, erzähl!"

Staatsmänner u. -frauen, westliche, heute: „Die Unschuldigen schreiten zur Untat", und schreiten und schreiten, und obwohl sie Tragiker sind, nein, Tragisches (an)tun, sind sie sich dieses Tragischen keinmal bewußt, und vor allem ist ihnen nichts davon anzumerken, in keinem Moment eines Innehaltens, Zögerns oder Bedenkens (und ich? Sitze dabei unter einer großen Buche in der Picardie, angesichts von weißen und blauen, herbstlichen, Zyklamen, sonntäglich)

Das „nunc stans" (das inne-, ein- und anhaltende Jetzt) leitet jedes Mal über in das *nunc amoris*, ins *nunc amandi*

Die Augen meines Gegenübers wurden Farbe. Besänftigung zog in mein Herz (noch einmal für Flaubert)

„Wer Gutes findet, der soll Gott lobpreisen; wer andres findet, der soll sich selber tadeln" (Koranische Überlieferung)

„Sich sattlieben an ...": Dieser Briefsatz des Großvaters, bezogen auf das Kind Hermann Hesse, begleitet mich nun schon seit bald vierzig Jahren. Und hat er sich für mich selber erfüllt? Keinmal

„Vor lauter Büchern siehst du das Buch nicht mehr.“ – „Das haben mir schon andere gesagt.“ – „Und wenn?“ (Goethe hätte gesagt: „Vor lauter Wald den einzelnen Baum nicht mehr sehen …“)

„Und solang du das nicht hast, dieses Laß! – und werde, bleibst du nur ein krummer Gast auf der engen Erde.“ – „Ja, man ist so selten der, der man ist“

Ein besonders erschreckendes „Plötzlich“: Plötzlich keine Zeit mehr zu haben. (Habe ich das nicht schon notiert? Und wenn …)

Freude: der ideale Architekt. Die Freude „baut“

Sind wir nicht zeitweise alle (ja, alle) die Teufel, die wir nicht sind? Zeitweise? Unzeitweise

„Was hast du heute geleistet?“ – „Nicht ferngesehen.“ – „Immerhin“

„Wie gut ging’s mir, als ich noch jung und hoffnungslos war.“ – „Hoffnungslos bist du doch noch immer!“ – „Ja, immerhin“

„Es war ein klarer und milder Tag, mit ein wenig Frost“ (gar zu selten sind solche Sätze bei Dostojewski, und er leitet „nicht zufällig“ die Erzählung von einem Begräbnis ein)

„Eine heilige Erinnerung, bewahrt seit der Kindheit, ist vielleicht die bestmögliche Erziehung“, so Aljoschas Rede vor den Kindern beim Begräbnis des Kinds Iljuscha

Das Schöne-Wahre: Nur wenn es mir unterläuft, „überläuft's" mich (wie das unvermutete Hören, fast nur geahnt, von Musik aus der Ferne)

Ständig lasse ich davon ab, innezuwerden, höre ich auf, innezusein, bin in Gefahr, zu vergessen und zu verraten, was Dasein, was Existieren ist, und vor allem, *wie* Dasein ist. Deswegen, Dichter, tut mir dein Rhythmus so not – um wieder, und wieder, innezuwerden (beim Wiederlesen des „Wechselbälgchens" von Christine Lavant)

Slowenisches Dorf, Bienenmuseum

Noch einmal: „Sprachliches Format", Sprache als Form, hat nichts zu schaffen mit Könnerschaft, -tum, oder gar Meisterschaft; sprachliches Format ist menschliches, ist seelisches Format (Wind und Sonne auf der kleinen Landstraße in der Picardie)

Warum beeile ich mich schon wieder so dumm? Ja, „sich dummbeeilen", 1 Wort. – Und dann: „Ich habe doch Zeit!", sagte er und breitete die Arme aus zum Flug

Dem Pilznarren geht am Ende, zu sich selber und zu den Pilzen auf: „Das ist ja eine Geschichte! Das muß erzählt werden!" („Versuch über den Pilznarren")

Der Beiname des Gottes, der mir am stärksten, und zugleich am stillsten einleuchtet: nicht „der Allwissende", nicht „der Allerbarmer", und schon gar nicht „der Allmächtige", sondern „der Gerechte" (auch deswegen, weil ich zeitweise so himmelschreiend ungerecht bin)

„Poeten sind ohne Güte." – „Und warum?" – „Keine Antwort." – „Und Gelegenheitspoeten?" – „Schon eher" (Selbstgespräch beim Grasmähen)

„Den Unfreundlichen spielen" ist weniger ermüdend als „freundlich spielen" (ich dachte an manche Kellner)

Ein Balkan-Paar: Schützend hält er seine Hand über sie, schützend hebt sie ihre Stimme; und noch einmal Balkan, Srbija: Das Land der zärtlichen jungen Väter (samt Ray-Ban-Sonnenbrille); und noch einmal Balkan: Der junge Mann trägt sein Kind im Arm, der alte an seiner Seite rollt einen Reifen

Ist ein Reizbarer nicht auch ein (möglicher) Auserwählter? Ein Auserwählter wider Willen? Auserwählt wofür?

„Einwegkamera“: Erfinde die Umwegkamera

„Die Propheten sind weniger vergeßlich als andere“ (Koranische Überlieferung)

Heilloser Schreck / heilsamer Schreck

Lebenszeit: Die Epoche der Glücksfähigkeit setzte bei mir gar spät ein, und war nur von kurzer Dauer, gefolgt (?), abgelöst (?), übergehend in jene der Freudenfähigkeit, dauerhafter

„Ich verstehe immer mehr.“ – „Ja, und immer weniger“

„Schau, das Rauschen!“ – *„Schau?“* – „Ja, schau! – Schau, schau, wie es rauscht!“

Wieder die Asche (im Kamin) als Farbe, als ein besonderes Licht, besonderer Lichtempfänger und -ausstrahler (Picardie)

„Schütze mein Kind, Nachtregen du auf den alten Pflastersteinen!“

Realisieren (s. Cézanne) geht über Studieren? Realisieren ist Studieren. Realisieren ist auch Selbststudium

Eins der 11. Gebote: „Du sollst einmal am Tag etwas, wonach dir der Sinn stand – ein Ding, einen Ort, einen Blick –, entschlossen versäumen!“

Mein Kind erleben – den Gott in mir aktivieren – das Haupt heben

Jene Atemsäule, bei angehaltenem Atem, stillbebend in mir: Säule des, meines, Anderen

Ideal der Energie: durch Erkenntlichkeit; Energie der Erkenntlichkeit; Energie „Erkenntlichkeit“; Erkenntlichkeitsenergie; „Enérgeia“, ἐνέργεια, übersetz mit „Auf zum Werk!“ („Werke und Tage“)

„Jetzt! – Und…“, wies ich mich wieder einmal zurecht, rief ich mich wieder einmal auf – und unversehens das Rot des Rotkehlchens, ohne den kleinsten Ankunftslaut, wieder auf dem Rücken des Gartenstuhls: „Meiner Seel’, ein Rotkehlchen!“

„Es ist mir entfallen“ ist etwas anderes als „Ich habe vergessen“

„Ich möchte, wie viele Haftkollegen hier, glauben“ (Brief aus dem Gefängnis an die Zeitschrift „Christ in der Gegenwart“)

Der Gebetsunfähige, nach Koran-Überlieferung: „Dem hat der Satan ins Ohr gepißt“

„Die Obstdiebin“ („Letztes Epos“): Sie ist aus auf die unbekannte Frucht, auf die verborgenen Früchte

„Wait and see!“ ist triftig. Aber dieses Warten, um dann zu sehen, hat zu dauern. Es muß Dauer werden

„Die Vernunft des Menschen besteht nicht darin, über den Tod nachzudenken, sondern über das Leben“: So ungefähr einst Spinoza (Baruch). – Ja, und das Sich-Wundern über das Leben, ist es nicht schon „Nachdenken“, und mehr ist nicht zu denken? „Er wunderte sich, und wunderte sich“ (Sonnenaufgang)

Der Kuhweidenregen Ende Oktober, wie damals in Stara Vas dem Kind als Kuhhirten: Noch fällt er nur, und fällt, und fällt, und prasselt, und prasselt, und mauschelt, und mauschelt, so wie oben in den Bäumen auf die letzten Blätter, so unten auf das abgefallene Laub: Keep on falling, Kuhweidenregen!

Systole/Diastole: Durch Sehen einatmen/durch Hören ausatmen

Schreiben: sich von sich überraschen lassen

Im großen Traum sah ich die Bilder und die Sätze förmlich sprießen und aufschießen, eins nach dem andern, auf einer weiten Flur aus Raum und Zeit – viel Unkraut allerdings unter Bildern und auch Sätzen (Allerseelen, „Todas las almas“)

„Seit wir unseren Buchhändler nicht mehr haben, haben wir gar nichts mehr“, sagt die alte Frau am Abend in der Bar des Nachbarorts mit Namen „Val Fleury“

„Du bist ein Held.“ – „Ich bin kein Held, ein Held ist erbarmungslos“

Ans Schreiben gehen: Endlich wird es wieder ernst, und ich werde ernst – darf es werden, soll es werden, muß es werden („Versuch über den Pilznarren“)

Hölderlin: Gefügte Sprache aus dem „Jenseits der Sinne“ (Christian Wagner) und des Sinnens. Diese Sprache hat mich, wie keine, ein für alle Mal, ans Licht gehoben

Immer wieder: „Ich bin nicht dankbar genug – noch nicht“

Laß Seele und Geist stottern, buchstabieren, rhythmisieren – alles andere ist Hirnschrott („ans Schreiben gehen“)

Die besonders scharfen Bügelfalten der Verlorenen (Bar, Picardie)

Immer wieder: Keine Zeit (mehr) zu haben – die Zeit nicht zu haben; der Drache im Herzen – das Herz als Drache

In der Wildnis: „Da ist kein Durchkommen.“ – „Blödsinn: Natürlich ist da ein Durchkommen!“

Heutiges Erzählen (nach Joyces Punktlos- und A. Schmidts wie Célines Stummelsätzen): Ambivalenz, und doch Antonio Machados „Homerische Quelle“ – nur wie? wann? wo? – Laß kommen, laß sie fließen! – „Zu neuen Ufern!“, das bläue (und grüne) ich mir ein. Und fürwahr: Die neuen Ufer erwarten mich, die homerische Quelle erwartet mich, aber nicht bei den Inuit, nicht bei den Aborigenes, weder in Mali noch in Nepal, sondern in mir selber

Der Pilznarr, gefragt, wohin er geht: „Ich gehe bombentrichtern!“ Und seine Entwicklung, oder einer der „Beweggründe“ für seine Geschichte? Vom fanatischen Findenwollen zum begeisterten Nichtfinden. Und was lernte er so, was wurde seine Devise? „Man weiß nie“

„Die Religion ist ein aufrichtiger Rat“ (Koran. Überlieferung), und: „Kehrt einander nicht den Rücken!

„Was für ein weites Land hier, und meine Mutter ist tot!“ (Picardie)

„Die ganze Woche hat sie geweint vor Heimweh.“ – „Ja, aber seit Donnerstag weniger“

Zwei Fälle von gutem „Beneiden“ im Islam, Beneiden als Pflicht zu beneiden, 1) wer sein ganzes Vermögen im Guten ausgibt; 2) wer die Weisheit weitergibt

Nach den Mannequins auf dem Laufsteg endlich die eine und andere „Unter schöner liefen“

Schreiben: Ja, bei der Wahrheit (den Tatsachen etc.) bleiben – und sich davon weiterschwingen zur größeren, der universellen Wahrheit der Erfindung. Und wie an- und abheben: dringlich. Dringlichkeit ist alles

„Das beste Handeln: jemandem eine Sorge abnehmen“ (Koran. Überlieferung)

Und wieder der Schnee: Die Schneeflocken, wie sie langsam, manchmal auf der Stelle, durcheinanderwirbeln, -spiralen, als arabische Schrift – und ich ziehe, im Schauen, sie in meinem Innern nach, mitsamt dem „Punktieren“

„Unvergleichlich“: der unvergleichliche Glanz auf den Schlittenkufen nach dem Rodeln in einem hartgefrorenen Schnee

„In die Wälder!“ – „Wozu?“ – „Um zu sich zu kommen. Auf in den Wald, wo ich zu mir komme!“

Der Pilznarr: Er kommt mit seinen Funden heim wie mit Liebesbeweisen. Nur: Die Beweise gelten dann nicht(s); sie werden nicht „zugelassen“

Von der unnützen, aber fruchtenden Tätigkeit zur nützlichen, Werte, Verkaufswerte, schaffenden: Verengung

Der Pilznarr: „Seltsam, bei einer Nahrung, die aus der Erdtiefe kommt, aus dem Erdreich, habe ich im Verzehren, wie bei keiner Nahrung sonst, zeitweise den Blick himmelwärts“

„Lang, lang ist’s her, daß jemand die Fliege da an die Mauer geklatscht hat!“ – „Was willst du damit andeuten?“

Kein Paradox: die leibhaft(ig)e Seele. (So erschien mir, zeitweise, meine Mutter)

„Wenn Ich ihn, Meinen Diener, liebe, so bin Ich sein Hören, mit dem er hört, sein Sehen, mit dem er sieht, seine Hand, mit der er zupackt, sein Fuß, mit dem er schreitet“ (Koranische Überlieferung, 38. Hadith)

„Die Maschine, auf der ich schrieb, ... hatte kein ‚ß‘. Doderer zürnte darob. Er trug die Maschine eigenhändig in die Werkstatt und ließ an die Stelle des ‚accent aigu‘ (´) ein ß einsetzen“ (Doderers Gefährtin Dorothea Zeemann) – siehe mein: „Weltkulturerbe ‚scharfes ß‘“

Der Epische Schritt: ein Einbeziehschritt

Domenico Scarlatti, zusammen mit Clara Haskil, spielt gerade auf dem Klavier mit dem Wind und dem Winterregen hoch oben in der Zeder

Phantasie, Fülle der Nächstenliebe, umfassende Nächstenliebe

Erscheinen die Formen, reibe ich mir die Augen?, nein, reiben sie mir die Augen, und alles sonst, die Materie(n) verschwindet(n) als Spuk; Verb für die Form: Sie „reibt mir die Augen“

Immer wieder: die Kraft der Kräfte, die Jetztkraft. „Jetzt! – Und ...“ der Winterglanz auf der Moselle / Mosel in Lothringen / Lorraine

„Ein Dschihād gegen die Hoffnung!“ (Koran. Überlieferung)

„Was für ein Tag! Wann bin ich losgefahren? Aber egal, jetzt sitze ich und lasse mich transportieren“ (Frau im Vorortzug, eingestiegen an der Krankenhausstation)

Verb zum Gehör: Es „setzt instand“. Instand wozu? Instand

Bahnhofspolizist Lothringen

Erst als ich die Ruhe in mir entdeckte, und lebte, sah ich mich befähigt zum Schauspieler, spät, spät im Leben … Was aber heißt, hieß „Schauspieler“? Ich kann, ich konnte mich sehen lassen, als eine Tätigkeit, ein Tätigwerden, für den unbestimmten Anderen. „Meine“ Ruhe, die gibt es nicht. Die Ruhe ist nicht „mein“

Im Land des Heiligen Grals – so sehe ich immer wieder die Picardie – den Epischen Schritt üben, einüben, ausüben, querfeldein, querwaldein („Letztes Epos“). „Ort, mein Bräutigam, zeig mir das Wort, wo du verborgen bist“ (noch einmal für Juan de la Cruz)

„Zeige deine Wunde!“? – Nein, vergiß sie nicht. Bleib ihrer inne

2013

Warum nur ermangele ich, zeitweise, so sehr des Gefühls, oder der Gewißheit, so reich zu sein, wie ich es doch bin?

Mein sterbender Großvater, im Liegen an der Zimmerwand kratzend, jeden Tag weiter unten, mit geschlossenen Augen: Hat er noch das Januarlicht gespürt? Er möge! (Seit fast einem halben Jahrhundert tot, Gedanke an seinem Todestag)

„Sie schreiben Bücher?“ – „Nein. Ich habe eines geschrieben, und dann ein zweites, und danach ein drittes. Und vielleicht gelingt mir noch ein letztes“

Eine Frau ist eine Frau, aber kein Mann ist ein Mann, und recht so?

Vorsatz für's neue Jahr: Sich nirgendwo mehr anlehnen

Mach Schönes und laß die Leute reden („Motto“; oder eins der 11. Gebote)

Keine Musik ohne Psalmenton – und sei es auch nur 1 „Takt“ lang

Nach dem tiefstmöglichen Einatmen *sich*, *mich* ausatmen – bis hinaus und hinein in die Preiselbeerstauden der Svinjska Planina „ob“ Stara Vas, bis hinaus und hinüber zur Punta von Piran auf Istrien

Enthusiasmus verlangt, geteilt zu werden. Und geteilt werden kann er aber nur, in meinem Fall, durch Form-, durch Spracharbeit

„Von allen guten Geistern verlassen“? Die guten Geister verlassen nie, jedenfalls nicht für immer

Schläfer im Vorortzug

Die Gabe der Trauer: „Ihm war Trauer gegeben“

„nu hœrt dirre âventiure site./diu lât iuch wizzen beide/von liebe und von leide“ (Parzival, 3; 28–30). Und dann: „die âventiure swuot [schwört]/Es ist wahr!“

Erst wenn du nicht mehr abläßt, zu weinen, wird es Weinen sein („Das Letzte Epos“)

An den Sonntagen, in der Natur: immer wieder, oft und oft, der Ruf: „Papa!“

Wieder einmal wurde über mich abgestimmt, und ich band mir die Augen zu, um nicht zu sehen, wer für mich und wer gegen mich stimmte

„Metanoeite! Μετανοεῖτε! Denkt um!“ (Johannes der Täufer) – Aber: Wo kein Denken je stattgefunden hat – wie gibt’s da ein *Um*denken?

Die, meine „Strohsackzeit“? Wann war die, und wo? („Letztes Epos“)

(„FREUDE UND JÂMER DAZ WAS HIE“) („Parzival“, Wolfram v. Eschenbach, und dazu Goethes „Torquato Tasso“?: „Es rollt ein Rad aus Schmerz und Freude mir durch die Brust“)

„Es ist stärker als ich.“ – „Nein! Es ist nicht stärker als du – als ich. Nichts ist stärker als ich“

Sanftes Erwachen („soft awakening“): Mit Spatzenlauten aus den Ackerfurchen

Ein Wehruf: „Nobelleute, wo seid ihr?“

Der Sonntag auf dem Land als „Anthologie“-Tag: Jetzt der einzelne Radfahrer / jetzt der Läufer / jetzt die Marktgeherin – alle einzeln

Tag und Nacht, Nacht und Tag: Genug an Geheimnis. Geheimnis und Tiefe? Nein, Geheimnis und Weite

Barnachbar, „Niemandsbucht“

Schneien: „Jetzt ist jetzt!, endlich.“ – Kann ich das auch vom Reg(n)en sagen? Ja, vom Reg(n)en nach einer langen Trockenheit

Eine Art von Gesetz, von Gesetzmäßigkeit: wie den Neugeborenen und Kleinstkindern in den Kinderwagen bei Frost und Schnee die Handschuhe übergestreift werden. (Statt „Gesetz“ und „Gesetzmäßigkeit“ sag vielleicht: „eine Art Ewigkeit“, „ein Ausdruck, ein Bild der Ewigkeit“)

Um mich den Gegebenheiten anzupassen, schwimme ich neuerdings viel auf dem Rücken

„Warheit“ und „Zuht“: Parzival

„Sich verschemen“ = die Scham verlieren (P.)

Verb zum stillen Schneien: Es „läutet“ (im innersten

Ohr). Sich anschneien lassen? Ja! Und es geht nichts über das Angeschneitwerden im stillen Wald. „Es schneit ins Buch des Lebens“

Ob nicht, zeitweise, die Sehnsucht, der Tagtraum, zu tun, zu schaffen, schon das Schaffen ist, zugleich mitgeschrieben und verzeichnet im Buch des Lebens?

„Wie fühlst du dich heute?“ – „Getrennt“

Kunst (ich finde noch immer kein anderes Wort) entspringt, gestaltet sich aus Kühnheit, und Kühnheit geht über Mut. Die Kühnheit des Friedens: die Kunst, die Künste. Die Kunst, die Künste: die Kühnheit im Frieden

„Stil“ ist des Teufels – des Teufels, der Gott spielt; siehe – oder siehe nicht – Lucifer, der das falsche Licht bringt. Dagegen die Sprache, das Sprachewerden, das Sprachformwerden: *ist Gottes*

„Wer als Kind nichts gelernt hat, aber als Erwachsener nach Wissen strebt, und dabei umkommt, der stirbt als Märtyrer“ (Koran. Überlieferung)
Nur „unterhaltsam“ ist das schiere Gegenteil von unterhaltsam

Wie sehe ich den andern ideal *und* real? Indem ich eine Idee für ihn habe

„Weint das Auge, lacht der Mund“ („Parzival“)

Als Schnee fällt auf den reglosen Parzival: „Dabei war's doch keine Schneezeit" (SNÊWES ZÎT)

Einer meiner Grundzüge: Mit-Kummer mit dem Kummer anderer, vor allem Unbekannter („Letztes Epos")

Älter und älter werde ich, und die Welt, die Natur, die Naturwelt, erscheint mir jünger und jünger

„Ungeliebt sterben?" – „Ja, warum nicht. Fatum!" – „Und selber ohne Liebe?" – „Wehe! Weh!"

Laß (nur) gelten, was Abglanz ausstrahlt. Nichts sonst prägt sich dir ja so ein

„Sie suchen das richtige Wort? Suchen Sie nicht mehr: Cambridge Dictionary!"

Das Öffentliche ist nicht mein Maß – im Gegenteil (Habe ich das nicht schon ähnlich notiert? Und wenn –)

Die Trauer ist eintönig. Ein Einton nach dem andern. Und die Trauer höret nimmer auf

Die Stirne traumwärts richten, als Bildempfänger

Steigerungen im Gehen an der Landstraße: Gehen – Ausschreiten – Durchmessen – Oberösterreichern. – „Niemand ist sonst auf der Straße. Niemand, das heißt ich" (für Homer)

Hauch statt Sorge. Hauch des Geliebten

„Grâl/Parzivâl“: Reim

Immer wieder in aller Herrgottsfrühe das Rotkehlchen; als das andere Morgenrot

Der Gral ist nicht verloren, oder er war schon immer verloren, und wollte immer wieder neu gefunden werden?

Und wieder: Im Schneien stehen, still./Und die Flocken spielen mit mir./Und ich spiele mit./Ich? Niemand./Ich Niemand. (Losgelöst vom Pfahl des eigenen Ich und zugleich erlöst von der zuvor tagelang andauernden Sprachlosigkeit durch zwei Worte: „Es schneit!“ Oder waren's der Wörter drei?: „Ah, es schneit!“ – „Bruder Schnee!“ [für Franz v. Assisi])

„Herrin, wohin des Weges?“, sagte ich als Kutscher im Erwachen

Trevrizent: „mîn küche riuchet selten“ („Parzival“), übersetzt D. Kühn mit „Es gibt bei mir nur kalte Küche“

„DU SOLT IN REHTEN MÂZEN/KLAGEN UND KLAGEN LÂZEN", sagt Trevrizent zu Parzival (und zu dessen Schwester, der „Obstdiebin"); und weiter: Echte Trauer als neue TAUFE

„Jeder für sich!" – „Das wird was werden!"

Auch eine Art „wahrer Empfindung": ein von einem selber frisch gebügeltes Hemd anziehen. „Und es war noch warm" (für Maurice Sendak)

Dein Hund heult nach dir. So bleibt dir also doch noch ein Geliebter

Alptraum: Was fehlt? Alles. An was fehlt es? An allem. Und alles wird zu viel

In der Unwirtlichkeit, seit jeher, heimisch wie sonst nirgends: ich. Und statt in den Wüsteneien die Oase zu suchen, dürstet es mich in den Oasen nach den Wüsteneien

Eine der Wohltaten der Heiligen Messe: ich sitze ordentlich; ich stehe, zum Beispiel beim Lesen des Evangeliums, ordentlich auf; ich setze mich bei der Predigt ordentlich nieder; ich kniee bei der Wandlung ordentlich hin; ich reihe mich beim Gehen hin zum Empfangen des „corpus Christi" ordentlich ein in die anderen Empfänger; ich kehre danach auf einem ordentlichen Umweg zurück in die Bank

Meine Spezialität in der Fremde: In den Bars, oder wo auch immer, der einzige oder der letzte Gast zu sein

Zeitschwelle im Jahr: In den Wiesen Schnee nur noch auf den Maulwurfshügeln, und da nur noch an der „Lee"-, nicht an der „Luv"-Seite

„Und": Die Augen meines Kindes und die Gotteswelt

„Auch" Beethoven sehe und höre ich als einen, der sich „entschlossen verirrt" hat (die Klaviersonaten); ein aber gar melodiöses Sichverirren

Was ist schlimmer: „unerfüllt" oder „freudlos"? Die „Mondscheinsonate", zum Beispiel, läßt mich unerfüllt, aber nicht freudlos

Statt euch jeder für sich zu retten, sucht ihr zwei das Heil darin, euch ineinander zu fädeln. Viel Glück!

„Ichn wil iwer [Eure] minne niht / der grâl mir anders kumbers [Kummer] giht", sagt Parzival zu Orgeluse

Zwischenraumstoff: Mitlebensraum; und Freude dazu, als Zusatz: Die Zeit wird gut; die Zeit tut gut; die Zeit wird zum guten Gott – zum „Gott, der gut war" (wie zur Zeit der „Langsamen Heimkehr"). Und jenes „zusätzliche" Lebensgefühl, welches daraus entspringt, daß es darüber hinaus noch etwas zum Verschweigen gibt. „Komm herbei, Zeitalter des Verschweigens!" – Wenn es aber nichts mehr zum Verschweigen gibt?

„Ein Kind Poesie / Irrt in der Wüste des Sinns / Die Welt ist da eins / Und der Poet manchmal Mehrzahl, manchmal drei, / Und ein andermal Dual" (Adonīs;

der Dual im Arabischen, im Slowenischen, und wo noch?)

„sît ich minnen kan,/wie hât diu minne an mir getân?/nu bin ich doch ûz minne erborn:/wie hân ich minne alsus verlorn?/... von der ich schiet, des ist ze lanc“ (zu lang) (Parzival 14; 732, 15–22)

Sich wegdenken? Ja – hin zum Mitdenken. Hin? Bis ...

Ausruf und Lebensgeist. Auch im Ausruf des Kummers und Schmerzes? Ja

Der Unschuldige: „Ich weiß. Ich sage nur, was ich weiß.“ – Der ‚Menschenfeind‘: „Ich weiß auch. Aber ich darf es nicht sagen. Ich bin nicht unschuldig wie du. Ich war nie unschuldig“

Die Gemälde Corots „realistisch“? Nein, das zusätzliche Licht

Der Humor, wenn er gilt, ist grundiert von Wehmut (die Goethe verachtet oder belächelt hat)? Die Heiterkeit dagegen ist Intensität, reine? Oder so: stetige Tragkraft

„Das Reich Gottes ist nahe“: gilt immer noch

„Welch geheimnisvolle Gegend!“ – „Ja, aber welche Gegend ist nicht geheimnisvoll?“

Sowie die Phantasie mich übersteigt – „ent“setzt –

und „er“setzt, weiß und fühle ich mich im Recht. Nur dann? Nur dann

Schmutzig aufbrechen – rein ankommen, usw., usf.

„Seien Sie nicht verspätet, die Welt wartet nicht“ („Ne soyez pas en retard, le monde n’attend pas“) (Flugzeugbordkarte)

Der Unschuldige: Entwicklung von Kindesbeinen an? Keine. War er je Kind? Stand er auf Kindesbeinen? – Der ‚Menschenfeind‘: Entwicklung um Entwicklung, von Kindesbeinen an. Nur: Was für eine?

„In Holland, Hanne, dort kannst Du Dir am Wasser einbilden, diese Zeit und diese Menschen [die Brüder Goncourt, Ivan Turgenjew] lebten noch“ (Hermann Lenz an seine Verlobte, Juli 1938); und später, als Soldat im Krieg: „Mein Trost ... das schöne Frankreich, wo jede Gartenmauer einen zarten Reiz auf das Gemüt ausübt“ (1941)

Wo ereignen sich Ruhe und Vibrieren in einem? In der Freude. Sie ist Ruhe, und *Hin*vibrieren. Wohin? Hin (Gral). Und was heißt „hin“? Auf! Im „Hin“ ereignet sich zugleich das „Auf!“, ist darin „inbegriffen“ (notiert in Görlitz an der Neiße, für Jakob Böhme)

„Sie hat mir ihre Haarbürste geliehen, und morgen werden wir zusammenziehen“, sagte jemand im Traum

„Denk es, o Seele!“ (Mörike)? Ja, denk, Seele. Aber, anders als in M.’s Gedicht, nicht deine „Begräbnispferde“, samt den von deren Hufeisen wegsprühenden Funken

„Phänomenal!“: Bei manch gar dichtem, und dann immer noch dichter werdendem Schneetreiben, bis zum „dichter nicht mehr möglich“ ist dieses Wort, dieser Ausruf am Platz: „Phänomenal!“ Und dazu, im Garten: „Nieder mit dir, Schnee! Hernieder mit dir!“ – Tag des Großen Schneiens: eine Art Weltspartag

Stufen: Ich grüble – es grübelt – ich sinne – es sinnt

Was ist das „Kun!“, das stete, beständige „Es werde!“ des Ibn ʿArabī? Was bewirkt es?: Bei jedem Schritt und bei jedem Wort-, Silbenwiederholen: „*Der* ist es! *Das* ist es! *So* ist es …“

Nur keine Erleuchtung!

„Gütige Krokodilaugen“: Von solchen wurde ich momentlang angeblickt. Dann rutschte ich aus im Schnee und erwachte

„Man erzählt, daß …“: So „Das Letzte Epos“ anheben lassen

„Jede Spur ist ihrem Wesen nach testamentarisch“ (Jacques Derrida). – !?

Mein Ehrgeiz? Weniger und weniger zu wissen. Ehrgeiz?

Eine Art Versündigung: Sich versündigen gegen die Schönheit

„Jener denkwürdige Tag, als …" – „Welcher Tag ist nicht denkwürdig?" – „Ja, aber es gibt Tage, die sind denkwürdiger als die andern. Ima dana …"

Mein Vertrauen in mich erwacht nur, wenn ein Dritter sein Vertrauen zu mir äußert

Immer wieder, immer noch: eins der entscheidenden Zeichen der Kunst: Sie macht tatkräftig – sie macht mich tatenlustig, tatenfreudig – und zwar akkurat zu der einen, der notwendigen, der gebrauchten Tat. Hatte ich zuvor, vor dem Durchschauertwerden = dem Kunsterleben, „Geist" zu nichts, so werde ich jetzt, und jetzt, beflügelt von dem Geist des Tuns, des „Tu!" Und, statt „der Geist beflügelt" sag vielleicht: Er gibt den „Anstoß" – auch im Sinn des Anstoßes zu einem Spiel, siehe das Fußballspiel: „Endlich der Anstoß!"

Entziffern, entziffern, ja! Aber ohne Entzifferung am Ende, als Ende, als Abschluß

„Ich werde hart sein zu dir – komm in meine Arme!"

„Der Rasende wurde tödlich neutralisiert" (Schlagzeile, Zeitung; „le forcené a été neutralisé mortellement")

Reiher, héron,
Teich "Niemandsbucht"

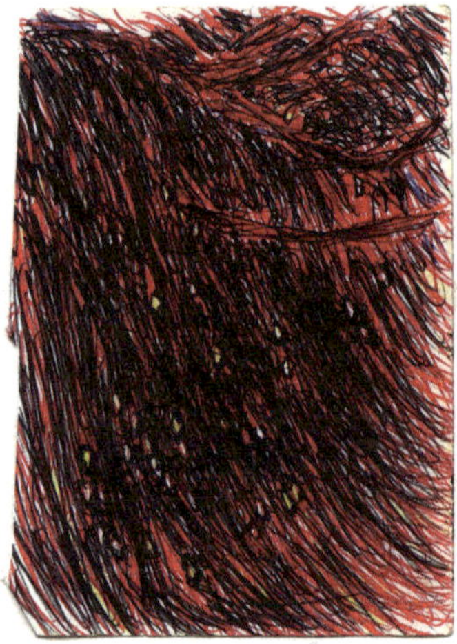

Nachtwind in
~~der~~ kahler Birke,
Bahnhof "Niemands bucht

Das Rotkehlchen zirpt (auf keinen Vogellaut trifft „zirpen“ so zu wie bei ihm). Und der Zilpzalp? Er „zilpt“

„Âne strît“ übersetzt D. Kühn mit „Kein Problem“. (IN STRÎTE MAN OUCH KUNST BEDARF)

Endlich weiß ich, oder glaube ich, zu wissen, woher der Name „Tannenmeise“ rührt: Da sitzt so eine, und da sitzen die Tannenmeisen seit jeher, auf dem höchsten der Wipfelzweige der je höchsten Tanne im Tannenwald und schmettern, was das (kleinwinzige) Zeug hält

„Willst du gehen, sollst du dein Gesicht im vorletzten der Spiegel sehen!“ – „Ja, ein Mensch muß Ritter sein“

„Formatisieren“ ist das Gegenteil von „formen“ („formater“)

Schönheit und Einladung; „einladende Schönheit“: Pleonasmus (und wenn –). – Und weiter, und wieder: das erlebte Schöne, das dich wie mich durchdrungen habende Schöne im Einzelnen, so wie es war, an*deuten*, es im Ganzen aber ver*wandeln*. Verwandeln in was? Verwandeln

Und wieder im Jahr der Schwellenmoment des Anderen Spiegels, jenes so lind und mild fächernden Licht-Schatten-Wind-Spiels im Frühjahr – ein Spiegel, worin ich mich vertiefe wieder einmal in Erwartung des ersten Zitronenfalters: Licht-Schatten-Windspiel-

Spiegel, in dem ich, zugleich unsichtbar, mich betrachte, und betrachte, und betrachte, bis der Gelbling erscheint, oder nicht erscheint

Stufen, *abwärts*: zum Zählen finden – ins Zählen kommen – ins Zählen geraten – sich ins Zählen verfangen – ins Zählen ausarten – ins Zählen verkommen (umgekehrt aber *aufwärts*)

Der Rhythmus der Geduld, ja! Aber nicht der „kreatürlichen", der tierischen, der vegetativen. Diese, nicht bloß die „Schafsgeduld", nicht bloß die Kadavergeduld, hat keinen Rhythmus. Der Rhythmus der Geduld folgt aus einer bedachten Geduld. Rhythmus? Takt?

„Hoffe auf keinen anderen Horizont, solang du angekettet bist an den Raum der Wörter" (Adonis) – !?

„Durch deine Wunden werden wir geheilt" (und wieder ist Karfreitag; und um drei Uhr am Nachmittag? Statt daß die Erde bebt, keifen die Köter)

„Der kann aber schreiben!" – „Ja, deswegen wird aus ihm auch nie ein Schreiber"

Mir fehlt das Wittern des Romanciers. Aber ich habe einen epischen Geist?

Ostersonntag: Und wieder sitze ich in Stara Vas zusammen mit den Vorfahren auf der Hofbank in der Sonne, und der Schatten eines Falters gaukelt an uns vorbei. Gaukelt? Und wenn –

Tagwerden im Tag: Ein Gegenüber nimmt Gestalt an – wird mir ein Gegenüber – und wenn's auch jetzt bloß das Lindenholzstatuettchen des Jakob Böhme aus Görlitz vor mir auf dem Tisch ist – es nimmt Gestalt an – und Gestalt nimmt an der Tag – Tag wird im Tag

„Ich bin verloren.“ – „Wie du dir's doch immer gewünscht hast.“ – „Ja, unter anderm. Und nicht immer.“ – „Mit jemand wie dir ist kein Staat zu machen.“ – „Das will ich auch hoffen“

Eine Art Tagewerk, Tagwerken, Werke und Tage: Zwischenräume schaffen. Und der Lohn für einen solchen Tagwerker oder Taglöhner? Die Zwischenräume

Daran, daß ich vor einem sich aufdrängenden Wort stocke und zögere, merke ich, daß es bei dem Wort „nicht mit rechten Dingen zugeht“, daß an seiner Statt ein anderes Wort zu finden ist – und nicht bloß das eine Wort allein („¡oh dichosa ventura!“, Juan de la Cruz)

Noch so ein Tagwerden, Tagen, im Tag: so wie, „spät, aber doch“, das Vertrauen zu dem und jenem Anderen, auch Unbekannten, einsetzt und sich (und mich) aufschwingt, als eine Art, selbst noch so klein und schwach, des Welt- und Urvertrauens

Ekel ist nicht erlaubt, jedenfalls nicht der meinige

„Jetzt habe ich mich in den eigenen Leitersprossen verfangen.“ – „Sind Sie Leiterhersteller?“ – „Nein, Schriftsteller.“ – „Oh!“

Selbst ist der Mann? Geduld ist der *ganze* Mann

„Du fehlst mir.“ – „Ja, ich fehle mir auch!“

Palme im Nachtwind,
Portugal

Auch eine Art „Später Frühling“: Die Feuerwanzen streben wieder kreuz und quer durch den Gartenkies

„Gehen bis zum ersten Stern“: und Gehen bis zum Verschwinden aller Vorurteile. Und aufhören zu gehen, sowie die Vorurteile wiederkehren

Ein Herz kann ich nur haben für den, der’s braucht, und der dafür empfänglich ist

„Die Würde des Gralshelden ist eine, die verpflichtet. Das ist ihre beständigste Eigenheit, ihre spezifische, und antimystische“ (da sehe und finde ich mich …)

Jedes Jahr sammle ich das dürre Reisig am Rand der Landstraße. Geht es euch auch so?

Aufblick in den blühenden Kirschbaum: Hände aus den Hosentaschen!

Zeitschwelle im Jahr: Die Platanensamenkugeln vom Vorjahr, bis gestern noch immer pendelnd im Baum, stürzen aus dem frischgrünen Laub und zerplatzen auf dem Boden in tausend Flitter

Verb zur Poesie: Sie „entkriegt"

Für mich gibt es nur die natürlichen Wunder – die Wunder (in) der Natur. Aber es gibt sie. Und wie!

„Er hatte doch einmal ein anderes Wissen um die Welt gehabt. Wo war das hin?" (der 16-jährige Gustav im „Kramladen des Glücks" von Franz Hessel)

Anschauung macht musikalisch. Ins Anschauen geraten, heißt, ins Schwingen geraten, ins *Mit*schwingen, mit tonlosen Tönen, und dazu das Angeschaute, das Gegenüber, als Echoraum. (Freilich muß das Gegenüber ein Anschauen ermöglichen, „danach sein".) Und schwingt nicht auch ein gewisses Zuhören durch die Räume als Musik?

„‚Ja, die Seen', sagte Mathilde, und ihre wendischen Lippen wurden breit vor Heimweh" (Franz Hessel)

Es muß einen geben, der mehr ist als ich, der unendlich größer ist als ich, denn ich allein kann mich nie und nimmer genug erbarmen. Es gibt in mir nur den Aufruf dazu, und die Notwendigkeit

„Ach, warum reicht das bißchen Glück so selten bis zum Abend?“ (F. Hessel, „Der Kramladen des Glücks“)

Ich schicke euch meine Sprache voraus, sie gibt mir Schatten. Und ich bin vollkommen hilflos. Aber bitte keine Einmischung! „Helpless, helpless…“

Das rettende, das erlösende Lachen, das von Herzen kommende: In Mörikes „Historie von der Schönen Lau“ lacht es die Schöne Lau im Traum

Rabe, der einsame Schreihals (keiner antwortet ihm)

Gelobt seien die Blumeninseln – wenn die Blumen Inseln bilden anstatt Beete oder gar Felder. Und gelobt sei das Wehen der Blumeninseln, wie gerade das der Gänseblüteninselchen im hohen Gras, jetzt, und jetzt, und jetzt

„Wie die Frauen immer, wo ihr Gefühl einmal lebhaft bestimmt und noch dazu vom Eifer eines höchst gerechten Wunsches eingenommen ist…, sich viel seltener als die Männer irre machen lassen“ (Mörike, „Mozart auf der Reise nach Prag“)

„Wegfreude“: Ist Freude nicht jeweils auch Wegfreude?

Ich habe keine Heimat. Bin ich deshalb so offen, oder zugänglich, für jede Art Heimat der Anderen?

Franz Grillparzers gedenkend: Wie wird man Mann?

– Durch, wie bei F. G., eine unglückliche, durch eine verfehlte, die Andere verfehlt habende Liebe – und deren Ewigkeit, deren Lebenslänglichkeit (wie, auf andere Weise, Antonio Machado durch den frühen Tod seiner Leonor)

Verb zum Maiengrün: Es „türmt sich“ (in Frieden)

Kunst: Etwas so darstellen, daß es etwas gleichschaut. Gleichschaut was? Sich selber

Ist das eines der Zeichen des werdenden – des seienden, des lebenslang bleibenden Künstlers – die Menschenscheu, die „unausrottbare“?

„Du hast dich aber schön getäuscht!“ – „Ja, ich habe mich schön getäuscht.“ – „Ah, schöne Täuschung!“

Daß ich in der Jugend so völlig ohne jede Hoffnung lebte, zugleich mit großen Momenten oder Schüben der Zuversicht, das war (m)eine Stärke. Und jetzt? Und jetzt?

„Reif für die Arbeit“? Ja, auch fürs Tun, für das an die Arbeit Gehen, muß ich jeweils reif sein

„Die Unschuldigen“ (Drama): Die Welt ist voll, mehr und mehr, von euch Unschuldigen, die ihr Krieg führt, ohne euch dessen bewußt zu sein

Am Irrtum das Fehlende betrachten, am Anwesenden (dem Irrtum) das Abwesende

Warum nur unablässig die Vogelstimmen unterscheiden wollen, zum Beispiel das „Kiecksen“ und „Knattern“ der Elstern jetzt von dem „Schnarren“ und „Kreischen“ der Eichelhäher? Um in der Gegenwart zu bleiben. – Und die Hundestimmen?

Bleibende Dankbarkeit: Ideal (unerreichbar?)

Geruch der Birnblüten: nach Maikäfern (und gemäß dem Pilzbuch von 1916 hat der „Brätling“ oder „Zigeuner“ – sein Hut – diesen Geruch, der „Stiel“ dagegen „im Alter mulmig“)

Subjektives Gehör ist, zeitweise, mehr als absolutes

„Schicksal“: Ich habe ein Schicksal – meines. Es ist „mein“ Schicksal. Und ich kann mir kein anderes mehr vorstellen. Ich kann nicht? Ich hab’s nicht nötig

Daß ich für mich alleine etwas schön empfinde, genügt (mir) nicht. Ich brauche jemanden, der das Schöne mitempfindet

Einen Markt zu schaffen, ist Teil der Kultur – ist schöpferisch – ist ein Schaffen und Schöpfen

„Die Erde dröhnt von Metaphern“? (Osip Mandelstam übersetzt von Paul Celan) – Ja, und die Welt stinkt von Wortspielen

Anschauung, ja – immerwährende. Aber „Anschauungs*material*“ – nie!

„Gehen bis zum ersten Stern“ ... Und gehen, bis das Perlmutt glänzt (auch wenn es gar kein Perlmutt ist)

Immer wieder „das Schöne“: Ruheplatz auf der Klippe

„Der Pilznarr“: Er konnte nächtelang von einer Fundstelle erzählen, als ob es sich um eine große epische Sache handelte, und verlor kein Wort mehr, anders als vor seiner Narrenzeit, über die täglichen Katastrophen der Weltgeschichte. Er wollte mit dem Erzählen, Beschwören, ja, Raunen gar nicht mehr aufhören

Unterscheide „sich umschauen“ und „um sich schauen“ (Unterschiede, Wunder der Sprache)

Jenes Morgengebet (?), das mit „Laudate!“ (Lobet!) anhob. Und jetzt: am Morgen eine Birne mit „Butz und Stengel“ zu verzehren – auch eine Art von „Laudate!“

Dank der Anderen Zeit „bewerkstellige“ ich das Andere Produkt, und so bin ich „et ego“ Produzent – hier in meiner Gegend, so oder so, der einzige (von dem ich weiß)

Flughäfen: „Achtung, Sie betreten ab sofort die Zone der Seelenlosigkeit!“

Im Mitleid – sooft ich Mitleid empfinde –, fühle ich mich übertölpelt. Im Erbarmen – sooft ich mich erbarme – nicht

Sinter "naturzeichnung"
durch schwitzende
Mauer, Metro,
Paris

Seltsamer Reflex (einer von vielen seltsamen): Auf einem Auto, abgestellt in der stillen Seitenstraße einer kleinen Stadt, oder eines Vororts, Ausschau zu halten nach Spuren von Katzenpfoten auf dem Dach

„Ich bin im Kinderzimmer, hinten im Haus“ (Tolstoi 1882, arbeitend an seine Frau). Und drei Jahre später: „Es graut mir bei der Vorstellung, zu sterben ohne Liebe“

„Schattenfrüchte“, so nennt Kurt Badt, in seiner „Plantage“ am Bodensee die kleinen. Aber bei den Beeren, zum Beispiel, sind da die Früchte im Schatten oft nicht nur größer, sondern auch weit süßer?

„Die Unschuldigen“: die Undämonischen – die ohne Dämon, weder einen bösen noch einen guten – und derart gerade das Übelste an Dämonischem bewirkend?

Kurt Badt, nach seinem verlorenen Land am Bodensee emigriert nach England, ein „Ohne-Land“, dafür erzählend vom Verlorenen, in männlicher Trauer; männlicher? vergegenwärtigender. So das „lautlose Rauschen“ in seinem Wald (sich) vergegenwärtigend im Londoner Exil

Zeitschwelle im Jahr: der Erdbeerrötungstag, einer, ein einziger?

Nichts Sommerlicheres als die still durcheinanderrauschenden Akazienfächer, und darüber und, vor allem, dahinter die weißen Kumuluswolkentürme

Ein mir neues Zeitwort, gerade bei Kurt Badt gelesen: „horsten“. „… horstete ein Falkenpaar“

Und wieder, am wolkenlosen Tag, unversehens aus der Linde das Sprühen des Regenwassers, angesammelt oben in den Baumkuhlen und -kolken, und ich darunter, bei strahlender Sonne, der Angesprühte, „Besprengte“, samt dem offenen Buch in den Händen. Und besprengt wieder von wem? Von den dort oben in den Baumwannen badenden Amseln. Und dazu unwillkürlich das lateinische Wort für „besprengen“: *aspergere.* Besprüh mich. Besprengt mich weiter, Amseln! Fort und fort! Asperge! Aspergete!

„Ich bin die Frau, die man nicht sieht!“, sagte die Frau im Traum

Kurt Badt zum Blick des „Wanderers“ Hölderlin: „Er erlebt das seltene Glück, eine Idealität real zu erblikken.“ – Das Ideale als das Summum an Realität?

„Die Unschuldigen und ich“: Die „Unschuldigen“ durchweg leise. Und „ich“? „Durchgehend laut“, „hilflos laut“? (*Dramatis personae*) – Und wo suche „ich“ Schutz vor all den Unschuldigen? Bei den Schuldigen – „Mein Schuldiger, wo bist du? Wo bleibst du mir?“

„Kein anderes Gemüse vermag dem Betrachter solch eine Vorstellung von Wärme und Behaglichkeit zu vermitteln wie der Kürbis“ (Nathaniel Hawthorne, Diary); und später: „im Müßiggang glücklich wie ein Kürbis“

„Absichtslos geworfen trifft am besten.“ – „Ja, und aufs Schönste“

Und wieder Hawthorne: „Ich glaube, daß diese Frühäpfel … fast noch köstlicher sind als alles, was danach kommt“ (1843)

Immer wieder Ilse Aichingers „Die Stille zur Angst mißbrauchen“, ja – und, umgekehrt, das Gewahrwerden der Schönheit zum Stoßgebet gebrauchen

Ein ganzer Tag ohne Schuhe: Das war gestern. (Und das hatte nichts zu schaffen mit nächtelangen Alpträumen, die allein davon „handeln“, daß ich ohne Schuhwerk bin) (Picardie)

Die Rhythmen: Segel für die Bilder (für Walt Whitman)

Was tut der Poet?: „anderes“; „er hat anderes zu tun“

Warum konnte ich seit jeher nicht beschenkt werden? Keine Geschenke empfangen? Doch, ich kann, ich konnte. Aber dazu mußte der Schenkende unbestimmt bleiben?

„Wir können uns niemals unabhängig fühlen von jenen, die nicht ganz so glücklich sind wie wir" (Sophia Hawthorne, Juni 1849)

Früher Morgen: am schwarzerloschenen Kerzendocht ein Funken Morgenlicht

„Gehe einen Feldweg, der mitten durch Äcker führt, und wenn es still genug ist, wirst du von weither die Knechte hören, die mit ihren Tieren reden" (Kurt Badt). Und weiter: „Über dem Leben der Knechte liegt eine Art Halbdunkel. Sie sind wie nur halberwachte Menschen, und ihre Schicksale sind schattenhaft, geisterhaft vergrößert, unfaßbar" (und ich hörte wieder den Knecht namens „Luke" in den Sommernächten von Stara Vas, wo aus seiner Schlafkammer in einem fort sein so lautes wie sanftes wie unverständliches Reden und Rufen kam und tönte von einem Dorfende zum andern)

Wie halten alle die Dummköpfe die eigene Blödheit bloß aus? Dank ihrer Blödheit

Gedicht: Zuflug, Anflug, vom äußersten, *und* Aufflug, Entgegen- und Begegnungsflug vom innersten Horizont

Es wird ein Grünen sein, und ich werd' nimmer sein

Ihr habt einen Monarchen – wir die Manipulation (Die Unschuldigen)

Ideal: Vorbild, aber unnachahmlich

„Du hast zwar etwas zu sagen, aber du sagst es schlecht. Also sag's nicht!"

Legen nicht auf der ganzen Welt die Großväter, im Dahingehen mit ihren Enkeln, in ähnlicher Weise, *simili modo*, die Hand auf die Köpfe der Kinder? Auf der ganzen Welt? *Urbi et orbi*

Ich kann zwar ohne dich. Aber ich kann nicht

„Schön schief": gibt's denn das? Ja, zum Beispiel das junge, schön schiefe Nußbäumchen hier im Garten

Bei John Cheever („Oh What a Paradise It Seems") ist keinerlei Kunstgriff oder Kniff zu spüren, und das ist seine Kunst (weder „Kunstgriff" noch „Schema"). John Cheever, der ganz andere amerikanische Entertainer

„Bilde einen Satz zum Tod." – „Der Tod kommt nicht in Frage"

„Ein wahrer Schmerz, der Schmerz des übersehenen Kindes, das seinen Vater liebt" (Balzac, „Le père Goriot")

Sowie das Lesen anfängt, das Geltende wie auch das Gültige zu sein: Aufrauschen der Bäume (selbst ohne Wind)

Rettung und episodische Erlösung sind nicht nur Rettung und episodische Erlösung, sondern zugleich Fingerzeige für das Weitere

Seufzer, Ausruf und Atemanhalten vereint: Poesie

„Die Unschuldigen…“: Ein Mysterienspiel? ‚Die Früchte der Landstraße‘?

„Nichts ist leerer als ein leeres Schwimmbecken“. Ja, und nichts ist leerer als ein leerer Kirschbaum im August

Mensch und Schlange: seltsames Paar, aber ein Paar

Als „heim“ noch „heim zum Buch“, „heim zum Lesen“ hieß – und gar selten ist das geworden. Aber war es das nicht immer? „When I think of all the good times I have wasted having good times…“, sang einst Eric Burdon

Einer der „Unschuldigen“, nach einem Ausbruch von Gewalt, putzt sich die Brille, zärtlich

„Ich lehne es ab, meine Dämonen zu verbannen. Wie sonst werde ich zum Anblick der Engel gelangen?“ (Adonis)

Eine Unbekannte umarmte mich wie noch nie jemand. Und ich? „Mein Bruder ist gestern gestorben“

„Ist es denn ein Drama wert, seinen Platz zu behaupten, ihn frei zu halten, allein für sich, gegen alle?“ – „In der Jetztzeit, ja. Heute, ja!“ („Die Unschuldigen …“)

„Was raschelt da im Maisfeld? Ein Tier?“ – „Ja, eine Kröte“

In der Metro: Die Schönen steigen aus, und die Häßlichen bleiben, und bleiben

Noch einmal „Schicksal“: Ich werde, was ich bin; ich werde, wie ich bin; ich werde, der ich bin

„Sie haben ja rote Haare!“ – „Und Sie bluten aus der Nase.“ – „Sind wir nicht ein schönes Paar?“ – „Ja, als du auf mich zugelaufen bist, da hat mich etwas ergriffen, ich weiß nicht, was.“ – „Ja, die Poesie, sie kommt aus einem Körper, und sie drängt in einen Körper.“ – „Nur keine wahren Geschichten!“ – „Ja, das Leben schreit nach Verwandlung.“ – „Es schreit? Nein, es seufzt!“ – „Niemand mehr glaubt an uns, und so überraschen wir viele!“

Quer zum Weg stehender Rabe, / schöne Diagonale

Hinter den noch leicht geschlossenen Augen ein Muster von Schlangenhaut: seltsam sanftes Erwachen; und vorher: Mit den sich in Spiralen entfernenden Eulenrufen entfernte sich die Nacht

Erbarmen ist nichts Individuelles – es übersteigt das Individuum – sowohl den, der sich erbarmt, als auch den „Erbarmten“. Ein jedes Erbarmen ist All-Erbarmen? Ein jeder Sicherbarmender ist der Allerbarmer, raħmân wa raħîm

Auf manchen Friedhöfen geht es hoch her (Picardie)

Eine Kunst des Atmens, „ars respirandi“: Sich zum Dorf hinausatmen. / Sich zurückatmen in die Dorfmitte. / Wieder hinaus zu den Weidebächen mit dem Glimmerflimmern auf deren Grund. / Wieder zurück zum Dorfmittenkirschbaum und zum Kind dort, das mit sich allein Ball spielt gegen die Tennenwand. / Wieder hinausatmen zu den Fledermäusen am Dorfrand. / Zurückatmen zu …

„Blinder Haß“: Musterbeispiel eines Pleonasmus

„Er ist nicht ohne“: ein Ausdruck, der nicht ohne ist

Unvergleichlich: das Geräusch, mit dem ein Nagel aus dem Holz gezogen wird

„Beleidigte Unschuld“? Beleidigende (kränkende) Unschuldige

„Zweitausend Eulen fressen fünf Millionen Ratten im Jahr“ (Schlagzeile)

Endlich die Dankbarkeit: Rückkehr der Flut (nach langer Ebbe)

Immer wieder die Rosen in den Vorgärten der Abwesenden, der Toten: / Besonders hoch, besonders entfaltet, / Bild der Anderen Vorhölle (die nichts zu tun hat mit der Hölle, allein ein Durchgangsraum ist). / Und die Vorhölle, sie ist also doch nicht abgeschafft, / ist unabschaffbar?

Meine Unbedingtheit: Lesen! Über alle meine Bedingtheiten

Die abgestorbene Zeder mit dem toten, vertrockneten Nadelkleid, den unablässig im Wind wegwehenden Nadeln: Ich sah sie im Aufwachen gerade als Denkmal der ausgestorbenen Indianer, überhaupt aller ausgerotteten Völker („todos los indios" wie „todas las almas")

Das Herz des Rechts: das Ermessen. Aber wer von denen, die das Recht „praktizieren", hat das Herz, zu ermessen? (Und in die Morgenpfützen fällt seit je der Abendregen)

Lieblose Wut – liebevoller Zorn

Die Lieblosigkeit, die Liebesvergessenheit als eine bösere Art der Seinsvergessenheit; die Lieblosigkeit als Verrat

„In mir hat euer Unternehmen seinen Saboteur gefunden"

„Sie hat sich, je weniger sie wurde, umso anständiger benommen" (für Christine Lavant)

Kunst: das Hohe Vergnügen, so wie der Hohe Weg

Beim Gehen im tiefen Laub die slawischen Konsonanten, č / š / ć // š / ć / č, und so weiter, Schritt für Schritt

Phantasie, sich strukturierend und erweiternd zur Fiktion, Erfindung (ohne Gewolltheit): das wahre Denken. In der Fiktion bin ich der Wahrheit, der Wahrhaftigkeit am nächsten

Zeitschwelle im Jahr: Kerzenflammenzeit im Haus. „Put a candle in the window …"

„Du bist ein Schwärmer." – „Nein, ich bin ein Begeisterter." – „Was ist der Unterschied?" – „Ein Begeisterter ist gewissenhaft. Oder so: Er wird, dank der Begeisterung, gewissenhaft"

Ich dachte lange von mir als einem „Existenzialisten", einem der letzten. Aber nein: Ich bin, wenn überhaupt, ein Essenzialist. Und zur Essenz gehört das Abweichen und Ausweichen, weitestmöglich, immerzu – das Epische („Letztes Epos")

Musik als Wert(zeichen): wenn sie mich erinnern, nein, „eingedenk" macht. Und umgekehrt: „Gedanke" soll nur der heißen, der zugleich musikalisch ist

„Für das viele Schöne wie Wahre, das du erlebt hast, müßtest du viel freundlicher sein." – „Bin ich doch!"

„Sunt lacrimae rerum"? – Sunt lacrimae facium. „Ja,

die Tränen im Gesicht sind das Entscheidende." – „Und ja, würde ich weinen, könnte ich mit dem Weinen nicht mehr aufhören!" (Erinnerung an ein Theaterstück, das ich mir vorstellte – oder vor mir sah-hörte – als einzig das Weinen, das wort- und pausenlose, vielfältige, eines(r) Einzelnen, von Anfang bis Ende)

„Heute gehe ich auf ein Fest." – „Welches Fest?" – „Das Fest der Leere. Das Fest aller Seelen. La fiesta de todas las almas." – „Und es ist ja in der Tat wieder der Allerseelentag!" (Und als ich das dachte, hielt ich inne auf weiter Flur) (Picardie)

„Der Intellekt hat niemals bezaubert, er ist nicht seine Mission" (Antonio Machado; und zuerst las ich „no es su misión" als: „Er hat keine Mission")

„Er ist wo, mein Papa?" – „Er ist unterwegs." – „Nein, das ist nicht wahr" (Kind mit junger Mutter auf der sonst völlig leeren Tribüne des Fußballplatzes einer Kleinstadt in der Picardie)

Weinbergschnecke kriechend im Novembersturm: „Seltsamer Wurm!“

„Liebe, wo steckst du? Liebe, wo versteckst du dich?“ – „In deiner Frage“

Die Freude: Sie ist nicht (sie hat kein „Sein“), sie wird (sie ist ein „Werden“). Nur so existiert sie, und ich mit ihr

Bittgebetbuch in der Kirche: „Liebe Nothelferin, gib, daß mein Feuermal verschwindet, daß meine Wassersucht austrocknet!“

Treffender Spruch: „Schön ist etwas anderes!“

Der Leser als der Verehrungsbedürftige. (Und der Schreiber? Entsprechend.) Zeichne das PHANTOMBILD des Lesers, sich zusammenfügend Strich um Strich, *ab*strichlich all der Züge der Gesichter, der auf den ersten Blick die Augen anspringenden Visagen der *Nicht*-Leser

Besser ein Mörder als ein Verräter

Immer wieder: Schreiber, Aufschreiber, Mitschreiber ist allein der, der das Erbarmen in sich trägt wie (als) ein ständig neu zu gebärendes Kind. Der es „in sich trägt“? Der es eher mit sich schleppt, und schleppt

Wenn ich sage: „Ich verstehe“, heißt das nicht selten: „Ich bin enttäuscht.“ – „Ah, ich verstehe, ach, ich bin enttäuscht“

„Überraschung ist das Hauptelement in einem Kunstwerk“ (Oskar Niemeyer). Ja: „Du bist für eine Überraschung gut“, vereint Ästhetik und Ethik

Unterscheide zwischen „schauspielern“ und „schauspielen“

Verb zur Trauer: Sie „weht ein“ (ins Weltgeschehen)

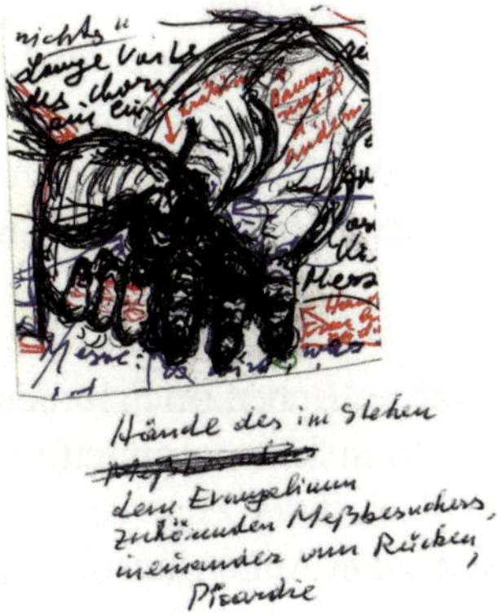

„Die Schönheit ist angekommen“ (was angeblich die Übersetzung von „Nofretete“ ist), heißt: Ich kann mir nichts Schöneres vorstellen – Schöneres ist nicht vorstellbar

Mondlicht die ganze Nacht, und meine Mutter liegt tot (20. November 1971–20. November 2013)

„Lerne weinen, ohne zu klagen“ (Marlene Dietrich dixit)

Ein „Jetzt! – Und…“, eines vor meiner Zeit: „Mr. Emerson erschien mit einem Sonnenstrahl auf dem Gesicht, und…“ (Nathaniel Hawthorne, Spätwinter 1842); und dann: „Ihr lieben kleinen Glaubensbrüder“ (Sophia H. zu den Vögeln im Frühling)

„Meine Muse wird behindert von meiner Haut.“ – „Wo bleibt da die Dauer?!“ – „Aber nicht alle sind wir tot. Es gibt noch Sensationen jenseits der Düsternis“

„O wie gut es mir ginge, wenn es nichts zu tun gäbe! Dann würde ich…jede Haaresbreite des jahreszeitlichen Wachstums betrachten, und kein Blatt…dürfte sprießen, ohne daß ich von ihm Notiz nähme“ (N. H., April 1843)

„Es gibt kein wahres Leben im Falschen“? – Blödsinn: Es gibt keine wahren Sätze inmitten von falschen

„Es gab keinen wahreren Amerikaner als Thoreau“ (Ralph Waldo Emerson); und: „He had no walks to throw away on company“ (wie das übersetzen? „In Gesellschaft zu gehen, war…“? „In Begleitung zu gehen, war…“?); und: „Every fact lay in glory in his mind, a type of the order and the beauty of the whole“; und: „He thought the best in music was in single strains (im einzelnen Antönen?); and he found poetic suggestion in the humming of the telegraph wire“; und: „Für ihn gab es kein Größenmaß. Der Teich war ein kleiner Ozean, und der Atlantik war ein großer Walden-Teich (waldenpond)“

Leser: der unbewegt Bewegte

Innerhalb des Absurden herrscht eine pure Logik – wird alles logisch. Das logische Reich des Absurden?

Und weiter Emerson zum Gedächtnis von Henry David Thoreau: „Er war entzückt von Echos, und sagte, sie seien fast die einzigen freundschaftlichen Stimmen"; und zuletzt: „Seine Seele war geschaffen für die nobelste der Gesellschaften"

Meine Art, oder Abart, von Farbensehen: Hat es nicht begonnen mit dem Gewahrwerden des so vielfältig verschiedenen Grün der Bäume? Versuch eine Litanei dieses vielfältigen Grün, von dem der Esche zu dem der Eiche, von dem der Linde zu dem der Buche, der Hasel, des Holunder…

Dem Gehenden bleibt es länger hell

Kindheitsnarben, Begleiter über die Jahrzehnte

„minute man": Wer im amerikanischen Freiheitskrieg des 18. Jahrhunderts, als Bauer auf dem Acker, als Zimmermann auf dem Dach, von einer Minute zur andern alles stehen und liegen ließ, um sich als Soldat der Armee anzuschließen. – Und ein anderer, ein europäischer „minute man", im 16. Jahrhundert: Jakob Böhme, Schuster in Görlitz, der auf den Ruf von einer Minute zur andern – so tagträume ich – die Schuhe Schuhe sein ließ und sich aufmachte zum Schreiben des Buchs

Großherzigkeit ∞ Hochherzigkeit: Ideal

Die Picardie: Ich habe den Ort, die Orte für meine Heimatlosigkeit wie für „Das Letzte Epos“ gefunden? „Hier ist mein Schicksal!“ – „Ein Schicksal ist aber kein Gottesbeweis“

„Vergib mir meinen Mangel an Ernst, wie auch meinen Überschuß an Ernst“ (Gebet des Propheten, zitiert von Al-Ghazālī)

Verb zum Geld: Es „bringt mich aus der Ruhe“

Die Güte muß (soll) handeln. Sie ist nichts ohne ihren Moment (ihr „momentum“); sie „wartet“ auf ihren Moment. (Habe ich das nicht schon ähnlich notiert? Vielleicht, aber nicht *so*)

„Manchmal hebt Gott den Rang Seines Dieners … Der wundert sich: ‚Wie habe ich das verdient, Herr?‘ Und Gott antwortet: ‚DEIN KIND HAT FÜR DICH UM VERGEBUNG GEBETEN‘“ (*Großbuchstaben* von mir)

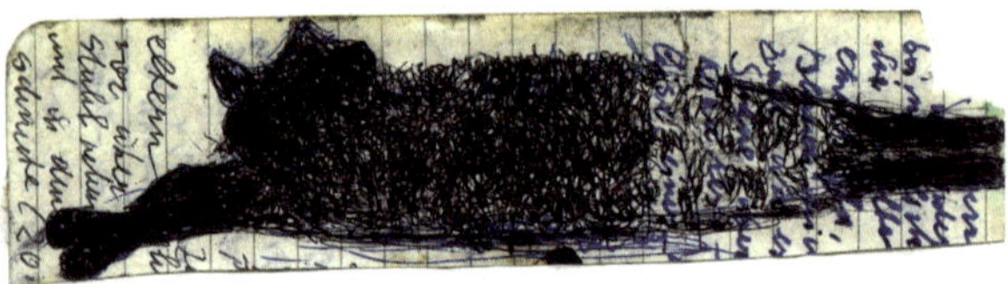

Die Katze "Hibou" (Uhu)

Im ans Herz gewachsenen Wörterbuch / unversehens das Fehlen eines Blatts: / Seltsamer Schrecken

Dankbarkeit: das währende Gedächtnis

Was sehe ich, indem ich aufblicke vom wirklich-wahren Lesen, aufblicke „kraft“ seiner? Die Existenz, *in Form von …*, zum Beispiel gerade der Zeder vor dem Fenster, der Leiter mit der einen schiefen Sprosse, des einen frostschwarzen Apfels im kahlen Apfelbaum

„Nichts anrühren!“ / Crime scene? Tatort? / Nein, Ergriffenheit

„Schau, ihn: Der Morgenwind bläst ihm den Wutschaum von den Zähnen.“ – „Die Einsamkeit ist jeweils eine andere als die gedachte.“ – „An dieser Station nur Einschlafen; kein Aufwachen möglich.“ – „Auf mich zu schießen, wirkt wie Valium, schießt weiter!“

„Mach dir eine Freude!“ – „Nur einem andern kann ich eine Freude machen – mir selber nicht“

Was heißt „Schicksal“? Dreierlei: Das Gelebte, das Leben jetzt und das zu Lebende erscheinen symbolisch („symbolisch“, συμβάλλειν, übersetz mit „zusammenkugeln“, „-kegeln“)

„Ich kannte die Gegend kaum wieder und ging in stiller Betrachtung … breite Schneeflächen als Hauptlicht … die Schlagschatten der Unebenheiten des

Schnees waren immer dunkler selbst als die Abendsluft“ (Carus)

Rorate („Tauet, Himmel …“): das Glänzen eines Tautropfens unten am letzten Apfel im blattlosen Baum

Kein zarteres „Lichtwerk“ als das stete Auf und Nieder der Winterinsekten in der tiefen Sonne – als seien diese Winztierchen, wie sie sich auf- und abschwingen in der sonnigen Luft, nichts als Seele, „fast ganz Seele“, noch vor einem Gestaltannehmen, vor jeder Geburt, ohne Leiblichkeit, nichts als Auf-und-Ab-Bewegung unter der Sonne; als gelte: „Am Anfang war die Seele, und die Seele war …“; „Am Anfang schwang die Seele, und die Seele schwang …“; oder so: „Am Anfang war die Seele, und die Seele tanzte als Sphäre …“

Nur jene darf „Musik“ heißen, die vom Denkzwang, der Denkerei, erlöst, und zugleich aber zu (be)denken gibt?

Gerade in den Getrenntheiten, ja, Zerrissenheiten – ich hier, der andere dort, die andere wieder ganz woanders – merke, fühle und weiß ich, daß ich eine Familie habe, und bin (Weihnachten, und dazu die Plakate: „Pensez cadeau utile“)

„Ich werde hinausgehen zu meinem Toten an der Landstraße.“ – „Der ist schon weggeräumt“

„Ich aber bleibe fest bei meinem Buche“ (Plinius der Jüngere, an Tacitus, während des Vesuvausbruchs)

2014

„Und“: Hier oben schreite ich aus auf dem Klippenpfad hoch über dem Meer, und dort unten schleppe ich mich durch den Schlamm und Tang mit einem Stock

Zufall plus Zufall plus Zufall … ergibt Notwendigkeit? Oder Zufall *mal* Zufall *mal* Zufall …?

„So viel ist für dich problematisch, du problematisierst zu viel.“ – „Nur auf dem Weg über das Problem mit einem Gegenstand, einer Sache, einem ‚Sachverhalt‘, einem Menschen finde ich zu einer Form – nur über das Problematisieren – so den Gegenstand wie mich freiphantasierend“

Guter und rechter Tröster: der selber nicht recht bei Trost ist

Sogar Franz Kafka hätte früher oder später zu träumen aufgehört?

„Weißt du noch, wie deine Mutter dir den Vater aus der Haut gekratzt hat?“ – „Ja, und jetzt ist das Ich-Sein mir zu groß“

Ist das Kritik, gar Ablehnung van Goghs, wenn Robert Walser zu seinen Bildern dichtet: „Zu grausen fängt’s ein’ an, / wenn Kunst nichts Schön’res kann, / als rücksichtslos ihr Müssen, Sollen, Wollen / vor schau’nden Seelen aufzurollen“?

Immer wieder: kein phantasierendes Schreiben ohne die Sphären der Sprachlosigkeit

„Und führe uns nicht in Versuchung“: Wie paßt das ins Vaterunser? Ein Gott, der „in Versuchung führt“?

Steigerung von „Haß“: „Übelwollen“

„Holde Genüge!“ (Dankgebet)

Der Halbschlafraum: eins meiner Ateliers. Immer noch? Immer mehr?

Helle Freude, dunkle Freude: Zeitenfolge („consecutio temporis“)

EDGAR TAMAYO, hingerichtet in Texas am 22. Januar 2014: Diesen Namen merken und nicht vergessen

Verb zum Geheimnis: Es „waltet“ (so laß es walten)

„Mein Kind“, die Kinder: das Einzige, was die Liebe bewahrt, weckt und hält? Das Einzige? Die Kinder und die Toten, und … und … und …

„Da war der Flocken Tanz, der meine Zunge rührte“ (Friederike Mayröcker)

„Da steht er vor dem Haus und stopft sich voll mit Mehlspeisen.“ – „Normal: Es ist ja *sein* Haus!“ – „In Luxemburg gibt es so viele leerstehende Häuser.“ – „Du liebe Zeit!“ – „Die Zeit, die Zeit: Die Zeit verschluckt das Individuum.“ – „Ab wann haben Sie begonnen, anderen auf die Füße zu treten wie mir gerade?“

Abendhimmel hinter den Buchen, Picardie

Anderer Abendhimmel, Picardie

„Gott: Ich flehe Dich an um Schutz vor schlechter Nachbarschaft in den Zeiten meiner Seßhaftigkeit – im Nomadentum ist sie [die Nachbarschaft] ja bloß ephemer!“ (Gebet Al-Ghazālīs)

Glorreicher Nichtskönner: Ideal; mannhaft dienen: Ideal

„Der Ausdruck guten Willens, der nicht allein von ihrem Gesicht ausging, sondern von ihrem ganzen Körper“ (Tolstoi, „Auferstehung“). Den Tolstoi in sich mobilisieren! (eins der 11. Gebote)

Mit Angst wird nichts

Stefan Zweig an Romain Rolland im Ersten Weltkrieg: „Alle die Stellen sind leer, die heute Engelszungen brauchen ... wäre der Dichter eins mit der gesteigerten Form des Menschen, so müßte die Welt jetzt widerhallen von ihrem Schrei“

„Allein auf dem Gipfel angekommen, hast du dem nichts entgegenzusetzen als dein Hören und Schauen.“ – „Früher war ich länger im Fernsehen.“ – „Aber dann hast du davon einen schiefen Mund bekommen“

„Wer bin ich? Ein arger Kadaver, dessen Seele überall dort ist, wo seine Töchter sind“, sagt der „Père Goriot“ bei Balzac. (Ich lese, endlich lese ich, und der Tag hebt an, und mich mit.) – Und dann zu Rastignac: „Sie können schlafen, Sie sind noch nicht Vater“; und dann: „Es sind vielleicht nur die, die an Gott glauben, welche das Gute im Geheimen tun“; und dann ein Vergleich bei Balzac: „wie ein Jäger, der darauf aus ist, ein Rebhuhn zu erlegen an seinem ersten Sankt-Hubert-Fest“

„Helpless, helpless“, sang einst Neil Young. Ja, edel sei der Mensch, hilflos und gut

Der Morgenvogel in der Zeder ruft alle Vornamen der Welt aus, ein- bis vielsilbige. Ich hörte gerade „Friedhelm!“, „Eugen!“, „Henri!“, „Ida!“, „Bâ!“, „Kyril!“, dann „Nausikaa!“, „Luc!“, „Iwan!“, „Gary!“ oder „Derek!“, „Benedikt!“, und er fragt damit zugleich: „Seid ihr alle da?“ (Sanftes Erwachen)

Amsel badend
in Steinberg,
Berlin

„Kein Lebewesen kurvt so schön wie ein Zitronenfalter“, dachte ich gerade, und las zugleich bei Karl Kautsky vom Ausbruch des 1. Weltkriegs. Und dann „Na, endlich!“ zum 1. Zitronenfalter im hohen Mittag, der mich in seinem Daherflattern buchstäblich streifte. Und dann: „Um 4 Uhr nachmittags [1914] erwartete man [Deutschland], bereits im Besitze des Kriegsgrunds gegen Frankreich zu sein“ (Karl Kautsky)

Epos: sich versenken ins Land – und daraus aufsteigen

Die Landstraße verkörpern: eins der 11. Gebote

Verb für die Liebe, bei Giacomo Leopardi, „Il Zibaldone“: Sie „lenkt ab“ („von allen umgebenden Dingen, mit Gewalt“)

Und heute ruft der Morgenvogel: „Repeat! Repeat! Repeat!“, und gibt sich dann selber die Antwort: „À vos ordres! À vos ordres! À vos ordres!“ Und zu guter Letzt: „Zbigniew! Zbigniew!“

„Die Wollust des Schmerzes war ihnen [den Antiken] fremd“ (Leopardi); und: „Die heldenhafteste aller Tugenden ist die Geduld, eben weil nichts Heldenhaftes an ihr erscheint“

Und heute erschien an der Stelle des erwarteten Zitronenfalters ein Tagpfauenauge. Worauf unwillkürlich ich: „Du bist nicht gemeint!“

„Diese Holzkugeln sind nicht so lustig, wie sie klappern.“ – „Doch: Jeder kann Fußball spielen, man muß nur am Ball bleiben wollen. ‚Nimm mich ernst!‘ sagt das Buch“

Die Lügen der Phantasie haben lange Beine, und bei Bedarf Flügel

„So ist die höchste Philosophie nur von Nutzen, weil sie uns von der Philosophie und ihrem Wahn befreit“ (Giacomo Leopardi, November 1820). Und im Dezember: „Die Vollendung der Vernunft besteht in der Erkenntnis ihres Ungenügens“

„Es ist alles nicht so einfach. – Oder doch: Es ist noch um vieles einfacher, aber ich kann es nicht sagen“

Wie doch immer noch im Sichverlangsamen die Weltbilder aufsteigen, ein ganz anderes Drachensteigen, nicht zu bewerkstelligen, auch nicht durch Lassen

Im Augenblick wie Angesicht der Schönheit, des Schönen will ich ständig das Datum dazusetzen, samt Stunde und Minute; *will*? es, sie denkt Tag, Stunde und Minute dazu

„Unversehens fuhr der Wind der Welt durch seinen episodischen Menschheitsekel“ („Letztes Epos“)

Unvergleichlich: das unvergleichliche Lichtweiß der Kirschblütencluster vor einem düstergrauen Himmel

Aus dem Wohlsein zum Wohltun: camino real

Das dickfellige Glück – die dünnhäutige Freude

„... daß die stärksten Seelen durch die Hoffnung furchtsam werden, namentlich durch eine hochgespannte“ („Il Zibaldone“)

Die wahre Empfindung ist zugleich erfinderisch; sie erfindet; strukturiert; entwirft

„Das gemeine Volk kann, wie die Kinder, nicht an sich halten. ‚Schau, schau!‘, ‚Hör, hör!‘, ruft da einer dem andern zu“ (Leopardi). Es war einmal? Und gelobt, die auf solche Weise nicht an sich halten können

Morgen„gedanke“ beim Zwirneinfädeln: „Tolstoi hätte das besser gemacht!“ – „Und Balzac?“ – „Schlechter“

MONTJOIE!: Kriegsruf einst während des Hundertjährigen Kriegs in der Picardie

„Drück mich nicht, bitte, drück mich nicht!“ – „Ich drücke dich nicht. Ich weiß doch, du bist eine Tänzerin, und eine Tänzerin, die muß liegen und liegen, schlafen und schlafen“

Ich köpfte den Ball weit weg. Aber als ich hinschaute, lag er im eigenen Tor

URWÜCHSIG UND ESOTERISCH: mein bleibender Wahlspruch

Da geht er, der Mystiker Carlfriedrich Claus, auf seinem Weg ohne Musik, inmitten von nichts als weißem Rauschen. Und wo geht er? Durch „noch nie gewesene tauklare Bewußtseinsfelder“ (CF Claus an Franz Mon, Dez. 1959)

Was strahlt da ab vom Antlitz des armen, kleinen, schmerzgekrümmten Gekreuzigten aus dem 13. Jahrhundert in der Kapelle des Hl. Franz von Sales in Versailles? „Es ist vollbracht!“ – in der Tat. Und doch ist es erst Gründonnerstag

„Er war Mitglied der Kanadischen Fremdenlegion. Dabei wäre er so gerne zuhause im Garten zum Ausatmen.“

Das Getupfe der Impressionisten und Cézanne: unvereinbar

„Gehen bis zum ersten Stern“. Und in der Eucharistiefeier bleiben bis zum letzten Segen

Feldwege haben’s in sich (Picardie)

„Als das Paar endlich allein ins Zimmer trat, stieß es unisono einen Schrei aus, einen Schmerzensschrei, viermal hintereinander.“ – „Neben dramatisch Liebenden ist kein Volkszähler am Platz. Oder doch?“ – „Und jetzt ruhen die zwei sich aus auf einem Fragment zwischen des einen und des andern Erdloch“

Die tanzenden Sphären der Wasserfliegen über dem Bach in der tiefen Sonne: je inständiger das Hinschauen, desto eindringlicher das Erscheinen (auch wenn es bloß so „scheint“)

„Es gibt im Leben Situationen, wo alles Bitternis ist“ („Le père Goriot“)

Der fast Vergessene, mit seiner stillen Stimme, kann rufen: „Freiheit!“

Balzac, andrerseits, stopft die Seiten seiner Romane voll mit all dem, was er weiß, bewundernswert. Aber ich Leser will sein Wissen nicht wissen, und ich will es insbesondere nicht bewundern müssen – meine Sache, als Schreiber: die Seiten eher füllen, mit dem, was ich nicht weiß (s. „Die Hornissen“: „Heiß macht ihn nur, was er nicht weiß“ – das war 1963 …, und so ist es geblieben)

Lesen: die sieben (7) Sakramente in einem

Das Wünschen ein Tun? Ja. Also tu! Wünsche! Greif ein!

Die Vorstellung, das „Ich stelle mir vor“ als eine Weise des Denkens, im Sinn des Wegdenkens, Herbeidenkens, Freidenkens

Der Briefwechsel zwischen Carlfriedrich Claus und Franz Mon: der heilige Narr und der Engel der Geduld (die Hand des zeichnenden CFC: „wie ein Pferd vor einer Spukstelle erstarrte sie …“)

„Die Anrufung ist das Mark der Anbetung … sie schafft die Gegenwart des Herzens zu Gott“ (Al-Ghazālī)

Nur keinen Faulpelz aus der (seiner) Ruhe bringen: Gefahr!

„Allerorten die Großväter und die Großmütter, die die Schlitten der Enkel über das Trockene ziehen.“ – „Im Winter wie im Sommer kann man sich auf die Alten verlassen“

Eine Art Trost beim Erwachen am Morgen in Gedanken an den gestrigen Tag: „Ich habe gelesen!“ Trost? Bestärkung, Bekräftigung

Ihr Kurzsatzschreiber: An euren affektiert-kurzen Sätzen sollt ihr ersticken, mitsamt euren Kurzsatz„lesern“

Jeder Schatten ist anders, etwa jetzt die Schattenspiele, die besonderen, im Salbeistrauch – als verlängere jeder je besondere Schatten, mithilfe von Sonne und Wind, jenen Moment des „Schimmers des weißen Rosses im Scheunenspalt“ (nach dem „Buch vom Südlichen Blütenland“ das Bild der Kürze des Lebens) und lasse den Moment, das Schimmern dauern

Sehen: gestaffelt sehen – gefiedert sehen: Nur so ist es Sehen, ist es „Ansichtig werden“

Im Winterlager sagte der Hauptmann zu seinen Soldaten: „Die Haut zwischen Hirn und Weltbrand zunähen!“

Stefan Zweig hat die vielleicht letzten Geschichten geschrieben, die sozusagen mitten ins Leben gegriffen haben – wohl gar zu sehr, bedenkenlos, schamlos – und in eine von Sigmund Freud vordefinierte und verengte, oft bloß punktgroße Mitte. – Aber „der Erfolg gibt ihm recht“. – Gibt Erfolg wirklich recht? Und was ist „Erfolg“?

Verb zur Stille: Sie „ereignet sich“ (und so heißt sie dann auch „Stille“)

Der ohne Macht über sich selber ist begierig auf Macht über andere? Trifft nicht nur auf A. Hitler zu?

Auch Idealisieren kann eine Weise von Realisieren sein – im Sinn der Evangelien

Regenschleieren auf der Oise, Picardie

Regenwanderung (Picardie): Regenwind im Gesicht: „Typisch Westen!" Kuhherde im Regen: „Wir werden nie mehr auseinandergehn. Wir werden immer zueinanderstehn!" Kuckucksruf im Regen, ein Schluchzen: „Schluchz! Schluchz!" Und dann im Regensturm der Ruf: „Vater! Père!"

„Ad maiorem Dei gloriam" (zur größeren Ehre Gottes): Übersetzung des „Sinnlosen", eines anscheinend sinnlosen Tuns in ein anderes Idiom, ein grundanderes

„Wenn jetzt noch einer kommt, gehe ich!"

Gnade der Dummheit: kennt keine Langeweile

Warum so viele Läufer im Doppelpack, Dreierpack, Tetrapack, Oktopack?

Erstes Grillentrillern: Vorsommer

Mitleid: Trockenbett (nicht einmal ein „Rinnsal"); Erbarmen: Meer. „Das Meer des Erbarmens" / „das Trockenbett des Mitleids" (keine Genitivmetaphern)

Eine Unvorstellbarkeit: endgültige Verlassenheit. Für Momente, für Stunden spüre ich sie, aber immer (noch) als etwas bloß Vorläufiges. „Sweet illusion"? „Holy illusion"? – „Ich war schon oft verlassen, aber leider nie auf Dauer"

Wußtest du, daß die Staus des Guten in der Wechselwirkung die Staus des Bösen produzieren?

Energisch langsam (Ideal)

Zaun, beweglicher, / von tausend Kinderbeinen / am Rand der Lichtung, / in der Ferne: / O schöner Zaun!

Mütter, heutige, mit Kleinkindern am Spielplatz: verquere Hieroglyphen – aber doch Hieroglyphen

„Che divotione! Che silenzio!“, soll Bernini ausgerufen haben vor dem Gemälde Poussins, welches das Sakrament der Firmung darstellt; und vor dem Bild des Sterbesakraments, es auf den Knien betrachtend: „… wie eine schöne Predigt … von der man weggeht ohne ein Wort!“

Zwischen „Gedankenspiel“ und „Phantasie“ (Freiphantasieren) ist ein Unterschied wie zwischen Ebbe und Flut; das Fluten der Phantasie

„Ja, bist du denn so verzweifelt, daß du einem jeden, gleichwelchem, nach dem Mund redest?“

„Gestern habe ich eine Fliege aus dem Haus ins Freie gerettet.“ – „Warum nicht alle?“

„Hallo, wer da?“ – „Die Weltmacht.“ – „Und was wünscht sie?“ – „Kaufen und bleiben“

„Päpste sollten nicht heiliggesprochen werden.“ – „Aber Könige ja?“ – „Könige ja!“

„Die Toten sind Ärzte der Seelen“ (Lafcadio Hearn)

Vor lauter (Zu)schauen nichts mehr verstehen. So lange schauen, bis ich nichts mehr verstehe (Ideal)

Carlfriedrich Claus, der Zeichner, der Maler: Er geht freien. Freien, das ist sein Tun. CFC, der FREIER

Das Nachbild des kleinen gekrümmten Gekreuzigten aus Katalonien: hell (und Pfingsten steht bevor)

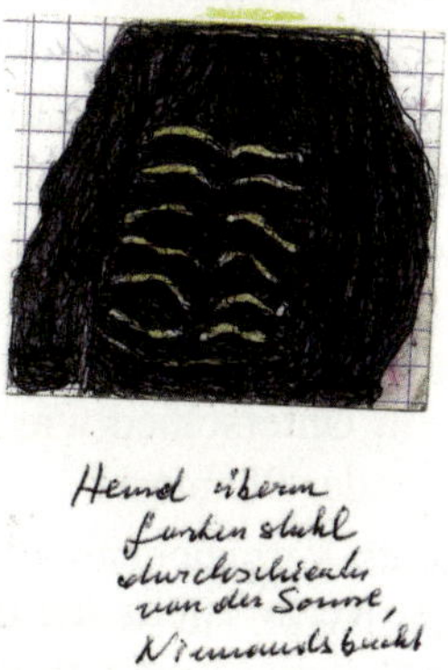

Ein Kind sagte gerade zu seinem Vater im Gehen: „Regarde mon chemin.“ (Schau meinen Weg.) Und weiter weg fiel still ein schwarzes Kleid aus einem Baum: ein Rabe

Ergriffenheit als eine Art Begeisterung; eine tiefere, eine vertiefte

„Ohne Hoffnung“ ist etwas anderes als „hoffnungslos“

„Ich bin nicht mehr freudig und gesund genug, mich abzugeben mit traurigen Sujets“ (Nicolas Poussin an Jacques Stella, den Malerfreund, 1640)

Jenes „Seid geistesgegenwärtig bereit für die Zeichen!“ der Nova in „Über die Dörfer“: diese Erkenntnis vernachlässige ich inzwischen? – Das einzige Mal, da ich, über Stunde und Tag hinaus, „dichterisch“ gewohnt habe im Leben, das war die Zeit von „Über die Dörfer“ („o Pfingsten, o Birken!“)

„Meine Muttersprache ist das Stammeln“ (der Komponist György Kurtág); und: „Ich will nicht ‚gut‘ harmonisieren, sondern auch selber überrascht werden“

Verb zum Leser: Er „bewährt sich“. (Also bewähre dich!)

Vergleich für „nichts Vergleichbares“: „Wie die Kukkucke Mitte Juni, bevor sie verstummen und verschwinden, in den Tagen zuvor im Rufen immer näher und näher kommen“

Gibt es das? Sich schön anziehen, sich besonders schön kleiden, um das, was man liebt, zu schützen? Ja

Carlfriedrich Claus: der „Idealtypus des Autodidakten“ – und aber dann, wenn’s ans Machen geht, immer weit mehr

Wieder der Tag im Jahr, besprüht von den Tropfen Wassers durch die zu meinen Häupten in den Lindenkuhlen, -kolken, Astlöchern badenden Amseln: eine Heimkunft

„Kehr heim ins Rauschen!“ („Über die Dörfer“-Zeit): Das war einmal? Und was sagt das Rauschen der Bäume jetzt? „Gib’s auf!“, frei nach Franz Kafka? – Nicht immer. Immer noch geschieht es, daß es aufruft. Gilt das auch für das Rauschen des Meeres? Nein

Eine Drossel flog auf, / und es wurde grau

Einmal soll es dazu kommen, daß man, wenn „es“ eintritt, nicht seufzt: „Ich hab’s gewußt!“

„Nie bin ich stärker angestachelt zum Tun als beim Anblick von etwas Schönem“ (Nicolas Poussin, 1642)

„Wirklichwahr?“, eine Kinderfrage, und eine der schönsten

Eine weitere Unvergleichlichkeit: der Kitzel vom Flügelschlag einer Eintagsfliege im Handteller

Die ersten Schwalben erscheinen am Morgen im Himmelblau jeweils wie gerufen; „Hallo, Luftfrischschleifer! Luftraumzuschleifer!“

Immer wieder: Ich bin nicht zu politisieren

Die „Gerechtigkeit“, das „Gerechtwerden“ ist nicht nur eine Tatsache, sie, es ist darüber hinaus erfinderisch, und daran erkennst-erfährst-erfühlst du sie. Darüber hinaus? Zugleich? Zuallererst?

Für die Sufis ist der koranische „Urvertrag“ (sahd) ein Liebesvertrag, und das Herz ist für sie ein Sinnesorgan; „mein Wesen liebt mein Wesen“ (Ibn al-Fāriḍ)

Eins meiner Lebensgefühle: Fortsetzung als Wiederholung, Wiederholung als Fortsetzung

„Homeland“: das sich mir entgegenwölbende Grün des Gartens

„Die süße Rede läßt [den Neugeborenen] seinen Schmerz vergessen und macht ihn eingedenk an das geheime Flüstern alter Zeiten“ (Ibn al-Fāriḍ)

Gemeinsamkeit zwischen der „Niemandsbucht“ hier und „Stara Vas“ in der Ferne: „Der Buchsbaumzüngler [Schädling] sorgt mittlerweile auch in Stara Vas für Aufregung“ („Dorfnachrichten“)

„Und“: Die Begräbnisglocke schlägt, und ich lege für ihre Zeit das Buch beiseite. – Und dann: Die Totenglocke verstummt, und ich nehme das Buch wieder auf

„Ut pictura, ut poesis“: wie das Baumschattenspiel in der Nacht, so das Sonnenfleckenspiel am Morgen

„Kennt ihr zwei einander schon lange?“ – „Ja, zum Schmerz der anderen“

„In der Musik [den Fugen J. S. Bachs] suche ich fortwährend nach dem Einschlagen der Nägel“ (György Kurtág)

Ein Tag ohne jedes Geldausgeben – „lange ist's her“, dachte ich gerade. Dabei war es gestern

Zeichnen heißt Entdecken: der Ausbuchtungen, der Akzentuierungen, der „Schattenbahnen“ (erkannt v. Kurt Badt an Cézanne)

„Letztes Epos“: Wie lange man braucht, die SEINEN zu finden; welch weiter Weg

Unvergleichlich: das fast senkrechte Aufsteigen, -flattern der Ringeltauben hinauf in die Baumkronen (unvergleichbar auch mit dem senkrecht sich in die Lüfte Schrauben der Lerchen)

Daß es zwar das, ein, Ideal gibt, und daß es gilt, daß aber nichts wirklich, tatsächlich, actually, bel et bien ideal ist: beruhigend (Rätsel)

Ein lichter (hellichter) Traum: in dem ich stolz war auf die Schönheit, die einmalige, die unvergleichliche, meiner Mutter

Eine Art Luxus: Ich werde in Ruhe gelassen. – Enstspricht das G.'s ≈ „Die höchste Kultur, die ich mir geben kann: daß niemand nach mir fragt“? Nein

„Wenn ich an einem stillen Abend an meinem Fenster

an alte Freunde denke, zugleich den Mond betrachte und dazu den Schreien der Affen lausche, benetze ich meinen Ärmel mit meinen Tränen“ (Kamo No Chōmei in seiner Klause im 13. Jahrhundert in Japan)

„Was sind das bloß für Tiere?“ – „Wölfe!?“ – „Nein, Wölfe können’s nicht sein, neben ihnen schwimmen still die Enten.“ – „Ich muß jetzt jemanden erwürgen. Darf ich Sie erwürgen?“ – „Und ich Sie?“

„Meine Zeder!“, dachte ich gerade morgendlich. Und einmal war das „mein“ am Platz

„Das Letzte Epos“: So lange innehaltend den Atem anhalten, bis das Stimmenhören einsetzt, und in der Folge das Erzählen

Die Mehrheiten sind grausam, Naturgesetz?

Die Sünde der Freudlosigkeit: Von ihr bin ich zeitweise – fallweise – bedroht. „Existenz, segne mich!"

Schreiben als Vorschubleisten – einen anderen VORSCHUB

„Wenn ich, gefragt, wen ich liebe, antworte: Sie!, werden die andern [die Beduinen] sagen: ‚Er spricht in Gleichnissen!', oder: ‚Er ist besessen!'" (Al-Fāriḍ)

„Räblein!" – Gibt es denn sowas, ein Diminutiv, ein Kosewort für einen Riesenraben im Tiefflug still durch den stillen Wald? Das gibt es, denn ich habe es gerade erlebt (frei nach H. v. Doderer)

„Die Stille zur Angst mißbrauchen" (Ilse A.). – Ja, und die Sprache zum Jazz mißbrauchen

„Seit ich die Welt verlassen habe, möchte ich weder lange leben noch schnell sterben" (Kamo No Chōmei)

Zu Mittag bist du der erste, der mit einer Serviette auf den Knien am Tisch sitzt, lange vor dem Serviertwerden, und um Mitternacht faltest du dir die Serviette in dein Pyjamahemd für das Frühstück am Morgen

Variante zu Keats' ≈ „Ich hüpfe mit den Spatzen im Gras": Ich grüne mit dem Grünen im Grün

„Dieses schicksalbestimmende spezifische Gewicht

des Schädels …" – „Ja, das Schädelschwergewicht und die Ordnungskräfte"

Das Gewand des Regens: eingehüllt in das Gewand des Regens, wie er jetzt strömt rund um das Haus – was für ein Stoff, so leicht, so nichtig – eine Nichtigkeit, die wärmt

„Hoffnungslos" ist nicht „verzweifelt". Aber „verzweifelt" ist, unter anderem, auch „hoffnungslos"

Die Art, wie die Katzen über die Schulter zurückschauen, hat nichts vom über die Schulter ins Leere Schauen des Mystischen Lammes

„Heillose Langeweile", die Langeweile als Heillosigkeit – gibt es sie? Es gibt sie, denn ich habe sie erlebt, als „Das Leben ist kurz, aber die Zeit ist lang" (für JWG)

Verb zur Stille: Sie „blüht" und (dann) „fruchtet". Stillestufen: Blühende Stille – fruchtende Stille – füllige Stille – farbige Stille – phantastische Stille – symphonische Stille – Märchenstille – offenbare Stille

„Auf der letzten Höhe, jenseits der Zeichen, wo kein Aufstieg mehr möglich ist, da taten meine Füße ihren ersten Schritt" (Ibn al-Fāriḍ)

Schreiben, Tun: Verwischen zum Klären (kein „leichtfertiges" Paradox)

Teerspuren auf der Landstraße

Teerschlieren,
nachts,
Landstraße, Frankreich,
„Niemandsbucht"

Meine Heimat? Ein paar Textfragmente, der Bildstock an der Römerstraße, und der Misthaufengeruch von Stara Vas

Ein gut geregeltes, „metronomisiertes" Vaudeville oder Boulevardtheater à la Feydaux: eine Weise der Befreiung vom Gewicht der Welt; gar eine Art (ja) der Levitation?

All dein Tun für …, zugunsten … hat keinen Wert, wenn es nicht aus dem Jetzt für das Jetzt kommt

Aus dem Abschlußzeugnis für Eduard Mörike in Tübingen: „Fahrige Bewegungen … Urteilskraft weniger ausgeprägt … Treues Gedächtnis … Ehrbare, aber nicht genügend standhafte Sitten"

Das (ganz andere) Schulhofgeschrei: das Schrillen der Schwalben

Das Lachen der Lachtauben: ein Lachen wie im Kasperltheater, oder wie das Lachen eines der Marx Brothers – ein Hexenlachen; Marx Brothers? Nein: das Lachen Woody Woodpeckers

„Willow, weep for me!" Ja, und Heuschreck, schwirr für mich

Das Zeit-Raum-Schiff aus der Kindheit, fährt es noch? Befördert es noch? Ja, wie eben gerade, die Anker gelichtet vom Gewitterregenwind unter der Korkeiche im „Massif des Maures" – Zeit-Raum-Schiff von da zurück nach Stara Vas, anlegend vor dem Großelternhaus, wo ich vor mehr als sechzig Jahren auf dem Zimmermannsstuhl des Großvaters neben der Haustür saß und, geschützt unterm Dachvorsprung, in den Regen (wie hier ein Sommerregen) schaute, nicht genäßt von den Tropfen, aber immer wieder leicht angeweht und benetzt; und mein unwillkürliches Selbstgespräch jetzt dazu: „So belächelt ich auch worden bin damals von der versammelten Sippe – ich hatte recht, mich so an den Regen zu setzen“

Getöse zweier Tauben in einer Dachrinne: „Ah, es wird immer noch geschnäbelt“

Die „Verklärung“: Wie lang habe ich sie nicht mehr erlebt, auch nicht an andern, auch nicht das Wort. (Es fehlt in meinem arabischen Wörterbuch…) Aber die Verklärung, es gibt sie

„Was man doch alles erlebt, ohne es zu erleben!“
„In die Schwarzbeeren [Heidel-, Blaubeeren] gehen“, in den Schwarzbeerwald mit dem leeren Email-Eimer, und dann die Kinderrufe quer durch die Wälder: „Boden bedeckt!“ – „Halbvoll!“ – „Voll!“ – „Gestopft voll!“ – War das nicht eine Art von Initiation? („Boyhood“)

Es herrscht Stille – Wind rauscht auf im Laub, Laub rauscht auf im Wind – es herrscht die Stille – der Adler kreist – Mutter Erde atmet auf, und ich mit ihr – es sommert

Im Weinen nach Vater und Mutter haben die Kinder keinen Akzent mehr, weder einen französischen noch sonst einen

„Und“: Einsicht und Erbarmen

In diesem Sommer sind die Eichelhäher geizig mit dem Fallenlassen ihrer Federn …

„Nicolas Poussin / peintre classique / enfant des Andelys“ (Gedenkstein in seinem Geburtsort Les Andelys)

Grünen unten, Blauen oben: zwei Farben, eine (1) Form. Und: Das Blau ist, mehr oder weniger, alltäglich – das Blauen nicht

„Ich habe zum vierten Mal getötet. Ab jetzt kann ich mich Massenmörder nennen.“ – „Schade, daß wir keine Zeit finden, uns zusammenzutun. Ich hätte Sie nämlich gern gefragt, was Sie denken von den alten Kriegen, zum Beispiel von denen in Griechenland“

Ein andres Tagwerden im Tag: durch Entziffern

Lesen ist Glückssache? Ja

Das sommerliche Grillenbrüllen: mein Muezzin

Eine Art idealen Zwiegesprächs: mit dem Leuchten im Gesicht einer Fremden in der Metro

„Ein Abenddämmerungshimmel im Herbst: weder

eine Farbe noch ein Laut, und doch kommen einem unwillkürlich die Tränen“ (Kamo No Chōmei)

Ein Beruf, der es nicht in sich hat – es nicht mit sich bringt –, den, der ihn ausübt, zu veredeln, ist kein Beruf

Keiner fragt mich mehr, wie es mir geht. Bin ich denn schon unsterblich?

„Mörike ist … mein mitdenkender Genosse“ (Waiblinger in Tübingen 1823)

Andere Zeit, andere Gärten

Die Umkehr*farben* / die Umkehr*form* / die Umkehr*funde* / die Umkehr*früchte* … Und der Umkehr*atem*

Beiwort zum Flug des Falters im Gegenwind: „unbeirrbar“

„Wo der Mondstrahl um Lilien zuckte …“ (Mörike) – und wo in der Mittagssonne die Kelche der Windenblüten aus allen Rohren leuchteten

Vermeide den Horizont, der dein Eigen ist. Suche die Horizonte, die nicht dein Eigen sind

„In der Feldhütte / hat sie ihren Gürtel / locker geknotet / Und wie zart hat sie den Knoten gelöst“ (Toshigori, zitiert von Chōmei, Japan, 12. Jahrhundert)

Nächtliche Fassade
Versailles St. Louis
an der Traumschwelle

„An Sonntagen im August zwischen 12 und 14 Uhr ereignen sich in Slowenien die meisten Bergunfälle" (Zeitung)

Was macht der Flug des Eichelhähers? Er macht dem Eichenwald Ehre

„Unvergleichlich": das unvergleichliche Sich-Recken-und-Strecken der Ziegen nach den obersten Blättern in den Gebüschen

Endlich Bitternis! „Heilige Bitternis!"

Jede Ungerechtigkeit empört mich? Ja – und am stärksten meine eigene

Verb für das Niemandsland: Es „reinigt"

„Ist das von dir?" – „Nein." – „Aber es wirkt wie ganz von dir." – „Was wie ganz von mir wirkt, kann nicht von mir sein"

Edel sei der Mensch, und hilflos gut

In diesem Herbst lassen die ersten Risse in den Nußschalen auf sich warten

„Seit einiger Zeit ist es, als lebte ich von einem Tag zum andern." – „Aber hast du nicht schon seit jeher so gelebt?"

Gegen das Rätsel „Mensch" hilft nur das Lieben. „Gegen“? Angesichts. In Anbetracht. „Hilft“? Besteht. Existiert. „Das Lieben“? Das In-die-Arme-Nehmen. Das Halsen. Das Herzen

„Werden auch Sie Gefängniswärter!“ (Plakatwerbung)

„Während der Stellungskriege 1914–1918 gab es welche, die in der Einführung des Metermaßes ganz und gar keine Errungenschaft sehen konnten“

„Wer Freude will, besänftige sein Blut“ (G., „Faust“). – Ist aber Freude zu „wollen“?

„Gehen bis zum ersten Stern“. – Und Gehen bis zum In-Fahrt-Kommen

Allein auf weiter Flur (Ideal, zumindest eine Zeitlang am Tag)

Im faulen Frieden der „westlichen Welt“ spielen Luxusköche und Tennis„cracks“ Helden

Die dichterischen Hauptsätze sind andere als die journalistischen Verlautbarungshauptsätze. Wie „andere“? Andere. Und sie sind ganz und gar nicht der Gegensatz zur Vernunft – sie sind grundvernünftig. Aber sie machen aus der Vernunft keinen Popanz. Und die „dichterische Freiheit“? Ein besonders unvernünftiger Pleonasmus. Das Dichterische ist von Grund auf und von Natur aus frei – das Freie in Bild und Ton, anders als die journalistische Sprache, die eine vollkommen eingelernte ist, eine einstudierte, aufgezwungene und sich aufzwingende – eine „schwer“ vorsätzliche, natürlich nur *tuend*, die fremdeste der Fremdsprachen

Vergebliches Kratzen am Himmelstor: So dachte ich mir als Junger und Hoffnungsloser das Leben. Und dann ist es doch nicht ganz so geworden – dank der Anderen – dank des „Göttlichen Anderen“, wie ich es in der „Langsamen Heimkehr“ gewagt habe zu schreiben

Ich lebe in einem Zwischenraum, der mir entspricht, und verkörpere selber diesen Zwischenraum

„Oh! Ein Vogelnest im Ärmel deines Rocks!“ – „Ich habe mich damit abgefunden“

Der, der nur noch mißachtet und, schlimmer, verachtet, wird unfähig, sich vom Andern überraschen zu lassen – er ist selber für keine Überraschung mehr gut – er ist kein ethischer Mensch mehr

Eine Weise der Liebe: Zwei haben Freude aneinander (und umeinander)

Widerstand leisten, auch wenn kein Widerstand (mehr) denkbar ist. Kämpfen, auch wenn es nichts zu kämpfen gibt. (Siehe: „Zeichne das nicht zu Zeichnende“)

Was sind „Taumulden“? – Die Mulden, in denen sich, bei sonstiger Trockenheit, der Tau sammelt über Nacht

Eine Sendung fühle ich nur dann, wenn mir diese bestritten wird

„Was ist deine Naturbegabung?“ – „Mangel und Sehnsucht“

Apfeltraube,
Picardie

„Was wir Profanen nicht an Wissen haben, haben wir als Ahnung oder Instinkt“ (Ibsen an Brandes, 1871). Und dann: „Seien Sie vornehm! Vornehmheit ist die einzige Waffe.“ Und vorher: „Das Erlebte vom Durchlebten unterscheiden; nur das letztere kann Gegenstand der Dichtung sein“

„An die Macht!“ – „Ja, nur welche? Was für eine?“

„Was für ein schöner Blumenstrauß für mich! Wo kommt er so plötzlich her?“ – „Aus meinem Innern“

Zeitschwelle im Jahr: das Erdröhnen der Biene im aufblühenden Efeu des Oktober (wie einst in den Telegraphenmasten an der Landstraße)

„Wer sind Sie?" – „Der Zwischenläufer zwischen Angst und Angst"

„Auf alle Fälle sind wir genötigt, unser Jahrhundert zu vergessen, wenn wir nach unserer Überzeugung arbeiten wollen" (G. an Schiller, 1797)

Goethe, der (immer wieder) Unselige, Unglückliche? Ja, aber als Dichter war (und ist) er selig; der selige Goethe

„Meine tägliche Auferstehung gib mir heute!" (Morgengebet)

„Ich halte mir in den Dingen, die mich interessieren, lichte Punkte und lichte Menschen fest" (an den Grafen Reinhard, 1813. Und an denselben, 1826: „Alles Polemische an mir vorübergehen lassen. Der Mensch hat wirklich viel zu tun, wenn er sein eigenes Positives bis ans Ende durchführen will")

Schreiben, Tun: der Luft die Ehre geben

„Wie soll derjenige auf Ruhe hoffen, dessen Leben aus zwei Tagen besteht: dem Tag des Hassens und dem Tag der Entferntheit" (Ibn al-Fāriḍ)

„Die Dichtkunst verlangt im Subjekt, das sie ausüben soll, eine … gutmütige, ins Reale verliebte Beschränktheit, hinter welcher das Absolute verborgen liegt" (an Schiller, 4. April 1801)

„Stirb und werde“: Wie fern bin ich immer noch davon. Indem ich’s aber bedenke, ein bißchen weniger fern (vorher hörte ich das Fallen der reifen Maronen aus dem Edelkastanienbaum als ein „Kartätschen“ – mehr „Stirb“ als „Werde“). – Doch war nicht auch G. immer wieder fern davon, und sein „Stirb und werde“ nur Beschwörung seiner selbst?

Die Welt, wie sie sich gibt – sich zeigt – sich darstellt – und, vor allem, mich anspringt: Und wozu bin ich da? Solche Welt anders zu denken, sie umzuphantasieren, sie mir anders einzubilden

„Goethe ist fort, der gutherzige Wanderer!“ (Caroline Flachsland an Herder, ihren künftigen Mann, Dez. 1772)

Statt „unverhofft“ sag „unversehens“

„„... und weil ich gern standhaft vor ihm erscheinen wollte, so bin ich oft dadurch wirklich standhaft geworden“ (Karl Philipp Moritz mit G. in Rom)

„Goethe hat einmal den Glauben, daß er winters nichts Poetisches arbeiten könne, und weil er es glaubt, ist es bis jetzt auch wirklich der Fall gewesen“ (Schiller an Iffland, 1800)

„Und“: Die eine Rose, die strahlend weiße, im düsteren Spätherbsthimmel, und aus der Fahle wird Fülle

Der neue Papst, zitiert von „El País“: „Díos ne tiene

miedo a las novedades“ (Gott hat keine Angst vor Neuigkeiten [Nachrichten?]): Geht’s noch anschmeißerischer?

„Wie mache ich Fortschritte?“ – „Mit einem hellen Kopf in einem märchenhaften Rahmen“

Tages- wie Lebensmotto (mögliches): „Steh auf und wandle!“

„Das Letzte Epos“ anheben lassen mit einem staubigen Schuhlöffel. Und als eine der Nebenfiguren: „Der rückwärtsgehende Koch“ (weg vom Herd); und eine andere: „Der verlorene Hirte“; und eine 3.: „Der sklavische Eigentümer“

Dichterisch denke der Mensch (eins der 11. Gebote)

„O wunderbare Nacht, in der ich nach dir jage / auf deiner Nachtfahrt, / mit dem Fangnetz meines Wachens“ (Ibn al-Fāriḍ, XII. Kasside)

Goethe über Lichtenberg: „Nur auf Entdeckung des Mangelhaften gestellt“ (1806)

Mein eigener (persönlicher) MERIDIAN werden

„So wie er [der Dichter] die Welt gemacht hat, so ist sie. Was der poetische Geist erzeugt, muß von einem poetischen Gemüt empfangen werden“ (G. an Luden, 1806)

Den großen, den allgemeinen, den Weltfrieden gab

und gibt es jeweils nur in dem Moment, höchstens an dem Tag, und allerhöchstens in der Woche nach dem Ende des (der) Kriege(s)? Nur da „waltet“ er?

G. über den Historiker, im Gespräch: „... der Trug bleibt. Er ist nicht Vertreter der Lüge, aber der Verbreiter; nicht der Dieb, aber der Hehler“ (und dann, dem Sinn nach: Die Historie gibt keine Geschichte her, keine Erzählung, geschweige denn ein Märchen)

Die Art von „Geduld“, die heutzutage gefordert und, schlimmer, aufoktroyiert wird, ist ein Ding der Unmöglichkeit. Sie ist nicht zu „schaffen“, im Gegensatz zu der Geduld der früheren Zeiten. Die heutige, die erpreßte Geduld ist „nicht der Fall“

Wie habe ich es doch, von Zeit zu Zeit, immer noch nötig, jemandem zu begegnen, der aus meiner Gegend kommt („Das Letzte Epos“)

„Wer einen Stein nicht heben kann, der soll ihn auch selbander liegen lassen“ (an Riemer, 1807); und zu demselben: „Kunst“, das seien nicht „Begriffe“, das sei „Begreifen“ – so wie mein: „Das Denken ist nicht in den Haupt-, sondern in den Zeitwörtern“

Das Gute, wie das Schöne, drängt sich auf, gut und schön

Schreiben, Tun: aufs Ganze gehen. Aber was ist das Ganze? Es erscheint – oder auch nicht – und das ist die Gefahr, die entsprechende, dieses Aufs Ganze Gehens

Unterscheide zwischen „herumfragen“ und „umherfragen“

„Der verschollene Leser“ (Figur „Letztes Epos“): „Die letzten Gäste“ (Figuren …)

„Alle Kategorien lassen sich zurückführen auf die Unschuld des Todes“ (sagte wer im Traum?)

„Beständiger Ernst hat zum Vorteil, daß er dann und wann auch recht lustig wird“ (an Riemer)

„Nicht mein Wille geschehe, sondern der Deine“ (Evangelium): Große Wahrheit, übertragbare – es gibt den Anderen Willen, so wie die Andere Zeit (*Todos los santos*)

Ernst fragen (eins der 11. Gebote) (*Todas las almas*)

Immer wieder: das Idealisieren, kraft (auf den Fundamenten) der Realien, ist eine Weise des Realisierens, vielleicht die rechte, die königliche („el camino real“)

„Der Liebe treu, bin ich durchsichtig wie die Luft, / ihr

morgendliches Wehen ist mein einziger Gefährte“ (Ibn al-Fāriḍ, XIII. Kasside)

„Wäre ich Diktator…“, so würde ich einmal im Jahr „die Woche der alten Hemden“ propagieren, da „wir alle“ nur alte, sehr alte, uralte Hemden anziehen dürfen („Letztes Epos“)

Verb zur Idee: Sie „spurt“ vor (und sei es nur für 1 Schritt)

Die Ahnung als eine Weise, stille Melodie des Herzens

Übertrag „sporadisch“ vom Örtlichen (von den Inseln namens „Sporaden“) ins Zeitliche: „Sporadisch bin ich froh“, und vom Zeitlichen ins Überzeitliche: „Sporadisch bin ich unsterblich“

„Alles wiederholt sich, öde und verödend“? Nein: die Kraft und die Herrlichkeit der Varianten

Eines meiner Daseinsbilder, meiner „Ganz da!“-Vorstellungen: Nachts im Regen und Wind zu stehen auf einem Platz oder am Ende einer Landzunge, einer „finis terrae“ irgendwo in einer Stadt am Adriatischen Meer, dem jugoslawischen „Jadran“ (siehe die „Punta“ von Piran)

Goethe: Alles an ihm, um ihn herum, geht mich an (so oder so)

Eine ganz spezielle Lieblosigkeit: die unvergleichliche Lieblosigkeit mancher – fast aller? – *Nur*-Poeten (im Gegensatz zu epischen Naturen wie Goethe und Tolstoi). Und gibt's nicht auch die unvergleichliche Lieblosigkeit mancher Nur-Dramatiker?

„Der Erscheinungen Flucht"? – „In den Erscheinungen: die Zuflucht!"

„Töricht klug": wahrhaftes Paradox

Nichts als Wehmut um Wehmut … / Wär's wenigstens Heimweh … / Nichts da – / Wehmut um Wehmut …

Ist meine zeitweilige Farbenblindheit nicht eine Art von Dummheit? Farbenstutzigkeit wie „Begriffstutzigkeit"?

Verb (anderes, und wieder anderes) zur Ruhe: Sie „weiht" (nicht unähnlich der Gefahr, s. Goethe zur Kanonade von Valmy: „der Gefahr geweiht"). Und: Die Ruhe in sich mobilisieren: Gibt es das? Ist das möglich? Ja. „Die bewegende Ruhe"

G.'s „gruneln" meint: „nach frischem Grün duftend" (selbst der Staub, in den die Tränen des Liebenden fielen)

Vater und Sohn vom Mittag bis in den Abend gemeinsam die tote Frau und Mutter beweinend: So stellte ich mir gerade G. und August im Juni 1816 nach dem Tode von Christiane G., geb. Vulpius, vor:

der alte Vater still weinend, der junge Sohn laut, aufschluchzend

Eine Entdeckung ist eine Erkenntnis, die an einem äußeren Horizont und zugleich tiefinnerst stattfindet – anders ist es keine Entdeckung

Was heißt „Ich spüre den anderen existieren“? Ich erlebe seine Sterblichkeit

„Metamorphose“ (Beispiel): Ich lasse mir meine Müdigkeit nicht gefallen → ich lasse mir meine Müdigkeit gefallen

Hilft mir (der) Gott (in mir), hilft Er Sich selbst

Die Inspiration: „Es erklingt“ (lautlos)

„Zu den Menschen habe ich eine wahre Wut und Leidenschaft“ (1815 zu Sulpiz Boisserée)

„Was schaust du mich so an aus Parzivals Fernen?“ – „Fernen?“– „Fernen! Es winkt dort ein Land!“

Musik hören, meine Schwäche; Lesen, meine Stärke

„Sind Sie frei?“ – „Frei wozu?“ – „Für irgendwas“

„Kunststopfen“: von Fall zu Fall zutreffendes Wort

„Ich fürchte nur, durch alle diese Bemühungen [Stück zur Reformationsfeier 1817] kommt die Sache so ins

Klare, daß die Figuren ihren poetischen, mythologischen Anstrich verlieren“ (an Knebel) (Gefahr auch für „Die Unschuldigen …“?)

Es gibt keine „krause“ Phantasie. Phantasie ist (sei!) das Gegenteil von „kraus“ (gegen Manches bei Jean Paul)

Ein Gedicht, und sei es nur eine Zeile, nimmt mich mit, im Wortsinn: Unversehens kurvt aus meinem Innern ein unsichtbar-luftiges Fahrzeug daher – eine Art Bus – ein „*Omni*bus“ (und dazu singt Van Morrison „When will I ever learn to live in God?“)

„Folge des Gottes Glanzlinie!“ – „Und inzwischen soll mein Kind betteln gehen?!“

Verb für die Wildhasen im Nebelwind: Sie „leuchten auf“

Die Technik, der Fortschritt: Sie haben alle Wünsche erfüllt, und nichts ist geschehen

„Die Schnepfe des Lebens schwirrt vorüber. Ein guter Schütze muß sie eilig fassen“ (an Sulpiz Boisserée, Juli 1820; und an v. Conta:) „Das Alter trennt uns nach und nach von empfänglichen Menschen“

Die Ringeltaube am frühen Morgen im Wipfel der Zeder flötend: „Labaika! Labaika!“; „Zu Diensten! Zu Diensten!“

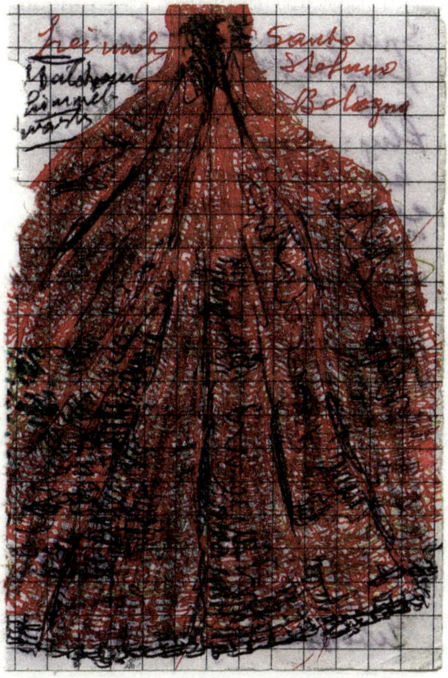

„Ein anderer Bienenstock", Kirchenkuppel, Italien

Schreiben, Tun: aus der Schwebe heraus einschneiden, tief

Zu unterscheiden, nach G.: „ein reines durchdringendes Anschauen von grillenhaften Meinungen“

„Das Herz ist ein einsamer Jäger“? – Ja, und ein einsames Gejagtes (für Carson McCullers)

„Wären die Menschen en masse nicht so erbärmlich, so hätten die Philosophen nicht nötig, so absurd zu sein“ (an den Kanzler Müller); und: „Da zu meinen liebsten Gefühlen die Dankbarkeit gehört“ (an Voss den Jüngeren); und immer wieder am Ende seiner Briefe: „Mehr sage ich nicht“

„Weltgeist“? Weltkind

Der Leser: Herr der Zeit; der Nichtleser: Sklave der Zeit. Der Leser: „Mein ist die Zeit!“ Der Nichtleser: „Ich komme zu nichts. Nie habe ich Zeit. Die Zeit, mein Feind“

Erniedrigung in der Liebe: ist, nach Ibn al-Fāriḍ, keine. Nur Erniedrigung ohne Liebe sei eine

Verb zur Ungeduld: Sie „kastriert“; und die Strafe für die Ungeduld: noch bösere Ungeduld

„Ich wünschte nur, daß es mir gelänge, den allerliebsten Gedanken rhythmisch auszudrücken, und so meine übereinstimmende Teilnahme zu offenbaren“ (an Nees v. Esenbeck)

Anderes Wort für „freudlos“: „uninspiriert“

Die Hasser zeigen die untere Reihe der Zähne

Im Kreis schauen, und, episodisch-sporadisch, wird eine Art Heimat. Auch in der Fremde? Vor allem in der Fremde

„Es ist viel bequemer, die Menschen vorbeigehen zu lassen, als an ihnen vorbeizugehen“ (an Zelter, im Dez. 1822) – Motto fürs „Letzte Epos“?

Trauer: Endlich haben die Gedanken eine Richtung

Jenes Ingrid-Bergman-„Stromboli“-Wiedergeburtslicht in einem Vororthaus, ist das möglich? Ja. „Was für ein Licht! Was für ein Wunder!“, wie der Blick Ingrid Bergmans es sagte am Morgen im Aufwachen nach einer Höllennacht an den Flanken des Vulkans. – Und ich in solchem Licht, angesichts?: „Ja, *da* schau her! Ja, *da* schau hin!“

„Nimm mich!“ – „Hier in der Seitenstraße?“ – „Wo sonst?“ – „Jetzt?“ – „Wann sonst? Jetzt ist Rhodos, jetzt spring!“

Immer wieder „Ich zu mir“: „Zeit, die Herrschaft zu ergreifen!“ Dann aber: „Welche Herrschaft?“ (s. Kurt

Badt zu Cézanne: „Seine Bilder verlangen zu herrschen“)

Bleibendste Bleibe: beim Gelesenen; verläßlichste Heimkehr: zum Lesen

Liebe: Außer mir, bin ich ganz bei mir (für Ibn al-Fāriḍ)

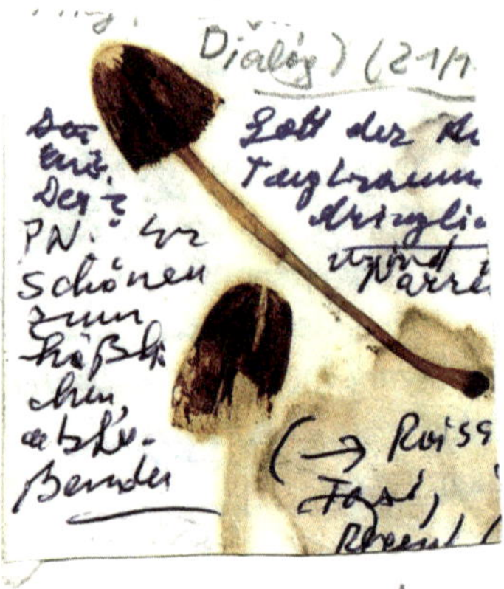

Pilzabdrücke,
Niemandsbucht

2015

Das Beiwort zu „Zwischenraum“ bei Goethe: „heiter“ (an Martins, Dez. 1823)

„Besser die Harfe zu zupfen, als Steine zu klopfen.“ – „Oder umgekehrt.“ – „Oder wieder umgekehrt“

So wie ein Niemandsland sich auftut, verheißungsvoll, tut so sich nicht auch dann und wann eine Niemandszeit auf? Niemandstage, ganze? Tun sich auf? Ja

„Die Weltgeschichte ... nur ein Gewebe von Unsinn für den höheren Denker“ (zu Kanzler Müller, Okt. 1824). Nach dem Lesen vieler Goethe-Sätze, selbst der gar untertänigen an Metternich: Die Zeder vor dem Fenster erscheint besonders förmlich (geformt), form*dunkel*, tintig, schwarz, tuscheschwarz

Rhythmus: Zusammenklang auch ohne Klang

„Was ist mit dem Mondlicht anzufangen?“ – „Nichts.“ – „Umso besser“

Die Schneeluft des Morgens, wie sie in sich behalten? Sie verwandeln

„Du sollst keine Miene verziehen!“ (Eins der 11. Gebote – an das sich nur die großen Schauspieler halten)

Pilzdruck
Niemandsbucht

Ich weiß immer noch zu wenig vom Leben des Geistes, viel zu wenig, viel, viel zu wenig. Und bald wird er schließen, der Tempel des Geistes?

Lernen und Entdecken: entdeckerisches Lernen, nur solches. Entdecken wo? In mir selbst, aus den Stoffen „Erfahrung“ und „Traum“, tagsüber und nachts („des Nachts“)

„Mir erscheint das alles in erhöhteren Farben wie der Regenbogen auf schwarzgrauem Grund“ (in Dornburg, 3 Wochen nach dem Tod des Herzogs Carl August, 1828)

„Der Alte Bekannte“: So sieht G. seinen ehemaligen Diener Götze

Seufzen will gelernt sein („Die Unschuldigen …“)

Unvergleichlich: das Tauchen der Amseln über die Hecken. Oder doch vergleichbar? „Delphingleich"? Nein, unvergleichlich

„Daß ich in diesen zwanzig Tagen aus Unruhe, Neigung, Trieb und Langeweile gar manches geleistet habe" (in Dornburg; „zwanzig Tage"? sechzig Jahre)

Eher möchte ich eine den Erdkreis umspannende Sonnen- oder Mondfinsternis versäumen als in meinem Umkreis den ersten Schnee (es ist schon Ende Januar, und immer noch nichts als Schnee*luft*)

Heiteres Erwachen: mit dem (In)Bild eines gefrorenen Weihers und einer Folge (eins der häufigsten Substantiva bei G.) von Schlittschuhschritten auf dem Eis

Kein „Großer Mann" ohne „Großes Kind" (s. G. z. B., bittend seinen Sohn August um Papier: „Meine Existenz erfordert Papier mehr als jemals"; 1828)

„Keine Zahl! Denn Zählen schneidet wie das Schwert. Und keine Zeit, denn Zeitansage ist Götzendienst" (Ibn al-Fāriḍ)

Seltsam: Vielleicht mehr denn je bin ich – bestritten, fern der „Zentren" – überzeugt von meiner Sendung, ohne daß ich sagen könnte, was diese „Sendung" ist. – „Überzeugt"? Nein, durchdrungen

„Qui a deux maisons, perd la raison" (frz. Sprichwort, gelernt aus Rohmers Film „Les nuits de la pleine lune“)? Ja. Aber manchmal kommt, wer zwei Häuser zu eigen und zu verantworten hat, vielleicht zu einem höheren Verstehen, zu einer weitherzigeren Vernunft? (Niemandsbucht / Picardie)

„Urteil mit Anteil“ (an Zelter, März 1829)

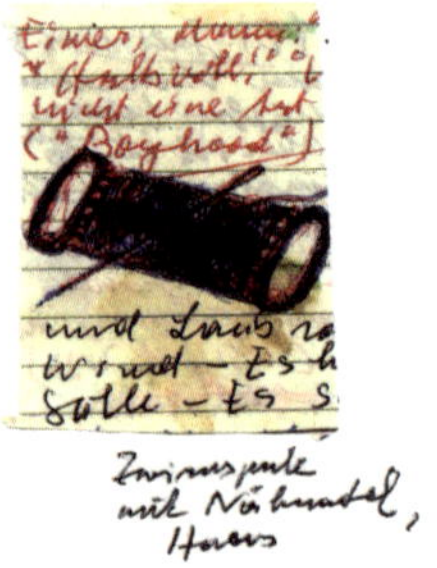

Manchmal, G. lesend, seufzt es unhörbar tief in mir, vor Goethe, dem „Wissenschaftler“, zu seiner „Farbenlehre“, seinem „Zwischenkieferknochen“, seinem „Neptunismus“ (Meeresablagerungen, gegen die Vulkane!), seinen Spiralpflanzen. „Deine Sorgen möchte ich haben!“ – gefolgt von einem leibhaftigen Stoßseufzer: „Lieber, lieber Goethe – du mit deiner grenzenlosen Tätigkeit!“

„Verrückt glücklich“: Diese Art Glück stößt mir zeitweise zu, zu allen heiligen Zeiten; Glück? Nur so! … Verrücktes Glück …

G. mit Kindern, überliefert von einem Besucher: Seine „Lust, zuzuhören … er hat die Natursprache in seinem

Besitz … ich könnte nicht aufhören, von ihm zu erzählen"; und dazu G.'s ständige Frage an seine Gäste: „Wo kommen Sie her?"

Und jetzt habe ich den ersten Schnee versäumt … Er ist, wohl nur kurz, gefallen in der tiefsten Nacht, und die letzten weißen Inselchen im Steppengras habe ich mir frühmorgens an die Beine, in die Augen und an die Schläfen gerieben. Und jetzt? Zartes Blauen in einem Schneehimmel ohne Schnee (Picardie)

„Sage mir etwas Tröstliches" (an Zelter, Nov. 1829), – „Ich habe keinen Glauben an die Welt und habe verzweifeln gelernt" (zum Kanzler Müller, Juni 1830). – „Die Knaben lassen sich solche [Pfirsiche] schmekken, die Mädchen ziehen die Kirschen vor" (an seinen Sohn, Aug. 1830). – „… ist eigentlich die geist- und herzlose Behandlung der Geschäfte im Friedenszustand und der völlige Unbegriff der Augenblicke schuld an allem Unheil" (Tagebuch, Okt. 1830, n. d. französ. Julirevolution). – Und auf die Nachricht vom Tod seines Sohns: „Sciebam me mortalem genuisse", (in Abwandlung eines Cicero-Satzes in den „Tuskulanischen Gesprächen", „ich wußte, ich habe einen Sterblichen gezeugt"). – Und an Zelter schreibt er vom Tod Augusts als von dessen „*Außenbleiben*"

„Die Gnade meines Lichts löscht das Feuer meiner Rache" (Ibn al-Fāriḍ, „Die Ordnung der Wege")

Verb zum Schnee, zu den Flocken: Er (sie) „führt (führen)" mir die Hand

Figuren im „Letzten Epos“: „Die eingeschneiten Freunde“

Zeichnen: Ich fühle, was fehlt, und was aussteht

„... weil denn doch die Poesie das glückliche Asyl der Menschheit bleiben wird: indem sie sich zwischen den ersten düstern Irrtum und den letzten verkühlenden Zweifel mitten hineinsetzt, jenen in Klarheit zu führen trachtet, diesen aber deutlich und teilnehmend zu werden nötigt“ (an Carlyle, Juni 1831); und weiter: „... immerfort sagen, daß es tüchtige Menschen gegeben hat und geben wird, und solchen muß man ein schriftlich gutes Wort gönnen ... und auf dem Papier hinterlassen. Das ist die Gemeinschaft der Heiligen, zu der wir uns bekennen“ (G., ein Heiliger? – ja, eine Heiligengestalt neben vielen anderen Gestalten – und gerade so ein Heiliger)

„Buchhändlerbücher“? Schwemmicht

Schneeluft und Schneelicht: Sie schaffen Zuversicht
„Ich bin nicht zum tragischen Dichter geboren, da meine Natur konziliant ist“ (an Zelter, Okt. 1831)

„Das Werk der Erfindung dient doch der Wahrheit, als Gleichnis“ (Ibn al-Fāriḍ)

Verb zum Abschied vom angestammten Ort: Er „buchstabiert“ (sich – und er läßt so den, der Abschied nimmt, ihn, den Ort, buchstabieren)

„Hin zu Menschen, welche Blumen symbolisieren, die vor Antworten schimmern!“ (Wer sagte das im Traum gerade?)

Immer wieder, immer noch: die Phantasie – das Einsetzen der Phantasie – als die Deutung des Erlebten, eine Deutung, die unbenennbar bleibt, rein verwandelt in Bild, Rhythmus, Erzählen – Vor-Erzählen weit, weit hinaus und hinauf über jedwedes Deuten und Deuteln, und das schiere Gegenteil zu jedwedem Nach-Erzählen

„Wenige Menschen sind fähig, überzeugt zu werden; überreden lassen sich die meisten“ (an Alexander v. Humboldt, Okt. 1831); und an den Bergrat und Geologen Grüner, am 15. März 1832: „Die Zeiten waren allzu schön, wo wir dem Andalusit und den pseudovulkanischen Problemen eifrigst nachgingen“. – Und ich, im Lesen: „In einer Woche wird Goethe sterben. Ich will es nicht lesen. Aber ich muß es lesen!“ Und doch blättere ich, statt weiterzulesen, erst einmal zurück, und zurück: G., beim Betrachten einer seiner früheren Zeichnungen, von einem Sonnenuntergang an einer Poststation, ruft aus: „Ja, auch im Scheiden groß!“ (12. März 1832) und „Wir aber, auf der Allerweltslandstraße …“ (an Marianne v. Willemer, 13. Jan. 1832), und „… daß Weimar immer eine Art von kleinem Hexenkreise bleibt, wo ein Tag vom andern, ein Jahr vom andern lernt“ (an Zelter, 10. Feb. 1832)

Erst im Tun entdecke ich, was zu tun ist, und nach und nach zu tun ist, und wo, und an welcher Stelle, und wie und wo ansetzen, absetzen und weitertun – so wie ich auch im Zeichnen erst entdecke, wo die Akzente und Verstärkungen des Gegenstands hingehören, wo sie zu runden, zu umrunden, zu zickzacken sind

„Aber wovon kann man in dieser Unwirtlichkeit denn leben?“ – „Du wirst es nicht glauben: Unser Grasland ist ideal zum Schlangenmalen, die Schlangenbilder sind die Verkaufsschlager!“

„Er suchte die göttliche Ruhe in sich herzustellen“ (Riemer von G., nach dessen Sterben)

Realisieren – rhythmisieren – verbinden (ohne das angemaßte „jazzige“ Synkopieren) (und „realisieren“ und „rhythmisieren“ gehen / fallen zusammen)

Statt „Arbeit“ sag eher „Bei der Sache bleiben“ (der deinen); und statt „arbeiten“ sag: „zeitigen“. Ich „zeitige“; du „zeitigst“, wir „zeitigen“

„In Dein Geheimnis werde ich stets meinen Kopf schieben wie unter eine warme Achsel“ (wer sagte das …?)

Kalter Sonntagmorgen Ende Februar; leuchtender Reifsaum oben auf der Fensterbrüstung in der aufgehenden Sonne: Weg aus den Träumen! Hinaus aus dem Traum! – Aber mit dieser und jener Traumstimme im Ohr? – Ja

„Unvergleichlich“: das unvergleichliche Geräusch beim

Nüsse, Garten,
mit den
Fasern,
"Niemandsbucht"

Aufziehen einer leeren Schublade in einem Hotelzimmer an einem unbekannten Ort

„Freispruch! Ein Urteil wie ein Fallbeil" (Zeitungsschlagzeile, Picardie)

Das Gedächtnis kehrt zurück nach der Gedächtnislosigkeitshölle: Das Leben kehrt zurück, und sei es als Jammer

„Ich habe euch gar zu lieb, siehe, ich schreibe bei Nacht für euch" (G. an seine Schwester, 1765, 16 Jahre alt – und ich fange mit ihm von vorne an)

„Er hat alles erreicht, was man erreichen kann." – „Der Arme!"

Mich vergessen in den Meinen, in den (vielen) anderen: epischer Schwung, episches Schwingen. Oder umgekehrt: episches Schwingen (ein anderes als das Tarzans an den Lianen): Selbstvergessenheit dank der andern; oder/und wieder umgekehrt

„Ich bin vielleicht nicht der herzhafteste, bin nur geboren, in Gefahr herzhaft zu werden" (Nov. 1767); und im selben Brief: „Ein vergangenes Übel ist ein Gut"

Ein „Erlebnis", das heißt: Es war, ist nichts Einmaliges, es gibt (enthält, birgt) eine Fortsetzung (eine „Folge" im Sinne Goethes). Die muß ich freilich tätigen – zeitigen

„Die Unschuldigen…“: dramatisieren, ja; dämonisieren? nein (ein Wesensunterschied; siehe das dämonisierende 19. Jahrhundert, selbst die Eisschollen bei Caspar David Friedrich sind dämonisiert)

Reiher, „Niemandsbucht“

Die Lehre der Gesichter, der „Physiognomien“: nein, „die Lehre des Gesichts“, jenseits von Lavater u. a. – Und worauf ist sie aus, die Lehre des Gesichts? – Auf das Eingedenkwerden, -sein, angesichts des Angesichts des Anderen

Und wieder: „Zitronenfalter, her mit dir!“ Und er ließ auf sich warten, ein paar spannende Augenblicke, würdig eines Films von Alfred Hitchcock. Dann aber: Da war er wieder! Da schaukelte er, da gaukelte er, da umspielte er mich – da sah, fühlte, dachte ich mich von dem Gelbling gemeint, von seinem die linden Lüfte durchflechtenden Kreisen und Spiralenziehen

„Das Schöne und Gute ist was würckliches [sic]!“ (Goethe, März 1770) (G., die Seele der Seelen – so großklein, und auch so hilflos)

„Ich bin jetzt ganz Zeichner“ (an Kestner, Jan. 1773)

Der junge Goethe – und nicht nur der junge? – ist so selten „ruhig“, so selten „gelassen“, daß, wenn er’s einmal ist, die Ruhe gleich zum Ereignis, einem überliefernswerten, wird

„Letztes Epos“: das unentdeckte Reich gleich nebenan, die unentdeckten Reiche

Die Seine im Sonnenlichtspiel des frühen Mittags wie frisch geteert. Die Seine bei Sonnenuntergang: mit Licht gepflastert (Pont Mirabeau)

„Sich von einer Anstrengung ausruhen“? Sich in einer Anstrengung, mit ihr, durch sie, dank ihrer, ausruhen

Die Seine vom
Pont Mirabeau,
Nacht

„Wohl denen, die Tränen haben!“ (an Friedrich Heinrich Jacobi, 1774)

Ordnung, ja. Aber jeweils mit einem Anhauch und Nach- wie Anklang der Unordnung

Die aktuellen Dichterhorden und ihre Lyrikfeste: falsche Sinnstifter

Freude: Das Dasein, das Existieren holt mich ein und bleibt für den Freudenaugenblick gleich auf gleich mit mir

„Jedes Ding hat seine Zeit“ – und jedem Unding seine Unzeit

Tagen im Tag: Die Zeit gerät in Fluß, und ich werde des Flusses Schwimmer

„Und ich sitze wieder in Offenbach, so vereinfacht wie ein Kind, so beschränkt wie ein Papagei auf der Stange“ (an Auguste v. Stolberg, August 1775)

Die Trauerschwere wie -schwebe der Poesie Antonio Machados (ein Ideal)

Kein rechter Schreiber wird der Gefahr des Mystischen entgehen. Gefahr? Möglichkeit? – Entgehen? Sich davor drücken? Sie umgehen? Sich von ihr lossagen, -schreiben wie Goethe? Sich auf sie einlassen?

Winterwaldrebenblüte,
Niemandsknecht

Wie manchmal allein ein Ortsname genügt, mich zu erfrischen und mir die Brust zu erweitern, wie gerade „Lincoln, Nebraska“ (vor allem die indianischen Namen?); oder „Kazan, Rußland“

„Es ist eine herrliche Empfindung dahausen [sic] im Feld allein zu sitzen“ (G. erstmals in seinem Weimarer Gartenhäuschen, Mai 1776); und später dann: „Nachts 10. Im Garten versteht sich jetzt von selbst“; und wieder: „Ich zog auf der Wiese und in der Gegend herum“

Andrerseits, während G.'s erster Zeit in Weimar, als Hof- und Herzogsmann: ein manchmal ungutes „wir“ (nosotros) gegen andre, Außenstehende (z. B. Lenz): „Wir wiegen und tänzeln ihn ...“ (und zu Klinger:) „... Klinger ist uns ein Splitter im Fleisch“

Gedicht, der andere Blutsturz

„In ihrer Erdenzeit sehnt sich die Seele nach dem reinen Ruf“ (Ibn al-Fāriḍ). – Ist er schon geschehen? Oder steht er erst bevor? Bedenk's, Mensch ...: „Beides!“

In des jungen Goethe „Briefen an Frauen“: Es hagelt nur so von „Engeln“

„Zu meiner Zeit ...“: Nie war meine Zeit. Oder seit je

„Ans Schreiben gehen“: Notlust, Lustnot

Der *Dreisprung des Blicks*: Vom Ding / Wesen / Menschen im Vordergrund hin zum Wesen/Menschen/Ding im Mittelgrund, und von dort abfedernd zu Mensch/Ding/Wesen im Hintergrund: Dreisprung? Drei*schwung*? Verknüpfung? Versphärung? – Siehe heute morgen vom Anblick des Gehänges der Haselblüten hin zu den Primeln im Gras, und von dort zu den Wolken hinter den noch nackten Zweigen, und hin und hinab zu den Silhouetten der Passagiere in den Morgenbussen. Dreisprung des Blicks: KOEXISTENZ

„Friedenswerk“: Pleonasmus. „Werk“ allein heißt und verheißt Frieden

Der Mont Valérien von Suresnes wie hoch über der Seine, mit der Flanke der einstigen Gestapo-Mordfestung unter dem frühlingsklaren Himmel, gesehen vom Vorortzug als die leuchtende Sainte-Victoire des Leidens

„Ich halte sonst viel vom Überraschen“ (G. an Lavater, Ende Okt. 1779); und: „Das Glück gibt die Titel, die Dinge sind immer dieselben“ (Tagebuch)

„Meine Intelligenz ist nicht sehr ausgeprägt.“ – „Recht so. Auf diese Weise kann sie sich ausprägen von Fall zu Fall“

Anmut im Spiel – und überhaupt (ist Anmut nicht das Naturspiel?) – hat nichts gemein mit einer Technik, sie ist deren Gegenteil, ja, der „Widerpart“ (siehe den Fußball*spieler* Javier Pastore aus Argentinien)

Das Haus, der Garten, die Allee, das Land im Frühlingssonnenlicht und -wind: Sie leuchten nicht bloß, sie sprühen

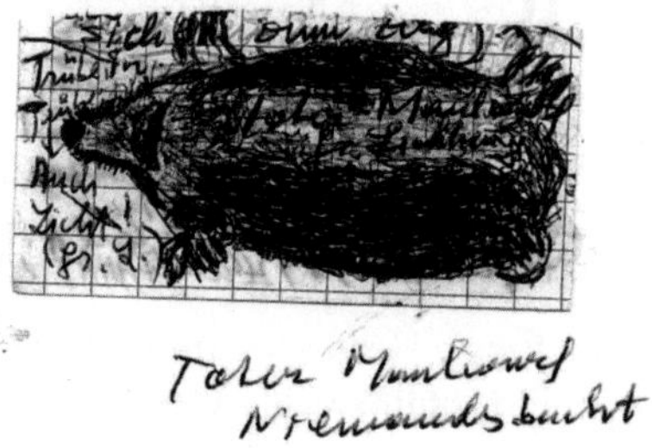

„Und“: Freude und Dankbarkeit (s. G.’s „stille dankbare Freude“ unterwegs nach Italien 1786 in Innsbruck)

„Ich lebe sehr droit und halte mich ruhig, damit die Gegenstände keine erhöhte Seele finden, sondern die Seele erhöhen. Im letzten Falle ist man dem Irrtum weit weniger ausgesetzt als im ersten“ (G. in Vicenza, entschlossener Anti-Mystiker – aber im „Großen Krieg“ zugleich gegen sich selber?)

Variante zu der französischen Redensart „Le fond de l’air est frais“: „Le fond de l’âme est froid“ (und wieder ist es Gründonnerstag, mit Vogelrufen, abwechselnd „Idiot! Idiot!“ und „Zbigniew! Zbigniew!“)

Schreiben-Tun: Anstrengung zählt nicht, sich anstrengen gilt nicht

G. für „während der Arbeit“: „währender Arbeit“

Schwalbennester Picardie

Frei nach Goethes „Hermann und Dorothea“-Hexameter; „Ungerecht bleiben die Männer, und die Jahre der Liebe gehen vorüber“; „Ungerecht bleiben die Seelen, und die Jahre des Geistes wehen vorbei“

Wieland zu G.: „Was ihn … von Homer und Shakespeare unterscheidet: daß der Ich, der Ille ego, überall durchschimmert, wiewohl ohne alle Jactanz und mit unendlicher Feinheit“

Die österliche Taufe, durch einen hinter einem Gebüsch hervorspringenden Vogel: „He, Hintermbuschhervorspringer!“

Eine Weise von Jugend scheint jedenfalls unwiederbringlich dahin: die Jugend der Träume

Stufen: Gesetzter Mann – Gestandener Mann – Gehender Mann – Überlandgehmann

G. nennt seine Gedichte gegebenenfalls „Stoßgebete“ („mit denen ich manchmal Natur und Kunst, Gott und den Künstler verehre“)

Epischer Schritt: Das Schrittzählen verwandelt sich in den Erzählschritt, die Erzählschritte

Wehe dem, der gar schnell die Geduld verliert. Und mehr noch wehe dem und, vor allem, wehe seinen Andern, der langsam, langsam die Geduld verliert!

G. ist kein Wisser oder gar „Wissender"; er weiß nur von Fall zu Fall – und sonst? Er weiß: „*Das* nicht! Und auch *das*: nein!"

„Du stehst auf verlorenem Boden." – „Und wenn: Auf verlorenem Boden entschlossen weitertun"

„Hauche mich mit guten Worten an und entferne den fremden Geist. Der fremde weht von allen Ecken der Welt her, und der Geist der Liebe und Freundschaft nur von einer" (an Lavater)

„Und": Schnee und Gedächtnis; und ein ganz anderes „Und": In Freude verbunden und (zugleich:) „Alles verloren!"

Unterscheide Religion und Poesie (Kunst) – Die Religion: „Santificetur nomen tuum!" (Geheiligt werde Dein Name) – Die Poesie: „Multiplicetur nomen tuum!" (Vervielfacht [vervielfältigt] werde Dein Name!")

Skandal der Skandale, Schande der Schanden: das Verschwinden, Verlustiggehen, Verduften der Freude – und doch der Gedanke, bleibend: „Sein, Freudenstoff!"

Nur wird der Gedanke nicht fühlbar, greift nicht, geht nicht über, leuchtet nicht (mehr), ist ohne schimmernde Säume – und so: Schuldbewußtsein. Und doch wieder wie jetzt: „Schau, da, das Hemd trocknend in der Sonne, weißes Hemd, wie es da weht!“

Das Liebespaar Goethe und Charlotte von Stein: „Ängstliche Sehnsucht“

Ein Tagen im Tag: Sowie mir jemand Anderer in den Sinn kommt, nicht als Charakter, Figur etc., vielmehr als eine epische Möglichkeit, als ein epischer Umriß, als ein epischer SCHREITER, Schreitender, Ausschreitender, samt einem epischen Ort („Letztes Epos“) – der Andere als „Person“? Ja, als Durchlaßfigur (in memoriam G. Grass)

Der undurchdringliche Undankbare – der durch und durch Dankbare (Erkenntliche)

Keine Rettung! Aber dies und jenes lenkt ab: O wesentliche Ablenkung!

Niemanden habe ich je gelesen, der so durchdrungen ist wie Goethe vom Glauben an die Natur. Glaube? Ja, und zwar Glaube in Gestalt einer Form: „Ich kann dir nicht vorerzählen, worauf ich in allen Naturreichen ausgehe – des stillen Chaos gar nicht zu gedenken, das sich immer schöner sondert und im Werden reinigt“ (an Jacobi)

Unendliche Schwäche, abgewechselt von endlicher

Kraft, verdrängt von unendlicher Schwäche, und so vergeht das (mein) Leben

„Da, die Menschheit versammelt in einer Bettelstube!“ („Letztes Epos“)

Was ist GANZ gelb? Die Blüte des Löwenzahn. Und was ist GANZ grau? Die sphärische Sporenkugel des Löwenzahn

„Meinen Wilhelm Meister ausschreiben: … Ich habe das Werk sehr lieb, nicht wie es ist, sondern wie es werden kann“ (an Charlotte v. Stein)

Goethe als Bluesman: „Ich war in Jena und fand es einsam, ich kam zurück [nach Weimar] und fand es leer“

Der Prophet will offenbaren, den Dichter drängt’s, *sich* zu offenbaren

„Kunstlos“ heißt mitnichten „ehrlich“

„Ah, wie brauche ich das Licht des Kindes, das im Weizenfeld steht“ (Stimme im Traum, und dann eine andere Stimme:) „Wie seit je sitze ich in den Feldern als Durchschauer“

Die Laute des frischen Laubs im Wind: wie von Barfußgehern, zuerst einer, dann noch einer, dann einer nach dem andern

So wie Goethe seinerzeit streng-mild an seine Freunde schreibend: So schreibt er auch an mich, in der Jetztzeit

Immer wieder „Stil“, „Sprache“: Nur kein Stil! Das aus der Seele Gesprochene wie Geschriebene ist schon, hat naturgemäß Stil. „Stil“? „Rhythmus“? – Art und Weise, eine Art und eine Weise. – „Das der Seele Gesprochene wie Geschriebene“? – Ja, da treffen, fallen, gehen, tanzen, klingen Reden und Schreiben, und nur da, zusammen. – Ut locuta (dicta?) scripta

Der Apfelbaum wieder schwer von weiß-rosa Blüten. Kein schöneres Gehänge (auch wenn die Blüten gar nicht hängen, vielmehr stehen, „ragen“, „gipfeln“)

„Es spielt das Ensemble LA RENAISSANCE, lauter Unbekannte …“ – „Aber es gibt doch keine Unbekannten mehr!“ – „Srce je žalostno“ (Traurig ist das Herz), hieß es in Stara Vas

Beispiel und/oder Vorbild der Gegenwart, des Jetzt: das Schattenmuster der Rippen der Stuhllehne im darüber gehängten Hemd in der Sonne, sich bauschend, schrumpfend, in Wind und Sonne, jetzt, und jetzt, und jetzt

„… und wie doch mir fast keine Existenz ein Rätsel ist. Es spricht eben alles zu mir und zeigt sich mir an.“ – G., der wahrhaftige, der durchgeformte Existenzialist

Vergehende Apfelbaumblüte: Blüten fallen auf Blüten, streifen, fallend, herabregnend, Blüten, die ihrerseits fallen und, herabregnend, andere Blüten streifen und…, und die Meisen, pickend an den Blütenbüscheln, tragen bei zum großen zarten weißrosa Fallen. Und diese fallenden Blüten, in einem fort, sie skizzieren, sie zeichnen unsichtbare Zeltbahnen

„Und“: Der Schatten des Schmetterlings tanzend auf dem weißen Hemd (der „Hemdbrust“) und ich (das „Ich“)

Vorzeitmuschel
mit Brille,
Picardie

Immer wieder bei G.: das „Jauchzen des Volks“, „das Volk „jauchzt über den Landesherrn“, „Jauchzen und Lachen“: – Als das Jauchzen noch laut geworden ist

Die Falter, im Dahinfliegen, -segeln und gaukeln, kommen zwischendurch oft jäh in ein Schnellen – vor allem wenn sie paarweise unterwegs sind

Das mitternächtliche Schwingen des frischgrünen,

selbst im Dunkeln noch leuchtenden Birkenlaubs – das Hin- und Herschwingen einer himmlischen Frau, ein Schwingen, Schwofen, Tänzeln, Nesteln, „Girlandieren“, im leeren schwarzen Nachtraum

Freude am Glück des Anderen (Ideal, oder eins der 11. Gebote)

G. in der Fremde, und im Freien: „Wie wohl wird mir’s, daß das nun Welt und Natur wird und aufhört, Cabinet zu sein“ (am Lido v. Venedig, 1786)

Die Erinnerung ist in der Regel ungerecht. Zeitweise aber … Gib ihr eine andere, eine bessere Regel. – Und das Gedächtnis dagegen? Ist immer, von vorneherein, gerecht (Fragen über Fragen)

„Letztes Epos“: die junge Geherin an der Außenlinie (einmal außen, einmal innen)

„Das muß man nicht hören. Nicht einmal das ‚Vaterunser‘ muß man hören. Oder doch?“

Vom schwachen Lächeln zum starken Lächeln und zurück, und so vergeht das Leben. Aufwachen und Einschlafen mit den Umrissen des tröstlichen Rätsels, und so vergeht das Leben

Der andere Vogel Strauß: die noch nicht gestreckten Farnwedel mit den Köpfen noch tief in der Erde

Mit dem Buch, des Tages, der Woche, des Monats,

des Lebens, in der Hand dahingehen: kein besserer Diskus, kein schöneres Diskuswerfen (oder mit den schwingenden Armen in einem fort dazu ausholen)

„Das Reich der Welt“, das ist ganz und gar nicht das, welches der Versucher oben auf dem Berg dem Jesus unterjubeln wollte. Nichts Teuflisches ist an diesem Reich, wie es, zum Beispiel, in den Gemälden Poussins oder Cézannes erscheint, aufscheint, durchscheint, seine „Zeltbahnen“ skizziert. Es ist ein Reich, angesichts dessen dem Betrachter auf der Stelle die Tränen kommen, „sunt lacrimae rerum“. Das Reich der Welt und die Tränen

„Wer nicht weiß, wo ich bin, dem sag es nicht“ (an Wieland, 17. Nov. 1786); und vorher da: „Freue dich in meine Seele“

„Ein Hauch von Müdigkeit kann nicht schaden.“ – „Ebensowenig wie das Rasseln eines Weihrauchfasses“

Gedenken/Gedächtnis: Erinnerung: „Gedenke göttlich des [unguten] Vergangenen nicht, wenn du dich auch dessen erinnerst“ (an Frau von Stein, 1787)

„... wie die Herberge abends die Mühe und Freude des Tages verzehrt“: Viele der Vergleiche G.'s könnten stehen ohne das 1. Vergleichsglied, als „Vergleiche für nicht Vergleichbares“, als Gleichnisse, selbständig, für sich, so klar und handfest wie unbestimmbar

„Nicht nur sagen: ich habe es gesehen, sondern es sehen machen“ (an F. v. Stein) = Schreiber / „Macher“

Altern?: Es ist (scheint) fast alles, das jetzt, und jetzt ist und war, schon gar bald „sehr lange her“ (oder „aus“) – so lange her, daß es „schon gar nicht mehr wahr“ ist (scheint)? Ja, und nein, und nein, und ja

Mein immer wieder unfreier Blick auf das, was „mir gehört“, „mein Eigentum“. Dagegen mein Blick auf das, was mir nicht gehört, insbesondere auf das, was niemandem gehört … („mein Eigentum“: mein Eigen)

Wie vermeiden alle die Geschichtsmonster das Schuldgefühl? Mit der „Einsicht in die Notwendigkeit“?

An Carl August: „Ich habe unterwegs manche Rätsel gefunden“; und an Knebel: „Ich werde mit den Künsten und der Natur immer verwandter und mit der Nation immer fremder“ (Italienreise)

„Und, hör, der Schlüssel zum Dorfkinosaal: aus Perlmutt!“ – „Nein!“ – „Ja! Und das Kino heißt DOMINO“

Ist das Zeichen eines guten, eines wahren Scherzes nicht, daß er zugleich ein Vorschlag ist, ein Hinweis, eine Idee?

Für Spinoza: Gelobt der Zweig, wie er federt, und federt, noch lange nachdem der Vogel von ihm weggeschnellt ist

Verb zum ersten kleinen Blau nach Tagen des Regens: Es „läßt grüßen“ (für Spinoza)

„Eigentum“ (s. o.): Schau, was du hast, und laß es sein

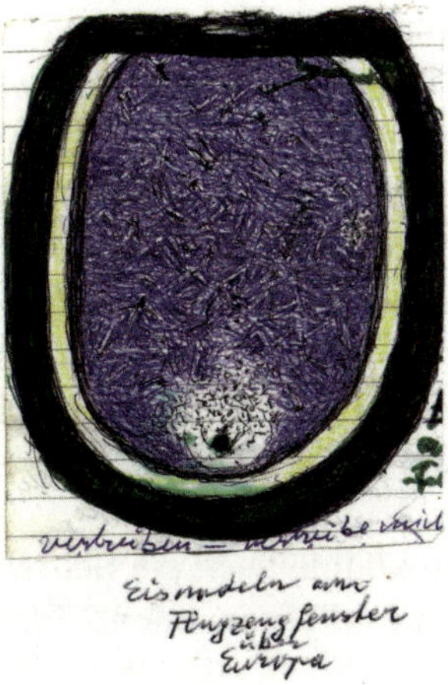

Nichts näher dem Herzen als das Wogen des brusthohen Maigrases unter der Sonne

„Ich bleibe … immer der wunderliche Heilige Gottes“ (an Herder, in Rom)

Am „Abglanz“ die „Welt“: Ja, und am Weiterleiten des Lichts – an der Folge – am Folgeraum

Immer wieder auch bei G. für „arbeiten“: „entgegenarbeiten“ (so wie an Herder: „… und hoffe, dir in manchem entgegen zu arbeiten“)

Hunger und Durst – Unvorstellbarkeiten, wenn sie nicht Gegenwart, nicht aktuell sind. Ebenso der Schmerz? Ja – außer der Schmerz, der seelische, der des Anderen

Einer der ernstesten (schwerstmöglichen) Vorwürfe: „Du weißt nicht, was ein Maß ist!“

Unterscheide zwischen „ewig“ als Beiwort (Adjektiv) und „ewiglich“ als Umstandswort: „Das ewige Licht“ – „Es erscheint (leuchtet, schimmert) ewiglich“

„Nichts ist leerer als ein leeres Schwimmbecken“. Und nichts ist leerer als ein leerer Golfplatz (und nichts ist leerer als die leeren Laden der Kommoden in dem Hotel einer unbekannten Stadt, s. o.)

Photographieren könnte auch ein Schreiben mit Licht sein. Und was ist es oft (geworden)? Ein Ab-Lichten

Die Kuckucke rufen wieder, die Indianer blasen wieder in den gespannten Bast

Maienlicht: Die hellen Vögel splittern oben durch die Lüfte, die dunklen Hummeln tropfen unten von Blatt zu Blatt

„Ich habe diese Zeit nur im Lichte und in reinen Farben gelebt“ (an Carl August, Jan. 1791)

„Wo sind wir hier?“ – „Im Erstberührungszimmer ... Nicht an dieser Stelle streicheln! Die Narbe tut noch weh“

„Schwalbenhimmel!“, dachte er, und schon kurvte die erste daher, und schon flitterten zwei, und schon schwirrten drei

Beiwort zur Schönheit: „unbezahlbar“

„Leider kommen die Zeitungen überall hin, das sind jetzt meine gefährlichsten Feinde“ (1792)

Tagen im Tag, dramatisiert: Im Lauf des Tages den Tag einholen – endlich gleich auf gleich werden mit ihm

„Glückssucher“, „Glücksritter“: Das Glück ist nicht zu suchen, auch nicht durch gleichwelche Ritterschaft – die Freude ja (*auf*zusuchen)

Phantasie heißt: Es ist erlebt, und wie! Und es geht über das real Erlebte hinaus, und wie! Und warum statt „Phantasie“ nicht gegebenenfalls „Eingebung“ setzen? Und solche Eingebung, das wäre, das ist: In der vermeintlichen Unordnung, im Chaos, erscheint eine mögliche, erst zu realisierende Ordnung

„Freudentränen“: nie erlebt; Daseinstränen? Ja

„Solange ich dein Herz nicht hatte, was half mir das übrige, jetzt, da ichs habe, möchte ichs gern behalten“ (an Christiane Vulpius, aus Verdun 1793, vor der Kanonade von Valmy)

„Würdigen“ als eine Form, oder Vor-Form des Denkens (Vor-Form wie Brotback-Form)

So lange ging er, ohne zu finden, bis er endlich nichts mehr suchte. War er Atheist geworden? Nein

Oben in den Lüften „ziehen die Kraniche“ (oder welche Vögel auch immer), und unten am Rand des Wildteichs sprudeln und strudeln die Kaulquappen

„Ich komme mir gar wunderlich vor, wenn ich theoretisieren soll“ (an Schiller, Oktober 1794)

Manchmal die „Nachmittagsungeduld“: eine Ungeduld für und um nichts und wieder nichts – eine kranke Ungeduld. Nicht jede Ungeduld ist krankhaft

In den Zeitungen, und überhaupt, die tägliche „Wahlseite“, das tägliche Wahl-Thema, wie heute „Unterstützen Sie den Streik der Lehrer? Kreuzen Sie JA oder NEIN…“ Allüberall das ständige Wahl-Getue, ohne daß es die geringste Wahlmöglichkeit gibt

„Dieser heidnische Moses“ (Goethes Wort für Homer)

Nichts nasser als ein nasser Buchenstamm

Tagesanfang in der Fremde: Spucken auf die Wanderschuhe

„Ich wünsche…, daß ich Sie wohl und poetisch tätig antreffen möge, denn das ist nun einmal der beste Zustand, den Gott den Menschen hat gönnen wollen“ (an Schiller, 23. Dezember 1795)

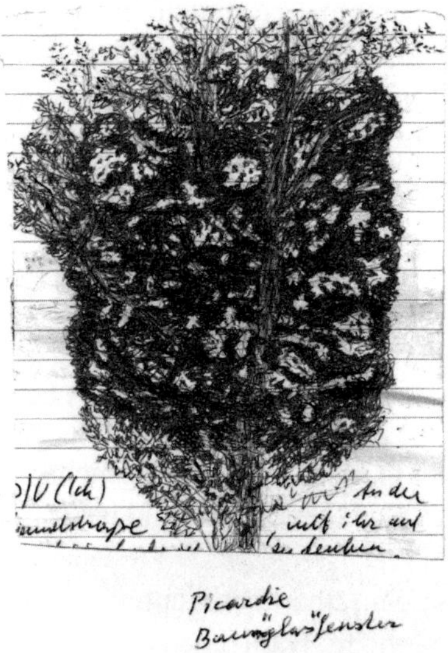

Endlich fühlte ich „Pfingsten!“, das Fest, und das Rauschen der Pappeln im Garten rauschte auf in mir

„Bevor ich jetzt abtauche in die salzigen Wellen des Nichts, ein kleiner Gedanke an die Ewigkeit. Ob wir uns da einmal wiedersehen?“ – „…“

„der ich ohne unmittelbares Anschauen gar nichts begreife“ (1796)

Und einmal spricht auch Goethe von seinem „Haß“ (den er sonst doch so ablehnt): An Schiller, zu seinen, G.’s Epigrammen: „… leider ist auch hier [sic] der Haß doppelt so stark als die Liebe“ (Juni 1796)

Picardie

Vom Nutzen der Vorurteile: Indem sie auseinanderweichen, öffnet sich, gerade durch sie, kraft ihrer, ein Weg des Erkennens?

Goethe, der Statuennarr

„Warnende Freundschaft“ (G. an Sch.). Ja, der Freund als Warner, das ist’s – das wär’s gewesen

Etwas Seltsames, oder eine Merkwürdigkeit: daß ich mir das Lesen jedesmal erst verdienen zu sollen glaube, dadurch, daß ich vorher um mich und das Buch herum häusliche, gärtnerische, „wirtschaftliche“ Ordnung schaffe

G. lesend warte ich auf das Wort „Zuversicht“ anstelle der „Hoffnung“, und ich warte voll Vertrauen – voll Zuversicht

Ein verwitterter, irgendwo aus dem Staub geklaubter, von Wind und Wasser graugeschürfter Bleistift: liebes Schreibwerkzeug, oder überhaupt Werkzeug

Eine Art Ethos: Mit mir, und mit dir, und mit ihm, und mit ihr, mit uns, mit euch, mit ihnen ist „gut zu fahren“ (und gut Kirschen essen)

„Die Speichen des Horizonts!“ – „Eine Metapher?“ – „Ein Blick“

Hätte es Goethe nicht, zeit- wie fallweise, gutgetan, manche Phänomene, Probleme, Formen wie Farben, schlicht auf sich beruhen zu lassen – sie in Ruhe zu lassen, ohne Aufschlüsselungsehrgeiz, z. B: „Was ist das epische Gedicht?“ etc.?

Verb zum fernsten der fernen Fluchtpunkte: Er „knüpft mich an“. Gilt auch für den nahen Fluchtpunkt? Nicht, wenn es den fernen gibt – sonst ja

„Bin ich doch diese Nacht in dein Haus gekommen!“ – „Das warst du?“ – „Und wie!“

G., statt „mich herumzuschlagen mit der millionenfachen Hydra der Empirie“ (auf Reisen) – „lieber gerad nach Hause zurück, um aus meinem Innersten, Phantome jeder Art hervorzuarbeiten“ (an Schiller, 1797, in Frankfurt bei seiner Mama)

Die Spiralflüge der Spatzen, v. a. der Paare, luftwärts, im Vergleich zu den Spiralflügen der Falterpaare: Goethe würde das *Gemeinsame* an den beiden Flugbahnen erforschen wollen, s. „Die Metamorphose der Pflanzen“, z. B.: „Die Spirale, die Flugbahn in Vollendung aller der geflügelten Wesen“, oder: „Der Spiralflug, Erfüllung und Vollkommenheit der Bahnen alles geflügelten Lebens“, oder: „Spiralbewegung, der reinste Ausdruck und die vollkommenste Ausformung sämtlicher ihre Existenz erfüllenden Flugwesen“ etc. …; und als Gedichtzeilen: „Zum Spiralflug braucht es zwei: / Uns beide, / Und wie die Sufis sprechen wir beiden dann im Dual …“ Und zurück zur „Theorie“: „Jedoch nicht mehr als zwei. Mehr als zwei – schon drei, vier – linieren gleichsam die Spirale, indem sie diese, so oder so, in eine Strecke überführen, einen vielgestaltigen Pfeil, ein Pfeilen anstelle des Spiralisierens …“ (s.: „Alles Poetische sollte rhythmisch behandelt werden!“, an Schiller, Nov. 1797)

Große Literatur, oder, einfach, Literatur, Buch – das ist nicht die „Melodie“ des (eines) Autors, wohl aber seine Weise – die bei mir, dir, dem Leser übergeht und sich auffächert in Melodie (z. B. Knut Hamsun, ja: nicht aber z. B. Sigrid Undset). Oder vielleicht braucht es zum Autor gar keine „Weise“ (und erst recht keinen „Stil“), sondern nichts als seine „Art“ ohne Weise?

Was ist eine der mir am meisten fruchtenden Betrachtungen? Die eines verschwundenen Vorurteils (gerade war es noch da, und jetzt, vor einem Augenblick ist es verschwunden). Betrachtung? Einer Verschwundenheit? Etwas Verschwundenes *betrachten*? Ja

Verb (Zeitwort) zur Zuversicht: Sie „fundamentalisiert“

Ein rechter, schöner, guter „Übergriff“: der Übergriff, das Übergreifen des rauschenden Blätterwerks (wie das der Birke gerade) auf das Innere

„Stimmungskanone“: Gibt’s ein hirnrissigeres Wort? Und doch – (dazu G.: „Stimmung – was wir einzig brauchen – wird [in Gesellschaft] nicht gegeben, vielmehr zerstört“)

Statt „naturgemäß“ sag „von Haus aus“

G.'s Evokation des Lesers (an W. v. Humboldt): „Es [das Buch] gehört [ihm] mit an … und Sie [der Leser H.] also eine Neigung wie zu einer eigenen Arbeit gegen dasselbe fühlen müssen"

Immer wieder „Verrat", „Verräter" (auch zu mir selber): Der Verrat durch Nichthandeln, durch Unterlassung, er wird nicht abgeschwächt von Tag zu Tag, und erst recht nicht von Nacht zu Nacht … – der Verrat, er schwillt Tag für Tag, Nacht für Nacht an, wird mit der Zeit skandalöser – der große Skandal im Innern

Perlen vor die Säue werfen: Warum nicht, wenn diese sich dabei zurückverwandeln in die verhexten Gefährten des Odysseus – und so wieder werden, was und wie sie sind?

„Luftverschmutzung"? Unter den rauschenden Bäumen nah der vielbefahrenen Straße sitzend und lesend, schaute ich auf und beschloß, daß die Luft rein sei

Setzte nicht das Menschwerden, die „Menschwerdung" (Doderer) ein mit dem Sichniederlassen(können), dem Zeithaben, Sichzeitnehmen, und so dann dem Umrissenachziehen – dem Zeichnen, dem Zeichnen als Gewichtsausgleich, als Einpendeln eines seelisch-körperlichen Gleichgewichts nach all dem tag-, jahr-, jahrhundert-, jahrtausendelangen Jagen und Sammeln, Gejage und Gesammle – als Ausgleich, wesentlicher, als wesentliche Ablenkung, als Winterlager, als „Folge"?

Andere Eisnadeln,
anderes Flugzeugfenster
übers
Europa

Dem Rauschen der Bäume, gerade dem allerleisesten lauschen, heißt mitnichten, zu den „Gras(be)wisperern“ etc. zu gehören, weltflüchtig zu werden. Solch Rauschen, es aktiviert – indem dadurch jede blindwütige Eroberungslust vergeht. Es „aktiviert“ in der Folge des Vergehens dieser Lüste, und es macht erkennen dieselben als Wahn. Oder es macht einen doch zum „Weltflüchtling“? Nichts, zeitweise, gegen die Helden solcher Flucht

„Wie anders ist es, was man mit sich und unter Freunden ins Zarteste und Besonderste arbeitet! und was der fremden Masse im allgemeinsten vorgetragen werden soll!“ (an Schiller, vor „Wallenstein“, Okt. 1798) – Soll es?

Unversehens ging an den glatten elefantenfußgrauen Stämmen der Buchen die Sonne auf, und unversehens, simili modo, auch in mir (Picardie)

„Hier [G. in Jena] ist er immer ein ganz anderer Mensch als in Weimar, und ich hab ihn hier sehr lieb“ (Charlotte Schiller an Frau von Stein)

Allzu halblustig, ja, unernst wird zeitweise das Leben. Ernst sei es, und, simili modo, auch die Kunst! Siehe Goethe an Sch., Ende Okt. 1798: „… und bleiben Sie fest im Bunde des Ernstes und der Liebe, alles andere ist ein leeres und trauriges Wesen"

An Schiller zum „Wallenstein": „Ist doch selbst der politische Stoff nicht viel besser als der astrologische …" (Dez. 1798)

Epischer Schritt: Eroberung ohne direktes, aktives Erobern; Eroberung auf Umwegen; und doch eine Art von Eroberung?

Das unendlich Schöne ist zugleich ein „Endlich schön!"

Bei so vielen persönlichen Aufzeichnungen und Autobiographien: „Alles aus deinem Leben erzählst du, aber auch alles. Aber das hat nichts zu tun mit dem ganzen Leben, aber auch gar nichts!"

Goethe erteilt die brieflichen Befehle, vor allem an seine Frau, in Form des Indikativs: „… ein Paket, welches du wohl verwahren wirst"

Unterscheide zwischen Innehalten und Stoppen: wie zwischen Zeichnen und Schnappschuß, oder überhaupt Photographieren? (Denn der Schnappschießer stoppt nicht einmal?)

Und wieder G. zum „Wallenstein", dem letzten Flügel der Trilogie: „… hat das letzte Stück den großen Vorzug, daß alles aufhört, politisch zu sein und bloß menschlich wird, ja das Historische selbst ist nur ein leichter Schleier, wodurch das Reinmenschliche durchblickt“ (G., der „Existentialist“)

Statt „alttestamentarische Wucht“ besteh auf der „alttestamentarischen Zartheit“, der „unvergleichlichen“ (nicht nur in der Erzählung vom Kind Samuel und von Ruth und Booz, von Tobias und dem Engel)

Neben, hinter, vor den üblichen, in die Buchenrinden geschnittenen Zeichen jene der Buche selber als die wahren und schönen – die von selber, aus des Baumes Wachstum, zusammen mit Wind, Regen, Frost, Eis, Schnee, Hitze entstanden sind – ein- und aufgerissen sind

Auch die Phänomene in Ruhe zu lassen ist eine Art, eine Methode des Erforschens? Die Phänomene sein und gewähren lassen. (Habe ich das nicht schon ähnlich notiert?) Siehe dazu G.: „Man suche nur nichts hinter den Phänomenen, sie selber sind die Lehre.“

„Zu schön, um wahr zu sein“: Blödsinn

Das „Jetzt! – Und …“ ist meine Chance, immer noch. Chance wozu? Meine Chance

Gerade das für immer Verschwundene lädt ein (weckt, stachelt auf, ruft auf) zum epischen Erfinden. Siehe die im tiefsten Dickicht verschwindenden Schienen einer einstigen Zugnebenstrecke („Letztes Epos“)

Immer noch höre ich das Daherklappern des Rads der Briefträgerin, der Länge nach durch die Allee und anschwellend bis zum Halt vor dem Gartentor als eine Morgenmusik – wenn auch die Post dann gar selten auf der Höhe solcher Musik ist, und diese auch mehr und mehr gegen Mittag erklingt

Über dem längst verblühten Fliederstrauch mit seinen schwarzbraun mumifizierten Blüten: schau, schau! der fliederfarbene Himmel

Verb zur Liebe: Sie „geht durch und durch". Und, mehr: Sie „bricht durch und durch" (wie letzte Nacht im Traum im Umarmen des Kindes – das zugleich auch mein toter Bruder war –, und das ausrief: „Mein Vater!")

Sich anschleichende Katze: Sie bewegt sich in Zeitlupe, und mit ihr geht auch alles Sonstige über in Zeitlupe

In „Hermann und Dorothea" das Beiwort zur „Gattin": „… die Gattin … die gleichgesinnte"

„Wo steckt heute deine Freude?" – „Eingeklemmt in meine Achselhöhle"

„… kam die Mutter herbei und küßte sie [Dorothea] herzlich, / schüttelte Hand in Hand; es schwiegen die weinenden Frauen" („H. u. D.")

G. zu Herder, „der Schranken setzt". Und G.? Der Schwellensetzer

Die zwei letzten Hexameter in „Hermann und Dorothea“ merken und nicht vergessen!: „Und gedächte jeder wie ich, so stände die Macht auf/ Gegen die Macht, und wir erfreuten uns alle des Friedens“

Das Wort „wandeln“, unveraltet: vor Tagen das junge Wildschwein auf dem Weg allein durch die Wildnis: Es wandelte

Eine Ab-Art von Demokratie: das herrenlose Gesindel. – Und auf es trifft zu ein neues Zeitwort (Neuzeitwort): „Es gesindelt“

„Woran erkennst du einen frischen Fisch?“ – „Am Glanz seiner Augen“

Tagtraum von einer, nicht meiner, Biographie: „Vom reichen Schlucker zum armen Schnaufer“

Statt „Harmonie“ sag „Einvernehmen“: Es herrscht (das) Einvernehmen (wie gerade in der Bachschlucht zwischen den dabei so unterschiedlichen Libellen). „Es herrscht: Einvernehmen“ – das Einvernehmen, die ideale Herrschaftsform. – „Ein geheimnisvolles Lächeln umspielte die Züge derer-im-Einvernehmen“ („Letztes Epos“)

Kummergesicht sehen, Menschengesicht sehen (Metro)

„Und“: Im Garten umkurven einander die zahllos vom Morgenwind abgeschüttelten Lindenblüten, und jenseits auf der Savanne umkurven einander die zahllosen Wildhasen

Vorwurf an mich selber im Frieden: „Du staunst nicht genug!“

Ich und du, und uns wird Ruh (auch wenn das „Du“ nichts als ein leerer Gartenstuhl in der Sonne ist). Und dabei, in der Ruhe, der doch umfassenden: „Ich habe kein Recht dazu“

Ein anderes Tagen im Tag: Mit dem Ansichtig-, dem Gewahr-, dem Innewerden der Ordnung in der Unordnung, dem „Jetzt!“ in der Unzeit, dem Wind des Jetzt auch in der Windstille. „Ordnung“? Sag statt dessen besser „Muster“. (Und vermeide solch „besser“.) Und was heißt „Muster“? Unter anderem das Wahrnehmen der Dinge als „Wirtschaft“, bereit zum „Bewirtschaften“ wie überhaupt zum „Wirtschaften“, und dazu dies und jenes Ding unter den andern als „Werkzeug“

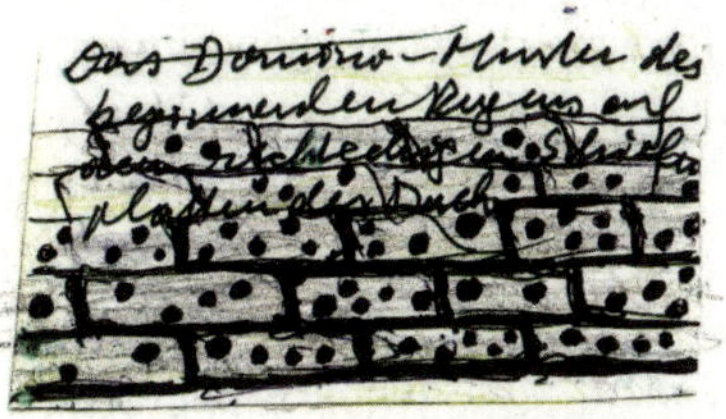

Auf den Dachschieferplatten
die 1. Tropfen des Sommerregens
im DOMINO-Muster

Caroline Herder zu G.'s „Natürlicher Tochter“, 1803: „... es ist ein Licht der Kunst, bei dem das Schillersche Irrlicht verschwindet“

Aufmerken auf ein Einzelnes → Aufmerksamwerden fürs Ganze: So wie ich gerade aufmerkte auf die Stimme des Neugeborenen in einem Nachbarsgarten und in der Folge umfassend aufmerksam wurde. Auf was? Aufmerksam

„Leider ruht auf dem, was Advokatenhände berühren, so leicht ein Fluch“ (an Zelter, August 1803)

Der Regen tröpfelt bloß so, tickert, zirpt. – Aber jetzt wird er, von Mal zu Mal, stärker. – Und doch regnet es immer noch nicht. – Aber jetzt setzt er endlich ein, mit einem Treibriemen-Zusatzgeräusch: Der Regen, er kommt in Fahrt. – Und jetzt: Es regnet

Jahrbuch der Vogelschauer: „Spätestens als mich am 20. April gegen 10 Uhr 10 eine Wiesenweihe überflog, beschloß ich, die Arbeit niederzulegen und in den Auwald westlich von Mittersill zu fahren, in der Hoffnung auf den Erstnachweis eines Halbringschnäppers für Österreich“

Es ist ein Unterschied „romantisch“, „Romantiker“ zu sein, oder „eine romantische Ader“ zu haben. Ich, zum Beispiel, habe nur (höchstens) eine romantische Ader (so wie die Bewohner von Stara Vas und seinem Tal von alters her als „die Nüchternen“ galten)

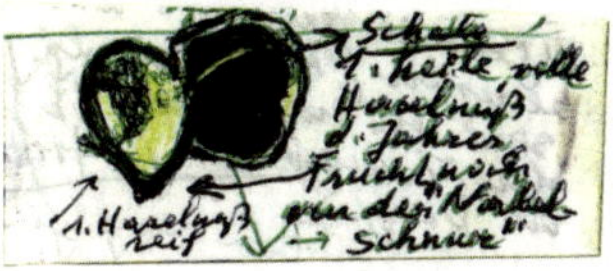

Eine der zartesten der Empfindungen: nach dem Schwimmen die an den im Sommerwind trocknenden Augenwimpern (o Sommerwind)

„Gehen bis zum ersten Stern“. Und Gehen bis zum ersten Frühapfelbaum (o Sommer)

Werden wir Nichttätowierten bald in der Minderheit sein? Oder sind wir es schon?

Wehe dir, wenn du die Skulpturen der Menschen im Raum – die den Raum ebenso wie einer den andern skulpturierenden Passanten (wie die aus der „Stunde da wir nichts voneinander wußten“) – aus dem äußeren und inneren Auge verlierst

Zum „Laß!“ und zum „Lassen!“ gehört auch: „Laß den Kopf schwer sein!“, wie das „Laß die Leute reden!“, oder das „Laß die Lade doch klemmen!“, aus dem „Ritt über den Bodensee“

Stufen: Wir haben Zeit – Wir haben eine Zeit – Wir haben die Zeit („Zeit, ich habe dich!“, sagte die Nova einst in „Über die Dörfer“). – Die Geher wie die Leser: die Zeitkönige, episodisch

Sich gesundlesen: Ideal wie Wirklichkeit

„Indem ich das Stück theatralischer machen wollte, so wurde es eher länger als kürzer“ (an Zelter 1804, zum „Götz“) (und „Die Unschuldigen …“)

„Gewahrwerden“ ist etwas anderes als „wahrnehmen“ (s. „Es gibt keine Synonyme“)

Immer wieder die Kommentare der Herausgeber zu G.’s (vielen) Vorhaben: „Daraus wurde nichts.“ – Und ich: „Immerhin“

„Wo waren Sie all die Zeit?“ – „Woanders, wie schon oft“

„Put your head on my shoulder.“ – „Es steckt ein Pfeil in meiner Ferse.“ – „Ja, Schreiben ist Rückkehr.“ – „Und jetzt der Buckel des Igels im Blickfeld“

„Was sitzt du so still? Worauf wartest du?“ – „Daß der Geist anhebt, zu wehen.“ – „Augen auf, Ohren auf! Hebt er nun an, zu wehen, der Geist?“ – „Nichts zu hören als die Stimmen der Grillen, aus der Erdtiefe ein Flehen, ein den Sommer Anflehen“

Leichtleichtes Regnen im Sommerlaub: Geräusch von knarrenden, holpernden Fuhrwerken in weitweiter Ferne, hinter mindestens sieben Bergen, zuhinterst im Monument Valley

Sich die Augen aus dem Kopf schauen – sich die Augen in den Kopf schauen

Einer meiner Aberglauben: Indem ich aufhöre, zu erwarten, wird es eintreffen, das Erwartete: *Dadurch*, daß ich aufhöre …

„Morgen wird Friedrich Schiller sterben“, dachte ich heute beim Lesen des letzten Goethe-Briefes an ihn

„Goethe ist ein etwas ungestümer Kranker, Schiller aber die Sanftmut und Milde selber“ (J. H. Voß der Jüngere)

Die Tonleitern der Regengeräusche. Immer wieder: Merk auf, und aus Geräuschen werden Töne. Und zu schauen?: das DOMINO-Muster des Tropfen um Tropfen einsetzenden Regens auf den kleinen Schieferplatten des Hausdachs

Seltsames Gehör, meiniges, welches, obwohl die Kuckucke lang schon verstummt sind, sommerlang weiter die Kuckucksrufe im Ohr hat

Als man noch mir nichts, dir nichts hinsetzen konnte: „die Kunst“: „soll die Kunst, wenn sie sich mit dem Schmerz verbindet, denselben nur aufregen, um ihn zu mildern …“ (an Cotta, nach Schillers Tod, 1. Juni 1805)

Ein nicht bloß spezielles Blau, sondern auch ein ganz besonderes Blauen (Zeitwort): das Blauen der Pflaumen. Die Pflaumen, sie blauen „mit der Zeit“, „in der Zeit“, ein „unvergleichliches“ Blauen

„Schreiben Sie … klar und einfach, ohne Scheu vor dem poetischen Anflug, und ziehen Sie eine bequeme [sich Zeit lassende?] Entwicklung der geschraubten Kürze vor, die man schlagend zu nennen … pflegt“ (an einen jungen Historiker)

Wüstes Elsternklappern und mordhetzerisches Rabenbrüllen im sonst so stillen Sonntagskreis: Und ich beschloß eine Van Gogh-Gedenkminute. (Und am Abend las ich – es war sein Todestag gewesen, vor 125 Jahren)

„Er hat zu lesen angefangen am …. Er hat zu lesen aufgehört am …“ (aus einer getagträumten Biographie)

Verantwortung(sgefühl) als eine Weise, eine hohe, der Liebe

„Kamen Briefe von Töplitz, ging ein Bote nach Gotha“ (G. als Bluesman in Karlsbad 1807)

Erfinde ein Geschirr, das nicht klappert (und zugleich nobel ist)

G.’s Beiwort zur Freude: „wiederherstellend“ (an Reinhard, Sept. 1807). Ja, laß keine Freude vorbeigehen, ohne sie nutzen-fruchten-gesundmachen zu lassen

„Göttliche Frechheit unserer Jugendjahre“ (an Jacobi, Januar 1808)

„Gute Frage!“ – „Inwiefern?“ – „Indem sie nicht zu beantworten ist. Und guter Frager!“

Sonne mit Zweigschatten an der Zimmerwand

Apfel von oben, mit Rest der Blüte / Pilzabdruck

Der Geher wie der Leser der episodische (sporadische) Zeitkönig? Ja, eine der seltenen Tätigkeiten, wobei derjenige welche nicht bloß „recht hat“, „im Recht ist“, sondern still „Recht spricht“, urbi et orbi. „Spricht“? – Ausstrahlt. „Sprüht“. Siehe der Gehende am Rand der Landstraße in Oberösterreich, und … und …

In Anbetung vor dem rhythmischen Glitzern eines Flusses (der Oise). Ist das möglich? Ja. Anbetung wessen? Anbetung

Manchmal in meinen unwillkürlichen Selbstgesprächen wiederholt und/oder variiert sich Büchners „Lenz“, wie zum Beispiel gerade: „Es wäre nicht schlecht, wenn jetzt ein Blitz in mich einschlüge“, usf.

Zeitschwelle im Jahr: die Ackerwindenweißzeit (im Spätsommertrockengrau des Erdbodens sich dahinschlängelnde Blüten)

Schild vor einem Haus weit und breit allein: „Nur autorisierte Besucher“ („Visiteurs autorisés seulement“; Picardie-Plateau); und später die Inschrift auf einem Friedhof: „Die entflohenen Kriegsgefangenen ihrem Kameraden“, und auf einem anderen: „Getrennt vom Rosenstock welkt die Rose und runzelt./Ohne dich weine ich und langweile mich“

„Sie [‚unsre jungen Leute‘] arbeiten sich nicht aus dem Zeitalter heraus, wie es eigentlich sein sollte, sondern sie wollen das ganze Zeitalter in sich hineinarbeiten“ (G. frei nach Falk, 1808)

Und wieder knistert ein beginnender Regen, jetzt in den Weidenwipfeln am Fluß, und jetzt regnet es, und regnet, und noch immer ist die sonntagmorgenleere Uferstraße nicht „bodenbedeckt“

Keine Begeisterung ohne Moment von Erschütterung (eins der 11. Gebote)

„Oh, Durcheinander! Ah, schönes Durcheinander! Ah, Raumschiff Bleistift!“ – „Father shy and mother wild / make together beautiful child“

Einen Tag lang schon bin ich nun nach einer langen Wanderung zurück in Haus und Garten, und erst jetzt werde ich des Hauses gewahr, des „ganzen“, und wie? Lesend: „Es hat mir von jeher Spaß gemacht, Verstecken zu spielen“ (an Reinhard), und: „Für [Vor] lauter Prosodie [Verslehre] ist ihm die Poesie ganz entschwunden“ (an Zelter, beide Juni 1808)

Das Horizontboot in mir: Schon hat es abgetäut, schon ist's gefahren, schon hat es angelegt, am Concord River (für Henry David Thoreau)

„Leider, daß alles Wünschenswerte, wie das tausendjährige Reich [aus der Apokalypse des Apostels Johannes] sich nur in Zwischenräumen wiederholt!“ (an Marianne v. Eybenberg, 12. August 1808)

Ich staune immer weniger, ich staune zu wenig? Eher so: Ich staune schlecht, nicht „gut genug“

Den Weg „zurücklegen“? Den Weg Weg werden lassen

Immer wieder das Reifen im Schatten: ideales Reifen, ideale Frucht, ideale Süße (besonders deutlich bei den Brombeeren); und überhaupt: Reifen im Schattenlicht

Für einen Augenblick verschwand ich im Schlaf, und als ich die Augen wieder auftat, fand ich mich vor der Höhle hoch oben im Marmorkalkfelsen von Stara Vas, im Volksmund genannt „Bockfurzhöhle“

Was ist noch geringer oder flüchtiger als ein Tropfen auf dem heißen Stein? Ein Tropfen auf einem heißen Blechdach

Scharfsinn ohne Klärsucht, Scharfsinn aus Phantasie und hin zur Phantasie: Ideal

Unvergleichlich: der unvergleichliche schwarze Glanz (éclat) von reifen Brombeeren, vor allem der hoch oben in den Lüften hängenden (h*a*ngenden)

Energisch lesen – Sich energisch lesen – Sich tatkräftig-tatenlustig lesen. – Und wem befiehlst-empfiehlst du das? – Wie immer mir selber

„Betrachten Sie mich als Ihren Handelsfreund“ (an Cotta, Dez. 1808)

„Heim ins Recht!“ – „Und was haben Sie sonst noch für eine Lebensregel?“ – „Laßt mich in Ruhe“

„Der Schein ist mit der Idee nahe verwandt … Ja, er ist die Idee selbst mit dem Minimo von Realität verkörpert oder daran offenbart“ (überliefert nach Tisch von Riemer, Feb. 1809)

Jeder sein eigener persönlicher Wegmacher (eins der 11. Gebote; „Wegmacher“: Gibt’s den Beruf noch?)

Der Moment von Musik gestern am Sonntag („1-Takt-Musik“): das Geräusch, ein einziges, kurzes, aber mächtiges, beim Sicherheben der Leute während der Messe zum Glaubensbekenntnis

„Wenn ein Arzt auf seinem Todbette noch einen andern für ein langes Leben retten kann, so sehe ich nicht ein, warum wir andern nicht noch, indem wir uns übel befinden, etwas tun sollten, was die Menschen erfreut“ (an Johann Heinrich Meyer, Mai 1809)

Zeitvergessen ist mitnichten weltvergessen, und schon gar nicht Seinsvergessenheit; Zeitvergessenheit ist Weltgedenken, Seinsgedenken, oder einfach: eingedenk sein

Das Kleid der Freude … Ja, die Freude ist ein Gewand, ein inneres Kleid, das zarteste aller Gewebe. Und ich ließ mich im Gewand der Freude ins Innerste sinken und erblickte das Licht der Welt, den Sinn ohne Sinn

„Die Hoffnung wie die Furcht sind zwei leere Wesen“ (an Zelter, Okt. 1809)

Junge Katze still dastehend unter der Sonne wie zum Pflücken

Weitertun, auch um vielleicht zu entdecken, daß, wie und wo ich mich geirrt habe oder in die Irre gegangen bin

Die Ahnung hegen (eins der 11. Gebote). – „Ich liebe dich, ich ahne dich“ (und umgekehrt)

Baumschattenwand

Eine andere Farbenlehre, frei nach Goethe: die (notwendige, fruchtbare) Trübe in mir fruchten lassen, und so zum klar und rein sich auffächernden syntaktischen, bildsamen, rhythmischen, epischen, zusammenspielenden und zugleich jede einzelne der Farben auseinanderhaltenden Spektrum zu gelangen

Und wieder das Knistern des beginnenden Regens: Knistern eines ganz anderen Wagenparks – Knistern nicht nach, sondern vor der Fahrt

„Freund Nachtwind!“ – „Aber dann?“

Zeit- bzw. zeitenweise der dem Einzelnen wie der Menschheit entsprechende Laut: das Wimmern, das Gewimmer

„Der arme Runge … ist mir weggestorben“ (an Zelter, März 1811)

Seltsam, wie mir beim rechten Lesen immer noch zeitweise eine Art Wasser im Munde zusammenläuft, nicht das Wasser des Appetits auf Essen, aber doch ein Appetit. – Und dann der Moment am Tag, da ich mir befehle: „Nicht weiterlesen! Kein Wort Lesens mehr heute!“

„Schön werden wir’s haben hier!“ – „Wir haben’s schon schön“

Ein gutes Gefühl herbeizudenken, ein übles Gefühl wegzudenken, ist das denn möglich? Ja. Aber leichter, ein übles Gefühl wegzudenken, als ein gutes herbeizudenken?

„Tut das zu meinem Gedächtnis!“ – Und zum Gedächtnis meines toten Bruders lege ich die ersten reifen Äpfel des Jahres mit den Stengeln nach oben aus, wie er es mich „gelehrt“ hat

Gekreuzigter, 13. Jahrhundert
Kapelle,
Niemandsbucht

Übertrage Eric Burdons „all the good times I have wasted having good times“ so: „All das Vergnügen, das ich versäumt habe auf der Suche nach dem Vergnügen“

„Sprich vom Geheimnis nicht geheimnisvoll“ („Die natürliche Tochter“)

Ich nehme immer noch zu viel in eine (1) Hand

„Das schaut (sieht) etwas gleich“: Wem? Was? Etwas (offenbar Geheimnis)

Wissen, von Ahnen grundiert, zugleich verwischt und durchlöchert-durchlüftet: Ideal

Falsches Finden: Süßer Schreck wird ranziger

„Die Tage schreiben vor, und ahndungsvoller / Bewegen sich nun Freud’ und Schmerz heran“ („Die natürliche Tochter“) – Goethe ist am größten, wo er elegisch wird und zugleich psalmodiert. G., der Psalmist; der Psalmensänger? Eher -sprecher. „Der nur verdient geheimnisvolle Weihe, / Der ihr durch Ahnung vorzugreifen weiß"

Eine andere Erdkarte: die silbrigen Schneckenspuren auf dem Holz des verwitternden Gartentisches

Verständig: vernünftig: Ich *bin* verständig – ich *werde* vernünftig

Wie das „Xylophon", so das „Eichelophon": das tönende, sehr unterschiedlich tönende, einmal höher, einmal tiefer, mit Hall, ohne Hall, Eintauchen der herbstlich fallenden Eicheln von den Ufereichen ins Teichwasser, da, dort, nah, fern, von oben aus den Wipfeln, von den unteren Ästen – „Eichelophon-Konzert"

„Wer hat von uns allen das schönste Leben?" – „Die in ihren Koben Grunzenden." – „*Wie* schön?" – „*So* schön. *Dermaßen* schön!"

„Die Sonderung von Dichtung und Geschichte ist unschätzbar, indem keine von beiden dadurch zerstört, vielmehr jede erst recht in ihrem Wert und [ihrer] Würde bestätigt wird" (an Niebuhr zu dessen „Röm. Geschichte", Dez. 1811)

„Tätige Treue" (Ende 1811, an Carl August)

Zeitschwelle im Jahr: die am Morgen erstmals wieder sichtbaren Atemwolken

Raucher, laut G.: „Schmauchlümmel"

Ich beim Zeitunglesen: Ich lese schlecht – und ich lese mich schlecht (ewige Leier …)

Immer wieder Mitgefühl / Erbarmen. Eine „Welle von Mitgefühl“, ja, die gibt es. Aber eine „Welle des Erbarmens“?

Nirgends ist das Wort „tunken“ mehr am Platz als beim Tunken der Köpfe der Schwäne ins stille Wasser

„Meine Erklärungen sind keine Erklärungen, sondern Gedicht zum Gedichte“ (an Sickler, 1811)

Im Krieg oder Unfrieden der Zonenblick; im Frieden der Staffelblick

„Die Politik ist das Schicksal“ (Napoleon zu G.?) – Mein Schicksal sei ein anderes. – Wie? Das andere Schicksal ein Schicksal? – Erst recht!

„Und“: Die Schwelle Freude und das „Endlich!“

Es gibt nichts Schlimmes, außer ich bin es

„… die stille Leidenschaft, ihre [der Natur] Rätsel anzuschauen und der Wunsch, durch unsern eignen selbst rätselhaften Geist ihren Mysterien etwas abzugewinnen“ (an den Bergrat / Geologen Trebra, Okt. 1812), und weiter: „Wir wollen aufmerkend abwarten“

„Milde zu sein kostet mich nichts, da meine Härte und Strenge nur factice [Mache] und Selbstverteidigung ist“ (an Reinhard); und immer wieder, in Varianten: „... und wie hoch ernst wir sein müssen, um nach alter Weise heiter zu sein“

Der Kummer ist immer nah

Zum Taganheben, -anhub im Tag genügt manchmal das Zurücklegen eines Dings an seinen Platz, das Einfügen einer Sache in ihre Umgebung

Was wäre Johann Wolfgang von Goethe ohne sein beständiges Todes-, nein, Vergehensbewußtsein? Ohne sein „schmerzliches Vergnügen“? (an Josephine O'Donell, Nov. 1812); ohne die „schmerzliche Zufriedenheit“? („Der Mann von funfzig Jahren“)

Und es tut doch auch weh, nirgends (mehr) zu Hause zu sein? Und es gehört doch auch zur Freude am Da- und Dortsein, nirgends zuhause zu sein?

„Stillvergnügt“: Ideal; die Stillvergnügten und die Trauernden: Meine Leute. – Und gehörst du selber zu ihnen? – Hm

„Und“: G.'s „offenbar(es) Geheimnis“, und alle die aus sämtlichen Gesellschaften Gefallenen (die sich tagtäglich mehren), wie sie sich so „offenbar verstecken“, wie zum Beispiel hier im Vorortbahnhof der sich tagaus, tagein hinter einer Säule, hinter dem verlassenen Zeitungskiosk und in sonstwelchen Winkeln gar offenbar – jedem sichtbar – „Versteckende“

Buch und Kaffeetasse
auf Holzstufen
im Freien,
Picardie

„… niemand kann zahlenscheuer sein als ich, und ich habe seit jeher alle Zahlensymbole … als etwas Gestaltloses und Untröstliches gemieden und geflohen“ (an Zelter. Und vorher an Carl August): „Wenn man die Mathematik verehren und lieben will, so nähere man sich ihr, wenn sie sich mit der Astronomie abgibt“

Seit jeher die Teuflischen, nein, die Teufel selbst, die Schaitane, im Namen der Religion und des Barmherzigen Gottes – seit jeher, und heute im Besonderen? – Die Teufel? Die Menschheitsausrottlüstlinge

Nicht ausdrücklich-förmlich ahnen – nein, ahnen machen, in klarer, klärender Form

Das mir liebste, nächste Lernen: Ich lerne und lerne, bis mir aufgeht, daß ich das Gelernte längst schon wußte („intus“ hatte)

Zwischenraum heißt Form, oder: Durch, mittels, kraft, dank Zwischenraum zeigt sich Form; und formen heißt in der Folge, Zwischenräume schaffen. Und es ist ein Formen, mittels dessen zugleich ich mich forme. Und woran ist mir das aufgegangen? An der äußeren wie inneren Formlosigkeit, am Mangel der Zwischenräume, an meiner Zwischenraumnot

Die Sekunden auszuleben: gar nicht so einfach. Es gehört Muskelkraft dazu, eine einzelne Sekunde auszuleben – und sei es auch „nur“ die Kraft der Augenmuskel, des Lid-Muskels

Weckblick, Augen auf!-Sekunde am Morgen: Regentropfenperlenkette an der Balkonbrüstung

Irrend in den Gefilden (nicht bloß auf den Champs-Élysées) / wandelnd in den Wüsteneien: / Ich (immer noch)

Ein Leben, das mir nicht von Zeit zu Zeit ein Zeichen gibt, darf und soll nicht „Leben" heißen

„Und": Der sonntägliche Geher vor einem halben Jahrhundert am Rand der Landstraße in Oberösterreich, immer geradeaus, im weißen Hemd, dunklem Anzug, bei flatternden Hosenbeinen, und Jahre später mein Gehen-Stromern in William Faulkners Oxford / Mississippi, in einem fort von der Main Street hinauf auf die gar hohen Gehsteige, mit dem nächsten Schritt zurück hinab auf die Straße, mit dem Folgeschritt wieder hinauf auf den Gehsteig, usw., usf. – des oberösterreichischen Gehers „Spiritual" und mein Oxford-Mississippi-„Shuffle"

Eine Kleine Tagmusik: der Hüpfschritt eines Kindes. – Aber schon lange habe ich diese Musik nicht mehr vernommen

Genügt nicht oft ein geringes Vorhaben am Tage, in Gestalt zugleich eines Vor-Bilds, in Form eines Vor-Satzes, und der Tag erhebt sich als Pfahlbau?

Zuversicht: ein Licht; Hoffnung: nicht einmal ein Schimmer

Der tiefe Atem des Epischen – auch kraft des zurückgehaltenen Weinens („Letztes Epos“)

Nenn „Gefühl“ nur, was dich ergreift; Gefühl als umfassende – wenn auch bloß momentane – Ergriffenheit

Das Blau des Himmels ist ein seltsames Spiel. / Es kommt und geht von einem zum andern. / Es gibt so wenig und es nimmt so viel. / Das Blau des Himmels ist ein seltsames Spiel („singbar“)

Im Bus zwischen all den Kindern, Fastkindern, Jungen ein Alter mit rundem krummen Rücken: ein Findling (für Adalbert Stifter)

„Beispiellos schön“: Blödsinn. „Beispiellos“ ist nur das Böse, Schlechte, Üble. „Beispielhaft“ dagegen was? Das beispielhaft Schöne

Ist das Altern? Etwas wie eine „Restfreude“ wallt auf von Zeit zu Zeit? Und kann es aber sein, daß dieser Rest Freude unerschöpflich ist? Gibt es so etwas: einen unerschöpflichen Rest? – Diese Frage einmal nicht mir allein, sondern dem „Rest der Welt“! (Und die Anmerkung Tage danach: Immer noch zum Weinen viele Freuden)

Unterscheide zwischen „Naturgeschichte“ und „Natur der Geschichte“. (Existiert eine „Natur“ der Geschichte?)

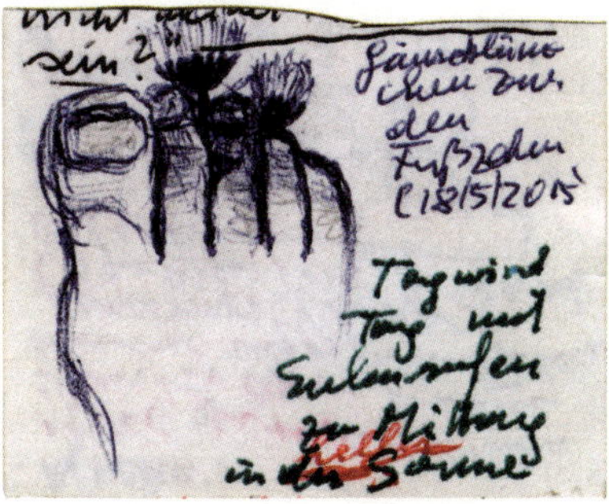

So vieles heißt heute „wunderbar“, „großartig“, usw. Doch sind das – Bücher, Filme, Menschen, Naturdinge – wirklich Übertreibungen, inflationäre? Gehört es nicht zu unserer Jetztzeit (unserer), daß in ihr dies und jenes, zumindest fürs erste – was immerhin schon „etwas“ sein kann – tatsächlich, bel et bien, actually als wunderbar und/oder großartig erscheint?

„Im Leben greift so vieles übereinander, was in der Geschichte sich nur hintereinander darstellen läßt“ (an Schlosser, Juni 1813); und an J. H. Meyer, im selben Monat und Jahr: „Wer es jetzt möglich machen kann, soll sich ja aus der Gegenwart retten … In der Gegend von Töplitz habe ich mich … gar oft in das Anorganische Reich geflüchtet“

Gibt es denn das?: Das „Erbarme dich meiner!“ nicht als Bitt-, sondern als Dankgebet? Ja, das gibt es

G., der ewige alte wie junge Sorger – um sich wie um seine Anderen

Schönheit und Gelöbnis: Daran, am Geloben, erkennst du die Wahrhaftigkeit des Schönen, des haftenden und dich, aufs Schönste, haftbar machenden

Eine Vogelfeder über den Tisch im Garten wehend und unversehens haftend (s. o.) in einer Schneckenspur: Augenblick. O Augenblicke

„Warum liegt da so viel Verschiedenes verstreut auf deinem Tisch?“ – „Damit das Ganze etwas gleichschaut!“

Nicht: „Erkenne dich selbst!“, sondern „Überrasche dich selbst!“

„Der Saft des Zeithabens“. Ich habe Zeit: ein Saftgefühl. Laß diesen Saft nicht versauern und verschimmeln

„... daß der eigentliche Trost nur von den Leidenden, die Fassung nur von den Beschädigten ausgehen könne“ (an Voigt, zum Tod von dessen Sohn, Juli 1813)

„Unausgesetzte Truppenmärsche. Zog mich zurück“ (Tagebuch, 24. Okt. 1813)

Ein „Pritscheln“ (oder „Pritzeln“) – so einst das Wort, das lautende, in Stara Vas, für das Planschen zweier bis mehrerer kleiner Kinder in einem Wasserbecken,

-bottich, -trog: Jetzt ein Wort, Zeitwort, Lautwort für das Geräusch, mit dem mehrere Eicheln auf einmal durch das noch dichte Laub herabstürzen, -purzeln – die Eicheln, die „pritscheln“ und „pritzeln“ in den Blättern und Zweigen

Immer wieder bei G. das böse, wenn nicht verächtliche „Fratze“, „Fratzen“. Und hat er nicht auch die Formen und Gestalten der Romanik – in seiner Versessenheit auf die Harmonien der antiken Skulpturen – als Fratzen gesehen und von ihnen böse weggeschaut?

„... daß ich mich aus der Zeit in die Urwelt flüchte, wo zwar die Elemente, aber noch nicht die Menschen miteinander kämpften“ (an den „Bergrat“ Trebra) – Und wie *et ego* mich immer wieder „aus der Zeit in einen Baumwipfel flüchte“

Eine besondere Sphäre, Sphären: die verschiedenen, auch in den Farben verschiedenen – je nach Sonneneinfall bronzen, blauschimmernd, silbrig – Spinnfäden kreuz und quer, hin und her, frei schwebend und wehend von einem Ende des Gartens zum anderen, und so im Dahinschweben und Durcheinanderwehen mich miteinspinnend, alle diese Fäden im Herbstlicht sich durcheinander wölbend, einander durchschießend und -pfeilend, jetzt aufleuchtend, jetzt eindunkelnd, auf- und niederschwebend, -fallend, sich lockernd, sich entspinnend, sich neuspannend in sämtliche Erd- und Himmelsrichtungen bis in den finstersten letzten Hintergrundswinkel des Gartens, darin aufglimmend als Glühstrümpfe ... Entdecke. Entdecke!

Poesie („Kunst“): die vibrierende Wahrheit. Diese Partei war seit jeher meine Partei, meine einzige. Und sie wird es bleiben, „la poésie vibrante“

Ein Kinderrad fiel um, und ich erwachte. Aber wo war das Kind?

Schmerz um Schmerz, Schmerztag um Schmerztag. Aber heute ein anderer Schmerz: der Schmerz der Heilung

„... da der Deutsche ... in steter Verwandlung begriffen ist, ohne jedoch zum Schmetterling zu werden“ (an Bucholtz, Febr. 1814)

Die Schattierungen, 1001 Schattierungen, des Schattens: eine „Schattenlehre“. Aber wahrscheinlich gibt es die schon längst? Nur seit wann? Wo? Von wem? Und: Jedes Licht auch ist anders: das Licht im Buchenwald; das Licht auf dem Asphalt der Landstraße; das Licht im Bushalt. Es gibt keine objektive Lichtgestalt? Es gibt nur den Abglanz, den Schimmer, da! dort! dort! Tanz den Schimmer, tanz den Abglanz!

Die sonst so fruchtbare, einmal aber leere Stelle im Wald: Sie hat es faustdick hinter den Ohren

Kindlich/kindisch: Kindlich = ich bin das Kind jemandes, eines Anderen; Kindisch = ich bin mein eigenes, mein Selbst-Kind

„Hund-und-Hund, du!“, so erzählte mir mein Bruder,

sei er einmal beschimpft worden. Und diese Geschichte erzählte er mir wieder und wieder, während wir auf engstem Raum, ineinander eingehängt, traumlang auf und ab gingen

„Möchten Sie [die Deutschen] ... den inneren Parteisinn besiegen, dann würde kein mitlebendes Volk ihnen gleich genannt werden können“ (an Sara v. Grotthuis, Febr. 1814)

Das Barfußgehen, ach ja, das Barfußgehen: Es entspricht mir nicht mehr. Es hat mir einmal entsprochen. Jetzt aber ist sie gekommen, die Zeit des festen Schuhwerks, nicht bloß unterwegs in den Wäldern und Wüsteneien, sondern auch in Garten und Haus

„Du denkst zu sehr ästhetisch.“ – „Man kann nicht zu sehr ästhetisch denken“

„Eine Messerspitze Salz“: einleuchtende Ding- und Wortverbindung – einleuchtende Wendung – einleuchtendes Bild – einleuchtendes Maß – einleuchtende Maß-Einheit. – Sammle solch Einleuchten. „Eine Messerspitze Zucker“? Nein. „Eine Messerspitze Mehl“? Nein

„Unvorstellbares Leiden“? Kein Leid ist vorstellbar (s. o.)

„Durch seine Arbeit bei Hofe hast du dein gesamtes genetisches Guthaben verloren.“ – „Ich frage mich, ob ich überhaupt existiere“

„Riemer, der immer mehr zu tun lernt, indem er immer weniger tut“ (an Zelter, Febr. 1814)

Spinne und ihre Beute im Netz: im Tode vereint

Aufwachen, geweckt werden von einem (1) Wort, wie ich gerade aufgewacht bin, geweckt wurde von dem Wort „sumbula“ (Ähre, arabisch): „Weckdienst Wort“, „Ein (1)-Wort-Weckdienst“ – „Hier ist der Weckdienst WORT“

Das Wahre, die Wahrheit, erkennst du, erfährst du auch daran, daß du dazudenkst: „Herrlich wahr – schrecklich wahr!“ (s. Goethe zum Unterschied zwischen Frankreich und England, an Knebel: „Dem französischen Stolz kann man beikommen, weil er mit Eitelkeit verbrüdert ist, dem englischen Hochmut aber nicht“)

Der weiteste der Horizonte: der Horizont der Dankbarkeit. Aber was ist zuerst? Der Aufblick der Dankbarkeit oder das Aufscheinen des Horizonts? Oder ist beides gleichzeitig?

In jedem noch so flüchtigen Gefühl – wenn es in Wort und Tat, verbo et facto, bel et bien, actually, ein Fühlen ist – wartet, ist verpuppt? ist sprungbereit?: die Schwelle, das Sprungbrett für einen gültigen, wenn nicht ewiglichen Gedanken

Die Irrtumsenergie: die Energie, die dem Irrtum entspringt – der Irrtumsschub, der Irrtumsruck

„Sie starren mich an wie eine schwarze Hure." – „Ich will Ihnen doch nur die Hand küssen"

„... da ich dieses Werklein [„Wilhelm Meister"], so wie meine übrigen Sachen, als Nachtwandler geschrieben" (an Knebel, März 1814). Et ego –

Die zwei der Länge nach zusammensteckenden Libellen, die übers Wildteichwasser hinfliegen und ab und zu gemeinsam da hineinstupsen, sind etwas anderes als zwei zusammensteckende Hunde

„Warum nur ich?", sagen die einen, wenn ihnen Schlimmes geschieht, und die anderen, wenn ihnen Gutes geschieht: Ich gehöre eher zu den Letzteren

Die Sachlichkeit, das Sachlichwerden, Sach*gerecht*werden als eine Weise der umfassenden, sich nicht eigens zu äußern brauchenden Freundlichkeit, Freundschaftlichkeit

„Lieber Junge": So nennt Zelter den fast 65-jährigen Goethe

Nachbild: beim Aufwachen am Morgen bei noch geschlossenen Augen die Fußbodenbretter des Zimmers van Goghs in Arles

„Ein poetisches Werk weiß ich auszuführen ..., aber die Lebenswerke haben mir nie recht gelingen wollen" (an J. H. Meyer, Juni 1814)

„Treuloser!“, bedeutete mir der Weg, den ich ein Jahr lang nicht gegangen war. Und der nächste vernachlässigte Weg bestrafte mich mit Nichtbeachtung

Am Leeren, am Nichtigen, am Irrigen, am Falschen sich die Blicke schärfen für den Augenschein

Stufen: lustwandeln – suchwandeln – wandeln

Statt „Es muß alles anders werden“ sag: „Ich muß das Meine besser machen“

„Hoffnung“, „hoffen“: Ich habe diese Wörter immer nur rhetorisch gebraucht. Ich habe noch nie gehofft, kein einziges Mal

„Führe mich Gott gestärkt dem Koppenfelsischen Giebel entgegen“: G.’s Heimkehrbild – der Giebel (der Scheune) des Nachbarhauses (an seine Frau, August 1814)

„Und“: Innehalten, und Körper wie Seele verbinden sich zum luftigen Schnörkel

„Er kann den Ton nicht halten“, die „Tonart“ nicht halten? Doch ist nicht auch das eine mögliche Tonart, hat es in sich, eine zu werden? Auf zum anderen Ton, zur anderen Tonart!

„Die Unschuldigen …“: Als die Unbekannte von „mir“ geschlagen wird, ruft sie: „Aber ich bin doch keine von den Unschuldigen!“

„Ich habe recht.“ – „Ja, du hast recht. Aber du wirst nicht recht behalten. Niemand behält recht. Niemand kann recht behalten“

„Tiefer Herbst“: erstmals diese Wortverbindung

„Unter den Vorteilen, welche mir meine letzte Reise gebracht, stehet wohl die Duldsamkeit obenan“ (an Knebel, Nov. 1814). – Und ich, in meiner Seßhaftigkeit das lesend, hebe den Kopf und werde gewahr der Atlas-Zeder vor dem Fenster als eines riesenhaften Freiluft-Vogelbauers, mit den im schwärzlichen Vieletagen-Astwerk durcheinanderfliegenden, -kreisenden, -hüpfenden Tauben, Raben, Dohlen, Elstern und, winzig dazwischenschwirrend, den Spatzen und Meisen

„Gehen bis zum ersten Stern“. – Und gehen, bis die Formen grüßen – bis das Rauschen anrauscht – bis ich Gehender den Sonnenflecken auf den Buchenstämmen, oben, auf halber Höhe und ganz unten, nah den Wurzeln, angehöre

Ich kann die Farben nicht unterscheiden? Doch: Ich sehe die jeweils andere, die unterschiedliche Farbe – ich kann sie nur nicht bezeichnen? Ich will sie nicht bezeichnen! Aber ich sehe, ich erlebe die jeweils andere Farbe, und wie! – Wie? – Frag mich nur nicht, wie. Doch: Frag mich, wie!

„Nichts ist leerer als ein leeres Schwimmbecken“. – Ja, und nichts ist zeichentrickfilmreifer als das Schwanzzucken eines Eichkätzchens

Das Arabische fängt an – im Wörterbuch – mit dem Vater (Abû), das Deutsche dagegen … (sinnierte der Vaterlose)

In Betrachtung („Anbetracht“) des starren Blätterwerks in der anhaltenden Winterstille: „Ich lasse nicht von dir ab, ehe du dich nicht bewegst und mich mit dir!“ – Und so ist es dann erfolgt

Eins der 11. Gebote: „Du sollst das tägliche Querfeldein nicht versäumen!“

„Nimm mich mit ins Dorf!“ – „Steig ein, steig ein!“

„… daß ich Frankfurt seit einigen Jahren vermied, weil ich meine Mutter daselbst vermissen würde, ohne welche ich mir diese Stadt niemals gedacht habe“ (an Rebecca Schlosser, 30. Dez. 1814)

Verb zu den Briefen Goethes: Sie „existenzialisieren“ mich (das Sozialisieren inbegriffen)

In der Nacht das Träumen von wunderbar Sinnlosem, am Tag das Verrichten von wunderbar Nutzlosem: Ideal

„Das beengte und beängstigte Naturkind in seiner Losheit“: so nennt sich G. in Gedanken an seine ersten zehn Jahre in Weimar (an Eichstätt, Jan. 1815)

An manchen düster-diesigen Tagen, wenn es sich zuletzt doch aufhellt, die Wolken Form annehmen, die

Farben durchscheinen: eine Art von Bedauern: „Ade, grau-in-graue Weite!“ (Picardie)

„Und“: Das Eichkätzchen in der Steppe bewegt sich am Morgen durch den Raum und bewegt mit seinen rhythmischen Sprüngen die Räume

„Er wendete die Seiten des Buches mit Vergnügen“, wie einst Patricia Highsmith von einem erzählte, der ein Buch zur Natur las. Ja! Aber welche Weise des Vergnügens suchst du, brauchst du lesend? Sich selber erkennen – um mich selber zu wissen? Unmöglich, eine Art „Unsinn“, frei nach G. Aber auch die anderen, sie alle, können mich nicht erkennen, womöglich noch weniger als ich mich selbst. Doch eines Tages oder eines Nachts, lesend – so oder so –, werde ich erstaunt werden, umfassend erkannt – wird um mich gewußt werden – werde ich gelesen werden. Unabweisbarer Gedanke, „Einfall“. Tröstlich? Schrecklich? – Erhebend, so oder so

„Bald kann man den Traum nicht mehr vom Leben unterscheiden. Wäre nicht noch das Losungswort Liebe und Anhänglichkeit“ (an Voigt, April 1815)

Gehen wie Lesen: Ich bin in meinem Element. Die Zeit, sonst immer wieder ein feindliches Element, springt um in ein freundliches, wird ein mich be- und geleitendes, und der Raum, sonst so oft ohne Platz für mich, wird Luft- wie „Weltinnenraum“, nicht bloß der meine. Ich gehe und lese. Ich bin gegangen und habe gelesen. Ich werde gegangen sein und gelesen haben

„Spiel mit mir!“ – „Tut mir leid, ich habe keine Zeit.“ – „Dann pack ein und geh mir aus der Sonne!“

Die Mär vom Sandmann, welcher dem Kind an den Abenden den Sand in die Augen streut. – Danach aber: kein Sandmann mehr, weder für den Jugendlichen noch für die Erwachsenenzeit. – An der Schwelle zum Alter freilich die Rückkehr des Sandmanns, mit seinem Augenstreusand, und da oft schon am Morgen. Und er streut dann und streut, von frühmorgens bis spätabends

Was mir manchmal fehlt, auch körperlich-leibhaftig: das Stemmen der Wörterbücher, und insbesondere das der alten, der alt-griechischen (weniger der lateinischen). Hoch lebe Karl Schenkl!

„Du mit deinem gehobenen Deutsch!“ – „Ja, ich mit meinem erdigen Deutsch“

„Kein Grund zur Zufriedenheit.“ – „Aber manchmal doch – ausnahmsweise?“ – „Nein. Nie. Nie und nimmer!“

„Die Jahreskreise“: Kreise, die sich nicht schließen, sondern sich öffnen, und öffnen in einem fort. So sehe ich's, so sah ich's gerade angesichts der Frau, welche die Blumen durch das Friedhofstor trug: „Und wieder das Fest Allerseelen! Und wieder todas las almas …“

G. wird immer wieder mit „Jupiter“ verglichen. Aber wenn er etwas von dem Göttervater hatte, so war er kaum je eine „Donnerer“ – oder doch: Wenn es der Fall war. – Und der „Jupiter G.“ als Verächter der „Wehmut“?: Er tut nur so

„Mein Freund antwortet nicht mehr.“ – „Hast du denn vergessen, daß er im Sterben liegt?“

Eine Art Altersschwelle: „Schluß mit dem Kleben der Kaffee-Tassen, Schluß mit dem Ölen (des Gartentors)!“

Ich irre mich oft: zum Glück. Ich irre mich öfter und öfter: Fortschritt

Der sterbende, der mit der letzten Kraft wegflüchtende Vogel: Flugunfähig, gerade noch fähig zum Trippeln, hört er nicht auf, zu picken, zu fressen, zu futtern … „Hier sind wir mit den Vögeln eins“

Der Federansetzer – der Bleistiftschwinger – der Buchdiskuswerfer: eine Art Gang durch die Zeiten, und so laß dir die Zeiten gefallen („damit du die Lust behältst, manchmal die Feder anzusetzen“: an Zelter, April 1815)

Ein (1) Gesicht verraten – alle verraten (Metro)

„Herzkirschen stehen schon in Körben an allen Ecken“ (an den Sohn, Wiesbaden, Mai 1815)

Die Souveränität manch eines still selbstbewußten (nicht selbstzufriedenen), entschiedenen, entschlossenen Faulpelzes: Scheint er nicht fürwahr in eine Art Pelz gekleidet, wenn nicht gar einen Hermelin? (Was einen doch alles in Anbetracht der Baumschatten anweht …)

G.'s Diener (oder „Aufwärter") werden oft krank

„Ich bin so allein!" – „Das kommt von deinem unaufhörlichen dir-was-Vorspiegeln"

Die „Fontanelle", die offene Stelle im Schädel eines Neugeborenen betastend: Empfindung tatsächlich von „Quelle" – Quelle sich öffnend zugleich in mir, der betastet

Auch Goethe erscheint immer wieder als eine Art Vaterloser, hochfahrend-hoffärtig, etwa wenn er sagt: „Darüber kann ich nur mit Gott reden, da hilft mir alle Menschheit nichts, wenn sie meine Vorstellungsart nicht faßt" (überliefert von Sulpiz Boisserée)

Nachbild, immer wieder, bei geschlossenen Augen: das Schweißtuch der Veronika; und das ebenso häufige: die Milchstraße

Bürger der Wälder aller Länder, zerstreut und vereinigt euch!

Aus dem allgegenwärtigen Nebel aufsteigend: Verschwundenheit, als Tatsache wie als Wort: „Verschwundenheit"

Nur „wir Stümper" können (manchesmal) „können"

Wer innehaltend sich bemüht, der kann, von Zeit zu Zeit, sich selbst erlösen

Vor dreißig Jahren, im Friaulischen, ging der blinde alte Vater dort über die Felder mit der Hand auf der Schulter des ihn führenden Sohns, und jetzt hier, in einem Metrotunnel begegnete mir gerade wieder so ein Blinder mit der Hand auf der Schulter eines Jungen, und ich sagte unwillkürlich im Stillen: „Was ich alles schon erlebt habe!"

Die Innigkeit wie die Eleganz der Abschiede – die Verlegenheit wie die Ungeschicklichkeit im Wiedersehen: Und wie wird sich das ändern? Recht so, hoch das Epos!

Mein, „Jetzt! – Und …, und jener Vers vom „Jetzt und Jetzt, das bringt mich um" Ernst Meisters sind etwas Grundanderes. Sind sie etwas Grundanderes?

Lauthälse haben kurze Beine

Ein Zusatzname für mich, jahraus, jahrein neu mich anfliegend beim Gehen durchs Spätherbst-Vorwinter-Laub: „Stapfer" – in Stara Vas slawisiert zu „Štapfič"

Großbauernkinder bleiben immer Großbauernsprößlinge, Kleinbauernkinder dagegen –

Ein Jahr, ein jedes, die Jahre, sieh sie an und blick auf

sie zurück als Wirtschaftsjahre, samt Nichtstun, Trödeln, Stromern, „Tachinieren". Hauptsache, du hast gewirtschaftet. Hauptsache? Ja, Hauptsache. Und wenn's bloß der Eindruck ist? Und wenn's bloß der Eindruck ist

„Ich ertrage keine Ungerechtigkeit." – „Und trotzdem bist du ein Fußballbegeisterter?" – „Ja"

Wenn die Experten den Mund aufmachen, ist es jedesmal längst zu spät

Statt „logisch" sag „folgerichtig"

Immer wieder die Verwandlung: Nicht „ich" verwandle, erfinde, etc. und schon gar nicht schafft das ein „System", eine „Methode", eine „Lehre", vielmehr: ES verwandelt sich, ES erfindet. Das (ein) Erleben, indem es Erleben wird, geht von allein über ins Erfinden, verwandelt sich, sich steigernd und klärend, ins Erfinden, schwingt sich dazu auf – die Schwingen der Verwandlung empor zur Erfindung

„Was war deine Rolle im Traum?" – „Ich war der, der ihn geträumt hat." – „Der Träumer, sonst niemand?" – „Doch: Einmal war ich derjenige auf dem Rücksitz neben meiner Mutter"

Die Epen, die Geschichten der Sieger haben nicht recht – sind nicht recht. Aber ebenso wenig recht haben die Epen, die Geschichten der Verlierer. Weder-noch-Epen, jenseits von Siegen und Verlieren! („Letztes Epos")

Wie viel, wie andauernd, wird heutzutage gestanden, tagaus-tagein, in einem fort: „Ich gestehe…“ Dabei wäre in der Tat nicht weniges zu gestehen, von einem jeden. Gesteh! Gesteht!

„Farbenlehre“: schwarzer Zwirnfaden, vom Schatten in die Sonne wehend – schwarz? – es war einmal

Auch das Zirpen der unsichtbaren letzten Grillen im Jahr, wie aus dem Erdinnersten, ist ein Ruf der Wildnis, ein ganz anderer

Wer die Orte nicht ehrt, / ist der Worte nicht wert / (und umgekehrt, und / wieder umgekehrt)

Sitz der Quelle der Trauer: hinter dem Stirnknochen, wasserloses Sprudeln

Stufen: Ich mache mich – Es macht sich

„Der Geist als Widersacher der Seele?“ Schon recht – aber ein treusorgender Widersacher, der vorwaltende, der obere Leitende (s. G.)

Goethe: vom Steinenarren zum Farbennarren zum Wolkennarren, und so von einer Sphäre zur nächsten

Altern?: Selbst in den Träumen wundere ich mich „über gar nichts mehr“. – Du Schande!

Halbsatz von einem Nebentisch: „Am Samstag, als er noch bei Bewußtsein war, sagte er…“

„Das Alleinsein macht ungerecht, ganz besonders!“ – „Ja, oder ganz besonders gerecht!“

Das ist kein Kunstwerk, wo man nicht auch berührt wird von einem Moment der Gequältheit.“ – „Der Qual?“ – „Nein, der Gequältheit“

„Wo er auch auftritt, hat er ein leichtes Spiel.“ – „Der Unselige! Count him out!“

Taupfützen, Tauwasserlacken, gibt’s die? Ja, und man kann sich darin waschen. Und ein Vogel, wenn auch nur ein kleiner, kann darin baden

„Das Buch des Lebens“, es existiert. Es ist eingeschrieben, eingeblättert, eingegliedert in meinen Körper, in jede einzelne meiner Gliedmaßen, die Schulterblätter, die Kniekehlen, die Fersen, die Sehnen, die Gelenke, die Haarwurzeln, die Augenbrauen

„Dank … Doch dieser Dank wäre nicht der rechte, wenn er nicht eine Schmerzensform annähme“ (an Willemer, Okt. 1815)

Ein Blick als ein Gedicht, gibt es das? Ja, etwa das Schauen – das „Geschau“ – gerade des jungen Mädchens in der Metro

Das Kreisen der Baumschatten an der Zimmerwand in der Nacht: Bewegte Glasmalerei

Baumschattenwand

„Du tust mir leid“, kann auch eine Schmähung sein. Auch „du erbarmst mir“? Nein

Massaker um Massaker im Namen des Barmherzigen: „Aber damit die Welt untergeht, müssen ganz andere kommen!“ – Aber sind die nicht schon gekommen? (Und dazu jetzt das Rieseln des ehemaligen Meeressandes aus der millionenjahralten Muschel vom Vorzeitacker – und jetzt das ferne Grollen vom Wind hoch oben in den längst blattlosen schwarzen Wipfelruten der Buchen, als das Grollen des Hilflosen Gottes gegen die Schöpfungsmordbuben, 13. November 2015, Paris – Picardie)

Ein „Fachwerk“, so nennt G. seine „Farbenlehre“ (und mein Kopieren hier? „Kopierwerk“)

Sage mir, wie du zuschaust, und ich sage dir, wie du bist

„Und“: Das Blauen der letzten Zyklamen am Steppenhorizont und das Blauen des Buchs mit G.’s Briefen zu meinen Füßen

Stufen des Erwachens am Morgen: Was sich erst anhörte als Holzwurmschaben, und dann als Mäusetapsen, wird zuletzt, was es war und ist: das Tropfen des Regens von den kahlen Bäumen (Picardie)

Ein in ein Vogelnest verflochtener Nähfaden: Zeichne ihn. Nur wie?

Cézannes Kunst: die Wesensschau als Formenschau.

Absehend von allem Beiläufigen, Zufälligen? Nein, es durchdringend und bergend in der Formwesensschau

„Muß ich Ihnen doch die perspektivischen Straßen gönnen, indessen ich, dem Koppenfelsischen Scheungiebel gegenüber, eines sehr beschränkten Horizonts genieße“ (an Constanze v. Fritsch nach Petersburg, 2. März 1816) „„... innehalten ... Fortsetzung“ (an Zelter, 26. März 1816)

Baumschattenwand

Gibt es das Paradies? Ja, im Vergleich. Im Vergleich womit? Im Vergleich mit einem anderen Ort, mit anderen Zeiten – im Orts- und Zeitvergleich. – Und wie ist es, solch ein Paradies? – Spannend. Aufregend. Abenteuerlich

„Ich möchte mit Ihnen ein Grundsatzgespräch führen.“ – „Grundsatzgespräche führe ich nur mit mir allein. Und selbst da ...“

Schreiber und Leser: der Vorspurer und der Nachspürer. „Aufregender Autor“? – Aufregender Leser

„Die Stille zur Angst mißbrauchen“. – Und den Wald (siehe / höre die Läufer) zum Keuchen mißbrauchen

„Amor fati“, die Liebe zum Geschick, übersetz frei mit „Wer weiß, wozu es gut ist“ (auch eine Religiosität)

„Berechtigte Freude“: Freude ist doch immer berechtigt?

Seltsames Mondlicht: Es entrückt, statt zu umgeben; es liegt auf, statt zu umzirkeln; es enträumlicht, statt Raum (und Zwischenraum) zu schaffen; es konturiert und entwirklicht zugleich das Konturierte; es entkörpert, statt, wie das Tageslicht in der Regel, zu verkörpern.

„Ich kann nicht mehr!“ sagte er, und lachte sich dann aus

„He not busy being born is *not* busy dying“: das wär's – das ist es

Ich bin ein Adventskind. Und also bin ich doch kein Vaterloser?

Unvergleichlich: das Licht des Mondes hinter einer einzelstehenden Fichte, hinter dem Fichtennadelgeäst, dem so dichten – ein anderes „Spektrum“ – ein

Leuchtgelb, das, sowie dann der Mond, der volle, „in Person“ hinter der Fichte hervorkommt, auf der Stelle dieses Gelb verliert, verblaßt und ausbleicht hin ins Weißliche

Der Vaterlose: ohne Grenzen nach oben, ohne Fangnetz nach unten. – Wer war der Vater von Euphorion?

Seltsam, wie sie mir immer wieder in den Sinn kommt, jene rätselhafte Inschrift auf dem längst verschwundenen Grabstein im Friedhof von Stara Vas: „... ist in seine fluidale Urheimat zurückgekehrt“. – Und was sehe ich, was sah ich gerade vor und in mir als Bild solcher Rückkehr? Das dichte gelbe Schilf des Dorfsees, und das Boot, den „Nachen“, den „Schinakel“ (šinakl), in dieses gelbe Schilfmeer eintauchend und darin verschwindend

Das Gebet des Innehaltens. – Nichts sonst als gebetsweises Innehalten? – Nichts sonst. Und weiter dann?

Jenen Satz auf der Türschwelle zu meinem Haus aus der Apokalypse: ὁ υἱὸς μένει ἐν τῇ οἰκίᾳ εἰς τὸν αἰῶνα – der Sohn bleibt im Haus bis in die Äonen – übertrag frei mit: „Der Sohn bleibt schön im Haus“

„Wie sich kleiner Gabe / Dürft’ge Hand so hübsch entgegen dränget, / Zierlich dankbar, was du reichst, empfänget. / Welch ein Blick! ein Gruß! ein sprechend Streben! / Schau es recht und du wirst immer geben“ (West-Östlicher Divan)

Das kleinste, das flüchtigste Schöne – wie jetzt ein jähes Flimmern, einen Blick lang hinziehend auf dem Waldweiher: kosmisch - der Kosmos

Einst, nach Volksmund, die Todeskunde nachts im Ruf des Käuzchens: „Komm mit!“ Dagegen das ganz andere „Komm mit!“ der Freude

„Adveniat regnum tuum!“ – Aber ist das Reich nicht schon gekommen? Wenn auch auf ganz verschiedene Weise? Und als ganz anderes Reich?

Er war ein Dichter, bestand auf der Ahnung und haßte die Vorahnung

„Denn das Rechte zu ergreifen, / Muß man aus dem Grunde leben“ (West-Östlicher Divan) Das Rechte? Das Wirkliche, al-haqq

Aufschauen, anschauen ist schon für sich allein ein nach dem Rechten Schauen

Ist „Denkfehler“ nicht zuallererst „Gefühlsfehler“? Und hier, im Fehler, im Fehlen, sind Denken und Fühlen eins?

Gerade, als mir in den Sinn kam: „Daß zum Sterben und zum Tod nichts, aber auch gar nichts denkbar ist, das darf doch nicht sein!“, rief Spinoza dazwischen: „Gib’s auf!“

Eingehen in das Wehen der Winterbaumkronen. Eingehen wie? – Durch die Drehtür der Baumkronen im Wind

Wer in einem fort nachhause strebt, kommt nie dort an

Die wahren Leser, die wahrhaften, die Wahrleser: eine Elite? – Ja, die Elite der Bedürftigen und der Überlieferer

Irrtum, Hoffnungsträger; Hoffnungsträger Irrtum

Wandertruppen, lauthals durch die Wälder polternd: Klappern leerer Töpfe

„Dein abgehobenes Deutsch." – „Ja, mein erdiges Deutsch!"

Wer ewig strebend sich beläßt, den können wir erlösen

„Du sollst schauen, wo du schon immer geschaut hast!" (eins der 11. Gebote)

„Das waren noch Zeiten!" – „Wart's ab!"

Die Voreiligkeit als eine Art, ein Vorläufer, von Gier

„Und": Der glückliche Tag und der Moment des Herzblutens

Schmerz, Existenz(be)gründer

Das Gebet des Aufsichübergehenlassens – zum Beispiel des Wehens der Blätter in den Baumkronen, auch wenn es die letzten sind, die gar spärlichen – gerade wenn es die letzten sind

„Doch alle diese Kaisergüter / Verwirrten doch zuletzt den Blick; / Und wahrhaft liebende Gemüter / Eins nur im andern fühlt sein Glück“ (W-Ö-D)

Behalte deine Liebe für dich, und für den, den sie angeht. Verrate niemandem sonst deine Liebe. – Verrat? – Hochverrat

Mein Vorurteil gegen alle Weißhaarigen und insbesondere Weißbärtigen, sie seien („seyen“) die Selbstzufriedenen und Selbstgerechten. – Auch gegen die Grauhaarigen? – Nein

„... alles Polemische an mir vorübergehen lassen. Der Mensch hat wirklich viel zu tun, wenn er sein eigenes Positives bis ans Ende durchführen will“ (an Reinhard, 1826); und vorher: „Ich halte mir in den Dingen, die mich interessieren, lichte Punkte und lichte Menschen fest“ (1813)

Erster stiller Ausruf am Morgen: „Heilig, heilig, heilig!“ (Picardie); und dann: „Meine tägliche Auferstehung gib mir heute!“

Mein „Animismus“: Das Laub im Wind regt „sich“

Nichts kehrt wieder. „Ewige Wiederkehr“? Nichts da.

Wie sagte der jüngste Bruder meiner Mutter, zurückgekehrt noch einmal vor seinem Tod in der Tundra, angesichts der von ihm verabscheuten Milchfetzen im Kaffee, ihm vorgesetzt zuhause in Stara Vas?: „Kommen Sie gestern!“

Der Luft die Ehre geben = Schreiben

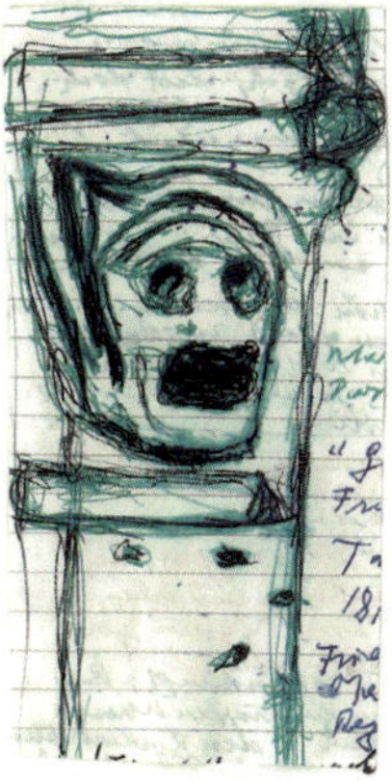

Portalbank
Picardie

Mit einer Liebesgeschichte geht es an. Und dann und wann ein Schluchzen

„Übermenschliche Anstrengung“? Menschliche!

Aufblick in der Dunkelheit des Geburtstagsmorgens in den Baumwipfel mit den letzten Blättern dort im Wind, dazwischen die Doppelschalen, die leeren, die stachligen, der Maronen, und Dankbarkeit. Dankbar wem? Der Mutter – und da flog sie schon vorbei, „zwischen Rabe und Taube“, „zwischen Fledermaus und Schwalbe“

Ideales Licht: geometrisierend (= erdmessend) und zugleich sanft-sphärisch – sphärisierend; räumlich – *ein*-räumend

Selbst Goethe hat sich „gewurmt“ (Gespräche mit Eckermann)

„Ins Leben eingeschlossen wie in ein Unterseeboot.“ – „Ins Unterseeboot eingeschlossen wie ins Leben.“ – „Aufsteigen!“ – „Kein Druckknopf! Nur Wasserblasen, schwarz, vor der Luke“

„Kunstlos“ als Lobeswort. Nein, ohne Kunst wird nichts. Und: Kunst als „Formwille“? – Nein, Formtreue. Nein, Lebenstreue

Meine Ankunft im Internat, September 1954: mein erstes wahres Weinen

Trauer, Lärmdämpfer und -verwandler. Und erst recht, wenn meine persönliche Trauer sich verbindet mit universeller

Was ist, wann ist „wirklich schön“, „wirklichschön“? Wenn du dir sagst: „Schöner geht's nicht!“ Und hinzufügt: „Ein Ding der Möglichkeit!“

Weltwunder? Unnötig. Die Welt, des Planeten Erde,

im Universum, als Welt, ein einziges Wunder – auch ein schreckliches. Immer noch: die Heilige Welt – samt dem Brausen der Autobahnen hinein in die Tiefe der Winterwälder (Niemandsbucht)

„Herkunft des Fleisches: Geboren in Deutschland. Aufgezogen: In Deutschland. Geschlachtet: In Deutschland“ (Bistro, schwarze Tafel)

„Die Phänomene selber sind die Lehre“? – Ja, aber dazu müssen sie, erst einmal, Phänomene werden – in Erscheinung treten – erscheinen – erschienen sein

Der Vaterlose als anderer Luzifer, der sich in jedem Sinn Überhebende. Über wen? Ohne einen Gott? Oder sich überhebend gegen den Gott in sich selber, das Göttliche in sich selbst?

„Und“: Langsam werden, und Werden

Seltsam, wie ich, auch und gerade vor dem Endlich-Schönen, dem Vergänglich-Schönen – wie gestern vor dem Gelb-Raum-Muster der Herbstpfifferlinge im tiefen Teller –, denke: „Unendlich schön!“ – Seltsam?

Der Sinnwahn als eine Art Wahnsinn? Der Wahnsinn des Sinnwahns?

„Die dunkle Zeit“, die Zeit „zwischen den Jahren“: die verkörperte Zeit. So war es einmal? So ist es noch immer

Es ist eine Zeit, da es recht ist, daß die Vornehmen, gerade sie, wenn es der Fall ist, unvornehm reden, „grobianisch“, „pöbelhaft“

Indem ihr mir den Nachtwind nehmt, werdet ihr ihn verstärken

Eine besondere Art des Erwachens: Werde ich gebraucht, erwache ich (auf der Stelle)

Was Gott entfernt hat, soll der Mensch nicht nähern. Gilt für manche Technik?

Kommt all das Sektentum, besonders das heutige, nicht aus einer Unfähigkeit zur Verehrung? – Der Verehrung wessen? – Des Ganzen – des allgegenwärtigen offenbaren Geheimnisses. Sekten(un)wesen als Bedenk- und Gedenkschwäche? Daher die Vergötzung von Einzelheiten, von willkürlichen Teilen, ohne den großen Anteil? Die fundamentale Lieblosigkeit all der Sekten – und von daher deren fundamentalistische Feindseligkeit gegen das Grenzenlose? Das lieblose ständige Sichabgrenzen, Begrenzen, Grenzen-durch-die-freien-Lüfte-Ziehen, als Gegenteil der aufs Grenzenlose zielenden Phantasie und Erfindung?

Zeichen des siebten Himmels in Mohammeds „Nächtlicher Reise“: Er hört keinerlei Quietschen von Schreibstiften mehr

Immer wieder, seit Jahrzehnten schon, rotiert in mir als das „oberste“ der 11. Gebote: „Das Begehren des

Begehrens des Anderen“. Das oberste? Das umfassende Gebot. Nur: Wer oder was ist „der Andere“? – Keine Frage

Wer keinen Sinn hat für das Geheimnis der Welt (siehe in der „Kindergeschichte“ das „Ich arbeite am Geheimnis der Welt“), der hat auch keinen Sinn für sonst etwas, schon gar nicht für den Frieden auf Erden. Also hört auf, Sinn-Lose, sinnlos vom Frieden zu schwätzen

Ohne die Träume kein Weltbestand. – Auch die scheinbar sinnlosen? – Auch die sinnlosen. – Auch die Alpträume? – Auch die Alpträume, gerade die. – Weltbestand – Weltverband

Zu Goethe flüchten? Vielleicht. Wenn aber ja: was für eine beherzte, was für eine mannhafte Flucht

Ein Tagwerden, ein Tagen, wieder eines, im Tag: Sowie ich mich selber einhole, und verdoppele. Und ein Doppelter werde? Nein, ein Ganzer; ein Ergänzter

„Seien wir wieder gut!“ („Samma wiada guat!“): Das ist der mir am häufigsten und am innigsten nachgehende Kinderspruch quer durch das Dorf Stara Vas seinerzeit - unsrerzeit, wenn nach Tagen und Tagen des stummen Zwistes zwischen uns Kindern, des scheelen Umeinanderherumstreifens, des stieren Umeinanderherumstreichens, des Einanderausdemweggehens endlich ein Kind zum andern hinkurvte und murmelte, nuschelte, tuschelte, fast unhörbar: „Seien wir wieder gut!“ „Samma wida guat!“ – Und wir waren einander dann in der Tat, bel et bien, actually, wieder gut = spielbereit. Und einander gut sein hieß: Weiterspielen, zusammen, auf der Stelle. Was auch geschah. – Und der das jeweils sagte, war das ich? War das der Andere? Einmal der Andere, dann wieder ich, dann wieder der Andere, und so fort –

„Alle Guten sind genügsam“, sagt „der Dichter“ im West-Östlichen Divan

„Das nächste Mal: nicht den Esel und das Rind vergessen, damit sie das königliche Kind wärmen“ (Bemerkung, geschrieben ins Handbuch der Kapelle, vor der alljährlichen Weihnachtskrippe, Niemandsbucht)

„Gehen bis zum ersten Stern“: Und so auch, beim Harken im Kies, Harken bis zum ersten Funken (aus dem Feuerstein)

„Das ist *gut*!“ hört sich aus dem Mund eines Kindes „authentischer“ an als aus dem Mund eines Erwachsenen; „das ist *schön*!“ dagegen eher aus dem Mund Älterer und, noch eher, Alter

„Erfülle die Sekunde!“? – Ja, erfühle sie! – Und wo? – Im kleinen Finger, zum Beispiel. Oder in der großen Zehe. Oder in den Augenbrauen. Oder in den Nasenflügeln, besonders da

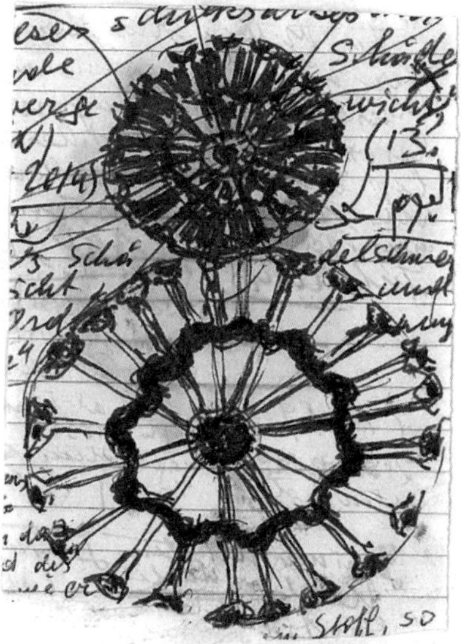

Notre-Dame-de
Paris

Notre-Dame de Paris
zum 13. November 2015